국학美來학술총서

문학, 경계를 넘다

– 디아스포라, 북한문학, 한국문학의 경계적 상상력

고 인 환

국학자료원

서문

문학적 관심의 한 매듭이 지어지는 느낌이다. 지난 10여 년간 민족문학 연구소에서 일제강점기 문학, 북한문학, 디아스포라 문학, 비서구문학, 동시대 현장 비평 등 다양한 주제들을 논의하고 토론해 왔다. 각양각색의 연구원들이 정기적으로 모여 공동의 주제로 스터디를 했다. 이들과 함께 한 10년의 시간은 나의 문학 인생에서 가장 행복했던 시절로 기억될 것이다. 연구원들은 올 초 함께 한 학문공동체를 떠나 뿔뿔이 흩어졌지만, 연구소에서 공유한 내용을 밑거름으로 각자의 공간에서 활발히 활동하며 관심 영역을 심화·확장하고 있다. 문학의 장 안에서 우리들은 여전히 만남을 이어가고 있다. 여기에 실린 글들은 연구원들과 함께 한 열띤 토론과 치열한 학습의 결과물들이다.

이 책은 크게 3부로 구성되어 있다. '경계를 넘는 문학들'에 주목했다. 근대 국민국가의 영역을 넘나드는 디아스포라 문학의 탈국경의 상상력, 체제와 개인, 이념과 일상 사이에서 분단현실을 심문하는 북한문학의 내밀한 속살, 한국과 아프리카, 종교와 문학, 역사와 소설, 전근대와 근대를 가로지르는 한국문학의 경계적 상상력이 눈에 들어왔다.

'제1부 디아스포라 문학의 현장'에서는 탈북 디아스포라 문학, 중국 조선족 디아스포라 소설, 중앙아시아 고려인 디아스포라 서사를 다루었다. 『바리데기』(황석영), 『리나』(강영숙), 『국가의 사생활』(이응준), 『유령』(강희진),

『인간의 악보』(정철훈) 등 탈북 디아스포라 소설들은 분단문학의 영역을 심화·확장하면서 통일문학의 새로운 가능성을 시사하고 있다. 중국조선족 문학과 중앙아시아 고려인 문학을 대표하는 김학철과 아나톨리 김의 작품세계는 '민족문학'의 영역을 넘어 한국문학과 세계문학의 접속가능성을 타진하는 소중한 기회를 제공해주고 있다.

 '제2부 북한문학의 속살'에서는 북한문학에 투영된 내밀한 욕망을 분석함으로써 북한문학의 변화가능성과 남·북 문학의 소통가능성을 모색해 보았다. 남대현과 백남룡의 작품들은 체제의 이데올로기가 소외시켜온 일상적 삶의 양상을 섬세하게 길어 올리고 있는데, 이는 북한문학의 미세한 균열을 드러내는 징후라 할 수 있다. 과거와 현재, 이념과 욕망 사이에서 다채로운 삶의 무늬를 음각하며 북한 사회의 집단적 자의식을 성찰하고 있는 이들의 작품들은 남한문학과의 대화가능성을 시사하고 있다는 점에서 향후 전개될 통일문학의 주요한 밑거름이 될 것으로 기대된다.

 '제3부 한국문학과 경계의 상상력'에서는 아프리카의 목소리로 우리의 삶을 성찰함으로써 한국문학의 영역을 아프리카로까지 확장하고 있는 작품들, 현실과 현실너머, 세속과 초월, 문학과 종교 등을 길항하는 '방외인'의 삶을 추적한 이문구의 『매월당 김시습』, 역사와 소설, 기록과 상상력의 경계를 넘나들며 억압적 현실에 응전한 이병주의 서사적 자의식, 고향과 도시, 전근대적 가치와 근대적 가치 사이에서 가족공동체의 의미를 끈질기게 탐색하고 있는 신경숙의 작품을 분석하였다. 경계에 서 있는 한국문학의 자의식을 표출하고 있는 텍스트들이다.

요즘 범아프리카문학(Pan-African Literature)에 관심을 가지고 이런 저런 일을 벌이며 암중모색 중이다. 거창하게 말한다면, 구미 중심주의 담론이 주도면밀하게 은폐해 온 비서구적 가치를 재조명으로써 온전한 지구문학을 구축하기 위한 노력의 일환이다. 비서구문학의 소통과 연대를 위한 초석이기도 하다. 개인적으로는 '남한문학→ 북한문학→ 디아스포라문학→ 아시아문학→ 비서구/세계문학'으로 문학적 관심이 확장되는 과정이기도 하다. 이 책을 디딤돌로 한 단계 도약하는 계기가 되었으면 한다.

한국문학 전공자가 비서구문학 논의의 장으로 진입하고자 한다는 점에서 약간 머쓱하기도 하지만, 비서구문학에 대한 관심이 세계문학으로서의 한국문학을 성찰하는 주체적 관점에서 촉발되었다는 점을 되새기며 마음을 다잡고자 한다. 이제 첫 발을 내디딘 셈이다. 비판의 목소리도 만만치 않다. 그 분야의 전공자도 아니면서 어떻게 그들의 문학을 말하고 연대할 수 있느냐의 문제제기도 녹록치 않다. 이러한 우려에 주눅 들어 움츠리기보다는 조바심 내지 않고 우직하게 밀어붙여 볼 생각이다. 이 또한 의미 있는 작업이라 믿는다.

고마운 사람들이 참 많다. 나는 복이 많은 사람이다. 경희대학교 국문과는 내 문학의 요람이다. 지도해 주신 교수님들, 현대문학연구회 선·후배·동료들 모두에게 고개 숙여 감사드린다. '범아프리카문화연구센터'가 발족할 수 있도록 도움을 주신 여러 선생님들, 그리고 함께 한 연구원들에게 앞으로 열심히 하겠다는 말로 인사를 대신한다. 비서구 문학잡지 『바리마』, 『지구적 세계문학』, '트리콘'의 동료들에게도 따뜻한 연대의 마음을 전한다. 열악한 출판 환경에도 불구하고 물심양면으로 지원을 아끼지 않는 국학자료원에도 감사의 마음을 전한다.

무엇보다 은섬, 웅 두 새끼들을 잘 보듬어 키워준 아내에게 고맙다. 서서히 자신들의 삶을 만들어가고 있는 아이들은 그 자체로 뿌듯한 마음이 들게 하는 '타우린'이다. 우리 부부가 합작한 생애 최고의 작품들이다. 더불어 우리 모두를 있게 한 부모님들께 감사하며 이 책을 바친다.

2015년 5월 고황산 자락 연구실에서

고인환

목차

제 2 부

북한문학의 속살

제 3 부

한국문학과 경계의 상상력

제 1 부

디아스포라 문학의 현장

탈북 서사와 탈국경의 문학적 상상력

— 황석영의 『바리데기』와 강영숙의 『리나』를 중심으로

1. 서론

최근 들어 한국 사회 내부에는 불법 체류 이주노동자, 한국인 남성과 결혼한 동남아시아 여성, 그리고 그들의 2세인 코시안 등 주변화된 비주류 소수자 집단이 증가하고 있다. 월남귀순자, 월남귀순용사, 귀순북한동포, 북한이탈주민, 새터민 등 다양한 이름으로 호명되는 탈북자 또한 주목을 요하는 소수자 집단이다. 탈북자는 한민족이라는 민족정체성을 갖는다는 점에서 이주노동자와 구별되지만, 남한사회에 적응함에 있어 북한인도 남한인도 아닌 무국적의 이주민 취급을 받으며 정체성의 혼란을 겪고 있다.[1]

탈북자 문제가 국내외적으로 이슈화되고 있는 이유는 무엇보다 탈북자의 규모가 급속히 증가하고 있는 데에서 찾을 수 있다. 2003년 초 유엔고등판무관실(UNHCR)는 탈북자의 규모를 10만 여명으로 추정한 바 있으며, 2008년 엠네스티 인터내셔널Amnesty International도 중국 내의 탈북자의

---

1) 전영평 · 장임숙, 「소수자로서 탈북자의 정책개입에 관한 분석: 정체성, 저항성, 이슈확산성을 중심으로」, 『정부학연구』 제14권 제4호, 2008, 243쪽 참조.

규모를 대략 5만 명으로 추정하고 있다.[2] 해외에 체류하고 있는 탈북자들은 난민이나 망명자 처우를 받지 못한 채, 인권의 사각지대에 놓여 있다. 한편 국내 탈북자가 1만 명을 넘어서면서 탈북자 정착의 문제가 중요한 사회문제가 되고 있는데, 이는 상당수 탈북자의 생활기반이 취약하며 문화적 차이나 환경변화에 대한 적응 실패로 사회부적응의 문제가 발생하고 있기 때문이다.[3]

탈북자 문제가 국내외적으로 중요한 사회 문제로 부각됨에 따라 그들의 삶을 형상화한 작품들이 등장하기 시작했다. 특히, 탈북자의 삶을 다룬 소설들은 1990년대 이후 상당한 양이 축적되었다.[4]

탈북자 문제의 문학적 형상화가 지닌 의미를 요약하면 다음과 같다. 우선, 두 체제와 문화를 동시에 경험하고 있는 이들의 정체성이 남북한 사회의 구조적 모순을 비판적으로 바라볼 수 있는 시각을 제공한다는 점이다. 남북한 문학의 소통은 상호침투와 충돌의 장 속에서 이질성을 극복해가는 과정에서 그 가능성을 엿볼 수 있다. 하여, 탈북자 문제의 문학적 형상화는 향후 전개될 통일문학 연구의 새로운 시각을 제공할 수 있다.

다음으로, 탈북자의 문제는 인권, 전지구적 자본주의, 분단 모순 등이

---

2) 최대석·조영주, 「탈북자 문제의 주요 쟁점과 전망」, 『북한학보』 제33집 2호, 2008, 97쪽 참조.

3) 이인제, 「북한이탈주민 정착지원 실태와 정책과제」, 『2002년도 정기국회자료집, 북한인권백서』, 통일연구원, 2005.

4) 탈북자 문제의 문학적 형상화는 특히 소설 부문에서 두드러지는데, 대표적인 작품을 소개하면 다음과 같다. 최윤, 「아버지 감시」, 『저기 소리 없이 한잎 꽃잎이 지고』, 문학과지성사, 1992; 김지수, 「무거운 생」, 『창작과비평』, 1996년 가을; 김남일, 「중급 베트남어 회화」, 『실천문학』, 2004년 여름; 박덕규, 『고양이 살리기』, 청동거울, 2004; 전성태, 「강을 건너는 사람들」, 『문학수첩』, 2005년 가을; 문순태, 「울타리」, 『울타리』, 이룸, 2006; 정철훈, 『인간의 악보』, 민음사, 2006; 강영숙, 『리나』, 랜덤하우스중앙, 2006; 황석영, 『바리데기』, 창작과비평사, 2007; 권 리, 『왼손잡이 미스터 리』, 문학수첩, 2007; 정도상, 『찔레꽃』, 창작과비평사, 2008; 이대환, 『큰돈과 콘돔』, 실천문학사, 2008; 리지명, 『삶은 어디에』, 아이엘엔피, 2008.

얽힌 복잡한 문제를 안고 있다. 그들은 민족 분단의 '희생자'인 동시에 자본주의 사회에 방치된 '약소자'라는 이중의 멍에를 짊어진 채 살아가고 있다.[5] 이에 탈북자의 삶을 다룬 문학은 근대적 일상과 분단 현실, 세계사적 보편성과 민족사적 특수성이 얽혀 있는 복합적인 문제를 제기한다. 따라서 탈북자 문제를 다룬 텍스트는 근대 국민국가의 의미와 한계는 물론 '미국→ 한국(남한)→ 중국(조선족)→ 북한' 순으로 서열화되는 신자유주의 담론의 허구성을 성찰할 수 있는 계기를 마련해준다.

탈북자 문학에 대한 주요 연구를 소개하면 다음과 같다. 한원균은 탈북자의 문제가 1990년대 이후 한국 사회에 새롭게 부각된 모순형태이며, 탈냉전 이후 동북 아시아의 역학구도와 관련된 국지적 모순을 선명하게 보여주는 의미 있는 '기표'라는 전제 아래, 박덕규와 김정현의 소설을 분석하고 있다. 그에 따르면 1990년대 중반 이후 탈북자 문제는 단순히 '그들의 문제'가 아니라 분단 극복이라는 염원을 실현하기 위한 새로운 화두로 떠오르고 있다. 특히, 분단문학이 냉전적 대립과 휴머니즘적 화해라는 이원적 구도를 탈피하여 국제적인 모순으로 등장한 탈북자 문제를 중심으로 새로운 지평을 열어야 한다는 주장은 주목을 요한다.[6]

한수영은 '탈북자'는 '인권'과 '지구적 자본주의' 각각에 맞물리는 중층적인 문제임과 동시에 남북한의 '분단모순'과 연결될 수밖에 없다는 사실을 강조하면서 그 해결은 민족적인 동시에 국제적인 지평 속에서 이루어져야 한다고 주장한다. 그는 이를 바탕으로 몇몇 단편과 자전적 수기를 분석하고 있다. 탈북자를 사회적 약자로 환기시키는 단계에서, 그들을 통해 남한과 자본주의 질서를 성찰하는 과정을 거쳐, 주체인 우리를

---

5) 류신, 「대동강과 한강을 잇는 시적 상상력의 가교 – '탈북자 1호 시인' 김성민의 시 세계」, 『실천문학』, 2006년 가을, 461쪽 참조.
6) 한원균, 「탈북자 문제의 소설사회학」, 『비판과 성찰의 글쓰기』, 청동거울, 2005, 41~42쪽 참조.

변화시킬 수 있는 외적 계기로 인식해야 한다고 본다.7)

고인환은 이산의 고통을 절실하게 체험하고 있는 이방인 문학(디아스포라 문학)의 하위 범주로 탈북자 소설을 분석하고 있다. 그는 우리 소설이 탈북자의 삶을 포착하는 방식을 '동정과 연민의 시선으로 위무하기→그들의 삶을 통해 우리의 삶 되돌아보기 혹은 자본의 논리에 소외된 자로서의 희미한 소통과 연대의 끈 확인하기→인간다움의 회복이라는 가치를 매개로 우리/그들의 경계 허물기'의 과정으로 살펴보고 있다.8)

이상의 연구들은 탈북자 문제가 우리의 분단 현실과 지구적 자본주의가 야기한 국제적 모순에서 발생한다는 사실을 정확하게 지적하면서도 이를 남북의 문제로 바라보는 한계를 노출하고 있다. 물론 탈북자 문학을 분단 문학의 연장선에서 성찰해야 한다는 점에는 이견이 없다. 탈북자 문학에 접근하기 위해서는 두 개의 국경을 사고해야 하기 때문이다. 하나가 북의 국경, 즉 탈북자들이 넘어야 하는 국경이라면, 또 다른 하나는 그 탈북을 바라보기 위해 넘어야 하는 남과 북의 경계(국경), 즉 분단의 경계이다.9) 이는 탈북자 문학이 해방 이후 한반도의 분단 현실과 맞물려 있다는 점과 근대적 일상과 분단 현실, 세계사적 보편성과 민족사적 특수성이 얽혀 있는 복합적인 문제라는 사실에서 기인한다.

본고에서는 이상의 관점을 수용하면서 최근 우리 문학에 중요한 쟁점으로 부상된 '탈국경의 상상력'10)과 연관하여 탈북자 문제 형상화의

---

7) 한수영, 「주체와 타자의 변증법―분단체제의 극복과 탈북자 문제의 소설화」, 『작가와 사회』, 2006년 겨울, 51~69쪽 참조.

8) 고인환, 「이방인 문학의 흐름과 방향성―이주 노동자와 탈북자의 삶을 다룬 작품을 중심으로」, 『문학들』, 2008년 가을; 「함께 있어도 외로움에 떠는' 그들」, 『내일을 여는 작가』, 2006년 겨울 참조.

9) 서영인, 「월경(越境)의 발목」, 『문학수첩』, 2007년 여름, 42쪽 참조.

10) 국가와 국가, 지역과 지역 간의 경계를 가로지르며 단일한 민족·국가 중심의 이데올로기를 넘어 '탈국경'의 의미를 심문하는 문학적 경향을 '탈국경의 상상력'이라 지칭할 수 있다. 탈국경의 상상력을 통해 한국의 작가들은 그동안 한반도 혹은 그

새로운 양상을 고찰하고자 한다.

1990년대 이후 한국문학의 상상력은 민족과 민중이라는 내셔널한 경계 안에 얽매여 있던 1980년대적 감수성을 부정하기 시작했다. 이는 소비와 상품이라는 거대한 유혹의 체계 내에서 문화적 탈경계가 실현되는 하나의 방식이었다. 이들의 상상력이 영토성을 유지한 채 서구적 취향의 향유와 내면화를 통한 즉자적 경계 넘기를 일상적으로 소비하고 있었던 데 비한다면, 현재 한국 문학에서 나타나고 있는 (탈)경계에 대한 관심은 뚜렷한 자의식을 가지고 표출된 흐름이라 할 수 있다.11)

경쟁을 최우선시하는 신자유주의가 새로운 지배 이데올로기가 되면서 사회의 양극화는 극도로 심각해져 가고 있으며, 자본의 장악력은 상상을 초월한 힘으로 일상 곳곳을 침투해 오고 있다. 이러한 분위기 속에서 자본의 논리와 힘에 어떻게 맞설 것인가의 문제는 문학에서도 간과할 수 없는 중요한 과제가 되었다.12) 2000년대의 우리 문학에서 화제가 되고 있는 탈국가적이고 탈근대적인 상상력은 이러한 시대적, 사회적

남쪽에 국한되었던 작품의 무대를 세계로 확장하고, 한국의 근대를 형성한 모더니티의 문제를 글로벌한 시야에서 조망할 수 있는 거리를 확보하게 되었다(박성창, 「문학 · 국경 · 세계화」, 『세계의 문학』, 2008년 봄, 324쪽 참조). 일반적으로 '탈국경의 상상력'은 국민국가적 경계를 심문하는 탈근대적 주체의 유목과 근대적 주체의 고난의 여정으로 드러난다. 탈국경의 상상력은 국가의 바깥을 탐색하는 작업인 동시에 국가의 내부를 사유하는 것이기 때문이다. 주지하듯 경제력으로 인간의 가치를 서열화하는 신자유주의의 메커니즘은 서구와 비서구, 중심과 주변 그 어디를 막론하고 예외 없이 작동된다. 자본의 바깥은 없다. 이러한 상황에서 끊임없이 자본의 바깥으로 탈주를 감행하는 경우나 그것의 불가능성을 앵무새마냥 반복하는 논리는 현실대응력이 떨어진다고 볼 수 있다. 오히려 근대주의적 전망 아래서 획득된 보편적 가치를 그것대로 보존하면서, 그것을 더 확대시켜 탈근대에 적용 가능한 보편적 가치를 재구성하는 자세가 필요하다고 본다(이명원, 「마음의 국경 : 연대는 불가능한가−탈국경 서사 비평의 현재성」, 『문학수첩』, 2007년 여름, 40쪽 참조).
11) 김예림, 「'경계'를 넘는 문학적 시선들」, 『문학 풍경, 문화 환경』, 문학과지성사, 2007, 93~95쪽 참조.
12) 이경수, 「국경을 횡단하는 상상력」, 『작가와 비평』 6호, 여름언덕, 2007, 1, 56쪽 참조.

연관관계 속에서 제기되었다.

바야흐로, 한국이 축적한 역사적 시공간의 문제를 외부의 기억과 흔적에 투사함으로써, 근대 국민국가의 성립에서 제국주의와 (탈)식민주의를 거쳐 전지구적 자본주의 문제에 이르는 근대 사회 전반의 역사를 문제 삼는 의욕적인 서사가 등장하고 있는 것이다. 이러한 탈국경의 문학적 상상력에는 하나로 묶일 수 없는 개인들의 다양한 체험과 서로 다른 특정한 개인들이 동일한 조건 하에 놓임으로써 구성하는 어떤 공통의 체험이 팽팽하게 맞서 있다.13) 이 둘을 효과적으로 형상화하는 것이 본래적이나 복원에의 환상으로부터 거리를 유지하는 동시에 하위 주체적 떠돎의 특수한 역사성을 만인의 체험으로 이완시키지 않는, 탈국경의 문학적 상상력에 주어진 과제라 할 수 있다.

본고에서는 이러한 과제를 염두에 두고 황석영의 『바리데기』와 강영숙의 『리나』에 나타난 탈북자 문학의 새로운 양상을 고찰하고자 한다. 두 작품은 탈북자의 삶을 다루면서 이를 남북의 문제로 바라보았던 기존의 관점을 넘어 전지구적 차원의 문제로 확장하고 있기 때문이다. 지금까지 탈북자 문제를 다룬 작품들은 주로 이들의 최종 목적지로 '남한'을 상정하였다. 탈북자들이 남한 사회에 무사히 정착하는 것이 작품의 지향점이었다. 이러한 관점은 동일성에 기반한 흡수의 논리에 빠질 수 있는데, 탈북자 문제의 형상화가 남과 북의 특수성에 바탕한 분단 소설의 영역으로 수렴될 수 있기 때문이다.

---

13) 김예림, 앞의 책, 103~104쪽 참조.

2. 본론

1) 탈북 디아스포라의 국제적 연대—황석영의 『바리데기』

황석영은 『바리데기』[14]를 두고 『손님』, 『심청, 연꽃의 길』과 더불어 '우리네 형식과 서사에 현재의 세계가 마주친 현실'을 담아낸 작업이라고 밝히고 있다. '자신과 한반도의 현재의 삶을 세계 사람들과 공유하려는 것이 작가가 국경이나 국적 따위에 구애받지 않는 세계 시민이 되는 길'이라는 것이다.[15] 이러한 진술에는 탈북 소녀 '바리'의 '이동'을 통해, 문화 · 종교 · 민족 등을 넘어선 '다원적 조화의 가능성'을 모색하려는 야심 찬 의도가 함축되어 있다.

사실 바리라는 버림받은 한 아이가 조국을 떠나 영국에서 성인으로 우뚝 서게 되기까지의 과정을 그리고 있는 『바리데기』의 줄거리는 외견상 우리가 알고 있는 바리공주의 삶의 패턴과 병행하지만, 실제로 그 이야기가 환기하는 맥락은 훨씬 폭이 넓다. 그것은 바리의 힘겨운 여정이, 구소련의 붕괴와 김일성 사망 및 그로 인한 북한의 고난의 행군기, 그리고 9 · 11 사태와 런던 시가지에서 발생한 폭탄테러 및 인종주의의 갈등으로 인한 이라크전쟁 발발에 이르는 숨 가쁜 국제정세와 겹쳐져 있기 때문이다.[16]

작가는 바리의 북한에서의 삶을 구체적으로 형상화하는 데서 이야기를 시작한다. 여기에는 분단 현실에 대한 작가의 관심이 드러나는데, 우리의

---

14) 황석영, 『바리데기』, 창작과비평사, 2007, 이하 작품과 쪽수만 표기.
15) 황석영, 「분쟁과 대립을 넘어 21세기의 생명수를 찾아서」, 『바리데기』, 창작과비평사, 2007, 295~298쪽 참조.
16) 김경수, 「작가의 욕망과 소설의 괴리—황석영의 『바리데기』에 대한 한 생각」, 『황해문화』, 2006년 겨울, 416쪽 참조.

구체적 삶의 현장에서 문제를 제기하여 이를 세계의 문제로 확장하려는 의도가 투사되어 있다. 전통 서사 양식의 차용 또한 특수와 보편, 한반도와 그 너머를 매개하려는 작가의 의도를 반영한다. 이 작품에서 바리설화는 우리의 전통적 정서와 인류 보편적 정서를 연결하는 기능을 한다. 바리설화는 우리의 고유한 전통 무가의 영역을 넘어 전 세계의 주변부 문화와 만나고 있기 때문이다. 특히, '고난과 시련을 거친 영웅이 오염된 세상을 구원한다는 바리설화의 원형적 구조'는 우리의 전통 양식을 인류의 보편적 서사로 확장시키는 요소의 하나이다.

이에 작품의 전반부(1장~4장)에 해당하는 바리의 북한에서의 삶과 탈북 여정은 '한반도의 현재의 삶'을 '세계 사람들과 공유'하려는 작가의 의도를 표상하는 주춧돌에 해당한다. 바리 설화는 할머니의 이야기를 통해 반복적으로 제시되며 전통적 정서를 환기하고 있다.

> 감자 쪄먹고 밥해 먹고 먼데서 부엉이나 소쩍새 울음소리가 들려오는 밤에 나는 할머니에게 옛날이야기를 해달라고 조르곤 했다. 할머니의 옛날이야기를 듣고 있으면 나는 어느결에 청진의 그 언덕바지에 있던 마당 너른 집으로 돌아간 듯했다. 그리고 지금 저 건넌방에서 언니들이 실뜨기나 손뼉치기 놀이를 하고 있는 것 같았고, 부엌에서는 금방이라도 어머니가 솥에서 쪄낸 곱장떡이나 부풀린 술빵을 소쿠리에 담아 내밀며 '이거 들여다 먹으라'고 밝게 고함치는 소리가 들려올 것 같았다. 언니들의 화들짝 웃는 소리와 쿵쾅거리며 툇마루로 몰려나오는 소리도 들리는 것 같았다.
> 야야, 너 듣고 있댄?
> 아니…… 저 할마니 바리공주가 닐굽채 딸이란 데까지 들었대서.
> — 『바리데기』, 78쪽.

바리설화가 환기하는 이러한 전통적(토속적) 정서는 현재의 비참한 상황과 대비되며 구원자로서의 바리의 캐릭터를 선명하게 부각시키는데 기여한다. 할머니가 들려주는 바리 이야기는 바리의 내면에 선명한 이미지로 각인된다. 할머니가 죽은 후 바리는 중국에 임시 터전을 마련하기 전 아버지, 어머니를 찾으러 북한을 방문한다. 이 여정에서 기근과 굶주림으로 희생된 북한 주민들의 영혼을 만난다.

> 부령까지 가면서 나는 밤마다 들판과 마을을 돌아다니는 수많은 헛것들과 부딪쳤다. 그들이 휘적이며 빈 마을길을 스쳐지나갈 적마다 둥치 큰 나무들 사이로 무거운 바람이 지나가듯 우우우웅하는 나직하고 음산한 소리가 들려왔다. 나는 나중에 다른 세상으로 가서 수많은 도시들과 찬란한 불빛들과 넘쳐나는 사람들의 활기를 보면서 이들 모두가 우리를 버렸고 모른 척했다는 섭섭하고 괘씸한 생각이 들었다.
> ―『바리데기』, 93쪽.

바리는 자신의 신통력을 통해 죽은 자들의 혼을 만나지만 이들의 한을 해소하는 단계까지 나아가지 못한다. 인용문에서 "나중에" "다른 세상"의 사람들이 "우리를 버렸고 모른 척했다는 섭섭하고 괘씸한 생각이 들었다"는 대목은 이를 뒷받침하는 예이다. 바리 설화와 바리의 초월적 능력은 당시의 현실에 개입할 여지가 거의 없다. 이는 바리의 탄생과 성장을 중심으로 북의 현실이 그려지고 있음을 보여주는데, 바리가 자신에게 가해지는 현실의 폭력에 무방비로 노출되어 있음을 시사한다. 바리는 자신의 기억과 몸속에 억압적 현실의 흔적을 새기며, 할머니의 이야기를 통해 구원자로서의 사명을 어렴풋이 자각해갈 따름이다.

즉, 분단체제가 초래한 비극성에 집중된 바리의 북한에서의 삶은 철저하게 현실적 리얼리티에 장악되어 있는 셈인데, 작가가 북한의 현실을 사실적으로 드러내는데 역점을 두고 있기 때문이다. 이는 우리에게 익숙한 전통 양식을 통해 우리의 현실(북한의 비참한 삶과 탈북의 문제)을 포착하고 있다는 점, 현실의 문제를 해결하려는 의도보다는 문제를 제기하는 방식으로 서사가 진행된다는 점 등에 기인하는 바 크다. 바리설화가 작품의 서사구조를 장악하고 있지만 작중 현실을 효과적으로 드러내는 데 기여하고 있는 것도 이 때문이다. 이는 '북한→ 중국→ 영국'으로 이어지는 바리의 여정 중 출발점이 지닌 의미, 즉 신자유주의의 이데올로기에 의해 가장 고통 받는 공간에서 구원의 가능성을 찾으려는 시도를 보여준다.[17) 바리는 주변부에서 중심부로 이동하여, 중심과 주변을 동시에 구원하려는 작가의 현실인식을 반영하는 인물이기 때문이다.

하지만 바리가 중국으로 건너가면서부터는 상황이 달라지기 시작한다. 이 지점에서 바리설화의 차용 양상은 새로운 국면에 접어든다. 바리의 난민적 상황이 국제화되면서 작가의 관심도 한반도에서 동아시아, 나아가 세계로 확장되고 있기 때문이다. 중국에서의 삶은 상대적으로 간략하게 기술되어 있다.[18) 중국에서는 바리의 신비한 능력, 즉 발맞사지 손님의 건강 상태나 그들의 과거를 투시하는 초월적 능력 등이 강조되기 시작한다. 나아가 이러한 능력 자체가 구체적인 삶의 서사를 규제하기 시작한다. 여기에서 바리설화는 현실의 문제를 해결하는 차원으로 나아간다. 현실의 리얼리티는 서사의 배면으로 가라앉고 작가의 의지가 전면에

---

17) 바리가 근대 사회에서 가장 소외받는 제3세계 여성으로 설정된 점 또한 이와 무관하지 않다.

18) 중국에서의 삶을 그리고 있는 5장은 전체 분량의 약 10%에 해당한다. 이 작품에서 중국은 우리(북한)/그들(영국), 특수/보편, 즉 중심과 주변을 연결하는 경유지의 역할을 한다. 이 매개의 고리가 상대적으로 취약하다는 점은 『바리데기』의 문학적 완성도를 떨어뜨리는 요소의 하나이다. 이와 더불어 바리가 영국으로 건너가게 되는 계기, 즉 '샹 언니'와 '쩌우 형부'를 따라 '따렌(大連)'으로 가게 되고 거기서 사기를 당해 영국으로 팔려가게 되는 설정에는 우연성까지 개입한다.

부각되는 셈이다. 이를테면 바리가 영국으로 건너가게 된 이유를 설명하는 대목은 다음과 같다.

> 내가 먼바다를 건너 영국으로 흘러가게 된 것은 이제 와서 생각해보면 내 이름 탓인지도 모른다. 할머니가 저 고적한 움집에서 밤마다 내게 바리공주 얘기를 해주었는데 해가 저무는 서천으로 생명수를 찾으러 떠난다는 줄거리가 배를 타고서야 뒤늦게 생각이 났다.
>
> ─『바리데기』, 116쪽.

인용문에서는 바리설화의 아우라가 작중 현실에 직접적으로 개입하고 있음을 보여준다. 바리의 신통한 능력이 부각되면서 바리설화의 초월적 성격이 서서히 작품을 지배하기 시작한다. 설화의 환상성이 현실의 리얼리티를 압도하는 형국이다. 영국행 배안에서의 장면을 환상성을 동원하여 시적으로 표현한 점은 이를 뒷받침하는 예이다. 바리는 이승과 저승의 경계에서, 몸과 정신의 분리/재구성을 통해 새롭게 태어난다. 작가는 딸을 잃고 절망에 빠진 바리를 일으켜 세우는 장면 또한 환상적으로 처리하고 있다. 할머니는 바리의 꿈에 나타나 "서천의 끝"으로 안내한다. 바리는 불바다, 피바다, 모래바다(인간이 세상에 지어 놓은 지옥)를 건너 서천의 끝(무쇠성)으로 향한다. 바리가 거쳐 온 지옥 같은 현실(디스토피아)이 재현되며 고통 받는 영혼들이 앞다투어 바리에게 구원을 요청한다. 한반도 북쪽에서 이주해온 탈북소녀 바리가 세계신으로 우뚝 서는 장면이다.

주지하듯, 바리의 영국에서의 삶은 중국에서의 그것과 마찬가지로 '바리'의 초월적 능력에 의존한다. 하지만 이와 더불어 주변부 하층민들의 삶이 생생하게 그려지고 있다는 점 또한 부인할 수 없는 사실이다. 이러한 이산자들의 삶에 대한 관심은 탈북자로서의 바리의 삶을 세계적으로 확장하는 기능을 한다.

압둘 할아버지와 나는 둘이 있는 시간이 많아서 전보다 더 자주 서로에 대한 이야기를 나누었다. 할아버지가 내게 해준 얘기들은 가족과 조상들에 대한 얘기와 우주에 하나밖에 없는 알라신에 대하여 그리고 예언자 무함마드에 대한 일화들이었다. 나는 꾸란을 읽지는 못했지만 이를테면 '라 일라하 일랄라 무함마드 라술룰라' 하는 고백기도의 첫 구절은 저절로 외우게 되었다. 알라 외에는 신이 없으며 무함마드는 그의 예언자라는 뜻이라고 한다. 그렇지만 나는 어려서부터 천지만물을 주관하는 하늘님이 계시다는 할머니의 말을 기억하고 있어서 별로 놀라지는 않았다. 아버지가 들었다면 또 미신이라고 윽박질렀을 테지만, 할머니가 말해주던 그분이나 압둘 할아버지가 말한 이분이나 별로 다를 게 없다고 생각한다. 이들은 난이나 차파티를 먹고 우리는 쌀밥을 먹는 차이가 있다고나 할까.

— 『바리데기』, 224~225쪽.

압둘 할아버지를 매개로 할머니가 들려준 바리설화는 구체적 일상으로 내려온다. 나아가 이산과 해체의 경험을 공유한 주변부 디아스포라의 삶과 만난다. 하지만 디아스포라들의 구체적 현실을 수난자의 공통 체험으로 흡수·수렴하는 양상이라는 점에서 기계적 조합의 성격이 짙은 것 또한 사실이다. "우주에 하나밖에 없는 알라신"과 "천지만물을 주관하는 하늘님"이 별다른 매개 없이 한몸이 되기 때문이다. 살아온 방식이 다른 이민자들의 다양한 문화적 차이, 이를테면 불교, 도교, 기독교 등이 "우주의 섭리"라는 무소불위의 최종심급으로 수렴된다. 이주자들의 특수한 역사성은 '동정과 연민'이라는 동일성 담론(바리설화)으로 흡수되고 있다. 이들 사이의 갈등과 충돌은 거의 찾아보기 어렵다.

이러한 연대 방식의 문제점에 대해 여러 관점의 비판이 제기되어 왔다. 대표적인 논의를 소개하면, '지옥과도 같은 현실을 구원해야 한다는 강박적 사고가 현실세계에 대한 과도한 단순화를 불러왔다'는 지적,[19]

---

19) 김경수, 앞의 글, 418쪽 참조.

'수십억 개의 욕망이 피비린내 나게 부딪치는 세계에서 모두를 포용하고 화해할 수 있는 휴머니즘은 존재하지 않는 탈출구'라는 관점,[20] '타자들의 차이를 무화시키는 수렴적 제의'라는 지적,[21] '제3세계 민중과의 연대에 기초한 환상적 초월'에 머물고 있다는 관점,[22] '서사를 작위적으로 바리공주 얼개에 부합하는 방식으로 변용'시키고 있다는 점[23] 등이 그것이다.

하지만 이러한 한계에도 불구하고 우리 문학에서 전지구적 사건과 현안들에 연루된 '세계적 하위주체'가 탄생한 점은 부인할 수 없는 사실이다. 이 작품은 한국어로 서술된 한국 작품이면서 동시에 신자유주의, 국제이주, 탈북, 9·11테러, 런던 테러 등 세계 독자들의 관심을 집중시키는 전 지구적 이슈와 사건을 수용하면서 세계문학으로 나아갈 내적 동력을 마련하고 있기 때문이다.[24]

황석영은 『바리데기』를 통해 비서구/서구, 피식민/식민, 이슬람(주변부의 삶)/기독교(서구중심주의) 사이의 갈등을, "타인과 세상에 대한 희망"(남을 위한 눈물/생명수)으로 중재하고 있다. 이는 21세기 디스토피아적 현실에 대한 구원의 가능성을 주변부 디아스포라들의 연대를 통해 탐색하고 있음을 반영한다.[25]

이상에서 『바리데기』는 분단 모순이 내재된 한반도의 현실을 드러내는 데는 어느 정도 성공하고 있지만, 이를 주변부 디아스포라들의 국제적

20) 권유리아, 「바리가 영국으로 간 까닭, '우리'에 대한 지극한 강박-황석영, 『바리데기』」, 『내일을 여는 작가』, 2007년 겨울, 247~248 참조.
21) 김형중, 「국경을 넘는 세 척의 배」, 『문학들』, 2007년 겨울, 61~76쪽 참조.
22) 박성창, 앞의 글, 334~336쪽 참조.
23) 권성우, 「서사의 창조적 갱신과 리얼리즘의 퇴행 사이-황석영의 『바리데기』론」, 『한민족문화연구』 제24집, 한민족문화학회, 2008, 2, 241~243 참조.
24) 양진오, 「세계문학으로서의 한국문학, 그 위상과 전망-황석영의 『바리데기』를 중심으로」, 『한민족어문학』 제51집, 한민족어문학회, 2007, 77~84쪽 참조.
25) 고인환, 「황석영 소설에 나타난 전통 양식 전용 양상 연구」, 『한민족문화연구』 제26집, 한민족문화학회, 2008, 8, 194쪽 참조.

연대의 문제로 확장하는 데는 절반의 성공 혹은 절반의 실패에 머무르고 있다고 여겨진다. 우리의 전통 설화를 너무 강조한 작가의식에서 그 원인의 하나를 찾을 수 있다. 특히, 영국에서의 삶을 형상화한 부분에서 바리 설화의 이미지는 피억압 디아스포라의 연대에 최종 심급으로 기능하고 있다. 피억압 민중의 연대에 대한 낙관적 전망 또한 작품의 완성도를 떨어뜨리는 요인으로 작용하고 있다. 자본의 논리에 소외된 타자들의 다양한 경험과 이들의 다층적 정체성을 포착하는데 일정한 한계를 노출하고 있기 때문이다.

바리를 포함한 다양한 하위주체들이 개별 국가와 민족, 나아가 그들의 고유문화를 실체화하는 단계를 넘어 어떻게 조화와 화합의 연대를 마련할 것인가의 문제는 앞으로의 과제에 해당한다. 바리와 알리가 런던 지하철 테러를 목격한 후 눈물을 흘리는 장면으로 마무리되는 결말은 새로운 연대의 가능성을 시사한다. 앞으로 전개될 영국에서의 지난한 삶을 예고하고 있기 때문이다. 이러한 결말은 '새로운 차이의 연대'를 향해 첫걸음을 내딛는 한국문학의 한 가능성을 시사하는 장면이라 할 수 있다.

2) 탈북 디아스포라의 다층적 정체성 – 강영숙의 『리나』

황석영의 『바리데기』가 근대적 수난자의 공통 체험을 바리설화라는 상징으로 수렴하는 방식으로 탈북 디아스포라의 국제적 연대를 다루고 있다면, 강영숙의 『리나』는 이러한 근대적 주체들의 연대를 심문하며 하나로 수렴될 수 없는 탈근대적 주체의 다층적 정체성을 탐색하는 지점에서 출발한다. 『리나』[26]는 탈북 소녀 리나의, '국경→ 화공약품제조

---

26) 강영숙, 『리나』, 랜덤하우스중앙, 2006, 이하 작품과 쪽수만 표기.

공장→ 마약과 관광의 도시→ 창녀촌 시링→ 경제자유지역공단지대→ 국경'으로 이어지는 고난에 찬 여정을 형상화하고 있는 작품이다. 이 작품은 국경을 넘는 한 탈북 소녀의 희망과 기대에 찬 내면을 서술하는 것으로 시작된다. 그녀는 아버지로부터 탈출하기로 했다는 얘기를 듣고 밤마다 국경을 꿈꾼다.

그녀에게 국경은 두려움(공포)과 기대(희망)가 공존하는 공간이다. 탈출하다 잡힌 남자애들은 타국으로 팔려가 꼬박 서른여섯 시간씩 낮밤 없이 일하고, 여자애들은 매춘 지역들을 뱅글뱅글 돌다가 병들어 죽을 때가 되어야 풀어준다는 소문이 떠돌았다. 리나는 이 소문을 들을 때마다 혼란에 빠진다. 그녀는 "보이지 않는 손"의 "마술"이 국경을 "활짝 열" 거라고 믿고 있으며, 절박한 탈북의 상황을 "탄광촌의 비좁은 집에서 평생 사는 것"과 "창녀가 되더라도 외국물을 먹어보고 사는 것" 사이의 선택의 문제로 인식한다. 탈북자들의 비참한 삶은 "꿈'" "소문"의 형태로 제시되며, 이를 받아들이는 리나의 태도 또한 구체적 현실과 거리감을 가진다.27)

이렇듯, '특정 국가를 벗어났으되 다른 국민국가에 편입되지 않음으로 인해 생기는 틈',28) 즉 국경이 『리나』를 감싸고 있는 무대이다. 처음 스물두 명의 탈출자들과 함께 국경을 넘던 바로 그 순간이 리나의 출발점이고, 리나의 의식이 되풀이해 돌아가는 원점이며, 리나가 기어이 다시 돌아가는 목적지이자, 소설이 끝난 후에도 리나의 행로를 완결짓지 않게 하는 열린 거점이다. 실로 리나는 국경 위에 있다.29)

여기에서 국경은 국민국가의 영역을 초극할 수 없다는 사실을 알면서도

---

27) 리나의 내면을 지배하고 있는 꿈, 소문, 마술, 운명 등은 현실의 리얼리티를 일탈하는 포스트모던 서사의 득싱 중 하나라 할 수 있다.
28) 손정수, 「디아스포라에 의한, 디아스포라를 위한, 디아스포라의 글쓰기」, 『문학들』, 2006년 가을, 49쪽.
29) 차미령, 「국경의 바깥—전성태와 강영숙의 근작들」, 『문예중앙』, 2006년 여름, 39쪽 참조.

이를 탈주해야만 하는 탈근대적 주체의 모순된 운명을 표상한다.[30] 정주하지 않고 끝없이 국경을 넘고자 하는 리나의 자발적 유목이라는 선택은 국가에 대립하는 진정한 방법이지만, 뒤집어 보면 국가로부터 추방되어 어디에도 안전한 곳이 없는 자가 선택할 수밖에 없는 비극적 방식이기도 하다.[31] 『리나』는 국민국가의 안과 밖 사이의 경계에서 아슬아슬한 줄타기를 하고 있는 작품이다.

이렇듯, 『리나』는 탈북자의 삶을 한반도의 분단 현실에 가두지 않고 디아스포라 일반의 삶으로 확장하려는 의도를 표출하고 있다.[32] 이들은

---

30) 이러한 국경 탈주의 모험이 반복되어 실체화되었을 때 또 다른 관습적 상징으로 굳어질 수 있다는 사실을 기억해야 할 것이다. 모험을 위한 모험, 새로움을 위한 새로움, 해체를 위한 해체의 나락으로 떨어질 수 있기 때문이다.

31) 정혜경, 「여성수난사 이야기와 탈(脫)국경의 상상력」, 『문학수첩』, 2007년 여름, 70쪽 참조.

32) 이러한 의도는 주인공의 이름 '리나(俐娜)'와 탈출자들이 가고 싶어 하는 'P국'의 지명에도 잘 드러난다. 이 작품은 자신의 출생지를 자꾸만 부인하려고 한다. 탈북 난민의 실상이 이 작품의 본적이지만 이 작품은 그 본적을 가능한 한 흐릿하게 지우면서 앞으로 나아간다. '리나'에서는 모국어의 뉘앙스를 찾기 어렵다. 작가는 '리나'가 '俐娜'라고 밝히고 있지만, 이 명명은 'Rina'의 뉘앙스를 지우기보다는 오히려 이 소녀를 '俐娜'와 'Rina' 사이에서 덜컹거리게 만든다. 그 때문에 이 이름은 하나의 국가에 정착하지 못한다. 이 이름 자체가 난민이다. 'P국' 또한 남한을 가리키지만, 알파벳 P에서 남한과 관련된 어떤 것을 떠올리기는 어렵다. 이 'P국'은 '彼國'이 아닌가. '이 나라'가 아닌 '저 나라'일 뿐이다(신형철, 「만유인력의 소설학」, 『몰락의 에티카』, 문학동네, 2008, 31쪽 참조). 신형철은 이러한 작가의 의도를 '미학적인 욕망'의 발현으로 본다. 『리나』는 근대 리얼리즘 소설의 문법이라는 '한 개의 달'이 떠 있는 소설이지만, 그 문법에서 이탈하려고 하는 어떤 미학적 기질이 '다른 한 개'의 달로 떠 있는 소설이라는 것이다. 한편 이혜령은 리나의 월경이 P국에 이르는 국경을 넘지 않는다는 제한적인 조건에서 이루어진다고 본다. 작가는 P국을 대한민국으로 명명하지 않음으로써 국민국가 단위로 편제된 지정학적 클리셰에 안주하지 말 것을 경고함과 동시에, P국의 국경만은 경험되지 않은, 경험되어서는 안되는 어떤 것으로 남겨둠으로써 역설적으로 P국의 실체성을 강하게 환기하고 있다는 것이다. 이에 따라 P국은 역설적으로 부재의 현존이라는 방식으로 리나의 내면성의 조건이 된다. 이러한 분석을 통해 이혜령은 주변부에서 반주변부로, 또는 반중심부로 진출한 한국의 위치와, 이러한 한국의 내셔널리티에 관한 작가의 반성

"안전한 데"가 없고, 그들이 어디에 있는지 아무도 모르는 "공중에 떠 있는 거나 마찬가지"인 존재들이다.

리나가 떠도는 도시 또한 이들의 처지와 비슷하게 그려진다. 리나의 눈에 비친 대륙의 도시는 "회색의 공기 위에 둥둥 떠 있"으며, "잿빛 유리상자 속에 든 모형도시"와 같다. 작가가 구체적 형상을 지우고 흐릿하게 제시하고 있는 제3국의 도시는 세계적 차원의 노동 분업의 구조로 형성된 저개발의 동아시아 지역이다. 이 지역의 산업들은 제1세계로부터 1970년대부터 본격적으로 아시아의 신흥 공업국가—특히, 대만 한국 홍콩 싱가포르 등으로 이전된 대표적인 산업들이며, 현재는 자본주의적 개방에 불을 댕긴 중국으로 이전되고 있다. 그 공장들이 위치한 곳은 중심부의 도시가 아닌 사막지대나 국경에 인접한 주변인 것이다.33) 이 저개발의 동아시아 지역이 리나의 공간적 배경이며, 전지구적 자본주의의 허상을 비유적으로 폭로하는 장소이기도 하다.

채찍 하나로 50여 명의 노동자를 다스리는 화공약품제조공장, "눈이 파랗고 비현실적으로 키가 크거나 몸이 큰 관광객"과 "수많은 거지"들이 공존하는 "마약과 관광의 도시"(풍요의 도시), 근대 초기의 살인적 노동, 인간에 의해 타자화된 자연의 풍광, 소비와 향락을 추구하는 욕망 등이 뒤얽힌 "창녀촌 시링", 외국인 투자자들이 특별대우를 받는 경제자유구역 공단지대 등은 전근대적인 노동착취, 매춘과 마약, 향락과 소비가 범람하는 물질적 풍요의 허상, 다국적 기업의 억압적 시스템이 뒤엉킨 전지구화된 자본의 디스토피아이다. 전근대/근대/탈근대의 성격이 혼종된 비

적 응답의 한 형식을 읽어낸다(이혜령, 「국경과 내면성—강영숙의 장편소설 『리나』에 대하여」, 『문예중앙』, 2006년 가을, 249쪽 참조). 이렇게 작가는 P국을 타자화하고 있지만, 역설적으로 P국은 리나의 여정과 의식을 규정하는 주요한 계기로 기능하고 있는 것 또한 사실이다.

33) 이혜령, 앞의 글, 238~239 참조.

동시적인 것의 동시성을 표상하는 공간이기도 하다.

　작가는 구체적 실체가 흐릿하게 지워져 있는 공간을 떠도는 리나의 여정을, 시작과 끝이 없는 비선형적 순환구조의 서사를 통해 구조화하고 있다. 이는 근대 국민국가의 경계 밖으로 탈주하려는 리나의 욕망과 이의 불가능성을 동시에 포착하려는 의지를 반영한다. 하지만 하나로 통합될 수 없는 디아스포라의 다층적 정체성은 쉽게 포착될 성질의 것이 아니다.[34]

　리나는 이러한 지난한 여정에서 다양한 형태의 인물을 만나며 관계를 맺는다. 먼저 근대적인 민족 · 국가 공동체의 경계 안에서 모색되는 소통과 연대의 양상을 고찰하기로 하자. 첫째, 노동의 소외에 맞선 다국적 시위대의 저항 양상이다. 외국인 노동자 한 사람이 몸에 불이 붙어 심각한 화상을 입는 사고가 발생한다. 그는 병원에 도착하기도 전에 사망한다. 죽은 사람들의 친구들은 독극물 탱크를 끌어안고 시위를 벌인다. 공단 측에서는 재빨리 경찰을 불러 그들을 감옥에 수감한다. 감옥에 간 사람들의 친구들이 모여 시위를 하기 시작한다. 관리자들의 반응이 없자 노동자들은 시위 장소를 "50미터 높이의 옥탑 가스 분리탑 꼭대기"로 바꾼다. 아무도 옥탑 위 사람들에게는 신경을 쓰지 못하는 사이 헬리콥터가 날아 "기운이 빠진 노동자들"을 "집게에 하나씩 매달"아 "안전하게 지상으로" 내린다. 이렇게 시위는 끝난다.

　둘째, "지속발전위원회"로 대변되는 모임이다. 제3세계의 빈곤과 열악한

---

34) 작가는 이러한 리나의 불투명한 정체성을 포착하기 위해 특이한 시점을 구현한다. 이 작품의 시점은 삼인칭이라기보다는 '무인칭 혹은 비인칭'에 가까우며, 화자는 리나이기도 하면서 리나를 넘어선 어떤 존재, 리나를 휘어잡지도 리나에 포섭되지도 않는 시점을 구성한다. 이 소설은 철저히 리나의 이야기이지만 리나만의 이야기로 귀속되지 않는 특이한 문체를 실현한다(정여울, 「국경의 다면체들 : 『북간도』에서 『리나』까지─한국소설의 국경은 어디까지 상상되었는가」『문학동네』, 2006년 겨울, 463 참조). '모두이면서 그 누구도 아닌' 존재인 리나는 디아스포라의 역동적 정체성을 '드러내는/드러내지 않는' 탈주체적 캐릭터라 할 수 있다.

인권을 보호한다는 구호단체나 세계기구 사람들이 여기에 속한다. 리나는 클럽 주인오빠와 종업원 미샤를 따라 모임에 참석한다.

> 사람들은 대마초를 피우면서 전 세계의 빈곤과 끊이지 않는 전쟁과 지속 가능한 발전에 대해 토론했다. 실제로 그중 한 명은 유엔인지, 유엔 산하인지 무슨 국제기구에 속해 있는 민간발전위원회 소속으로 일하는 사람이라고 했다. "이 나라처럼 환경오염에 대해서 무대책인 나라는 지구상에 다신 없을 겁니다." 대화는 한참씩 끊겼다가 다시 이어졌다. "환경 부담금도 안 내는 이 나라 정부에 대해서 우리는 정말로 할 말이 많습니다." 또렷한 발음으로 한 말은 여기까지가 다였고, 그 이후로는 말소리보다 신음이나 가래침 뱉는 소리가 많이 들렸다.
>
> ─『리나』, 226쪽.

리나는 "그날부터 지속가능발전위원회 소속의 평생 회원"이 되었다. 이들과 일하며 리나는 "매일 팔려만 다니던 주제에 돈 주고 사람을 사는 일당 중의 한 명이 되어 있다는 사실에 새삼 놀라 입술을 물"게 된다. 공단 폭발 이후, 희생자들을 위한 퍼포먼스를 준비한 환경운동가들이나 예술가들 또한 "지속발전위원회"의 회원들과 닮아 있다. 환경운동가들은 "일류답게, 운동도 신념도 장사가 되지 않으면 안 된다는 현실논리에 충실"했으며, 예술가들이 준비한 퍼포먼스는 피해자들을 위무하지 못하는 그들만의 잔치였으며, 이들이 떠나고 나서야 진정한 퍼포먼스가 시작된다.

셋째, 리나와 미샤 등 클럽 종업원들 사이의 연대이다. 정도의 차이는 있지만 '팔려가는 여성들의 비참한 삶'이라는 조건이 이들을 연결하는 끈이다. 리나는 이러한 여자들의 연대를 통해 클럽 오빠 및 뚱보와 결별한다. 같은 나라에서 온 후배를 뚱보가 겁탈하려는 순간, 리나는 함께 올라간 퍼즐 오빠의 뒤통수를 병으로 갈긴다. 그 사이 허둥대던 뚱보를 누워 있던 리나의 후배가 일어나 장식용 항아리로 머리통을 갈긴다. 미샤 또한 현관 앞에 있던 점박이(인도 여자애)에 의해 희생된다. 퍼즐은 여자들의 천국이 되었고 이제 공단지대를 벗어나 다른 도시에서도 손님들이 찾아왔다. 리나는 본격적으로 돈을 벌었다.

앞에서 살펴본 바와 같이 다국적 노동자들의 시위는 실패했다. 다국적 자본이 지배하는 시대, '노동의 종말'을 절망적으로 표현한 대목이다. 그리고 "지속발전위원회"의 모습 또한 허위적이다. 자본의 논리에 오염되어 '그들만의 잔치'가 된 운동의 타락상을 보여주는 장면이다. 남성들에 대한 테러로 구축된 소외받은 여성들의 연대 또한 오래 지속되지 못한다. 이들 또한 돈이 지닌 무소불위의 자장 속에 있다는 점("이제는 돈만 벌면 돼. 돈을 벌어서 빨리 이곳을 떠나기만 하면 다 잊을 수 있어")에서 디스토피아의 현실을 벗어날 수 없는 위치에 있다.

이상은 무국적 자본의 논리에 포획된 연대라 할 수 있는데, 근대 국민국가의 한계를 심문하는 디아스포라들에게 더 이상 큰 위안이 되지 못한다. 국민국가적 상상력을 넘어서는 탈근대적 주체의 유목이 요구되는 지점도 바로 여기이다. 작가는 혈연, 국적, 인종, 성차 등을 넘어서는 새로운 연대를 모색한다.

먼저 리나가 북의 가족과 결별하는 장면을 음미해보자. 리나는 탈북자를 돕기 위해 파견된 P국 선교사들을 만나 P국으로 가기 위해 탈출한 사람들이 한가득 모여 있는 곳으로 간다. 여기에서 헤어진 가족을 발견한다.

> 그때 리나는 보았다. 커다란 교회 건물 기둥을 뒤로하고 흰 벽에 기대앉아 햇볕을 쬐고 있는 세 사람, 아버지와 엄마와 남동생이었다. 리나는 아주 잠깐 혀가 뻣뻣하게 굳어 입 밖으로 말을 내뱉지 못하다가 들릴락 말락 하게 중얼거렸다. "여전히 사이들이 좋으시군." 그리고 리나는 두 손을 깍지 낀 채 눈을 내리깔고 한참을 움직이지 않았다. 리나는 가족에게 돌아가고 싶었다. 그러나 리나는 사회에 대한 불만이

너무 많았다. 그리고 성격도 몹시 안 좋아서 고분고분하게 부모의 품
으로 돌아가고 싶지가 않았다.

—『리나』, 85쪽.

리나는 가족의 곁으로 가지 않고 '삐'의 손을 잡고 거리로 나온다. 리나가 가족을 떠나는 이유는, 비록 추상적으로 제시되어 있긴 하지만, 가족이라는 울타리(혈연/지연)로 개개인의 개성(성격)을 가두는 근대 사회에 대한 불만 때문이라고 이해할 수 있다. 리나가 근대적 가족 이데올로기를 벗어나는 장면이다.

도시에서 떠돌던 리나는 프로듀서 김과 선교사 장을 만난다. 이들은 리나를 속여 돈을 갈취한다. 이들의 삶을 통해 리나는 같은 나라 사람이라고 해서 편하게 생각해서는 안 된다는 사실을 깨닫는다. 그들은 항상 리나를 주시하고 몸값을 담보로 시비를 걸 준비가 되어 있었다. 이들의 모습은 민족·국가라는 테두리를 넘어 작동되는 무국적 자본의 논리를 표상한다. 리나는 '같은 나라 사람'이라는 허울로 맺어진 이들과의 관계도 단호하게 거절한다.

리나를 중심으로 구성되는 공동체는 이러한 근대적 가족과 국가(민족), 나아가 자본의 경계를 넘어선 곳에서 형성된다. 리나는 국적불명의 나라와 도시들을 가수로, 노동자로, 여급으로 유랑하면서 만난 이들과 가족을 이룬다. 그중 '삐'는 남자다. 이국청년 삐는 리나에게 동생이었다가, 연인이었다가, 남편이 되기도 하고 동료가 되기도 한다. 함께 탈출한 방직공장 언니도 가족의 성원이 되는데, 그녀와 리나는 동료이자 자매이자 동성연인이다. 잉태와 양육의 경험이 없는 늙은 이국가수 할머니도 리나와 한 가족을 이룬다. 성과 양육과 생계를 공유하고 한 주거공간에 사는 이들은 분명 가족임에 틀림없다. 국적과 성차나 나이와 장애는 이들이 가족으로서 연대감을 형성하는 데 하등의 고려사항이 되지 않는다. 그 가족 내에

이방인은 없다. 비정상도 없다.[35] 뚜렷한 전망이나 대안도 없이 비참한 생활을 영위하지만, 자본의 논리와 일정한 거리감을 유지하고 있다는 점에서 문제적 공동체라 할 수 있다.

리나는 '이성애자/단일민족/가족주의'로 상징되는 우리 사회의 리얼리티를 배반하면서도 이와 대척되는 지점에 또다른 리얼리티 만들기를 거부한다. 리나는 자국민에게 애착을 느끼면서도 초국적이다. 가족을 거부하면서도 할머니나 봉제공장 언니, 삐와 가족적 관계를 이루며 살아간다.[36]

특히, 할머니와의 관계는 주목을 요한다. 할머니와 리나는 "수백 년 전 먼 서양의 해양 국가들이 빈번하게 드나들던 시절부터 이곳 사람들의 피부 속에 침전된 멜로디"("잊었다고 생각했는데 마치 어제의 일처럼 지금 이 순간에 되살아나는 가슴속에 묻어둔 사랑")와 "학교에서 친구들에게 은밀하게 배운 랩, 줄넘기나 고무줄놀이를 할 때 아이들과 부르는 노래, 국경을 넘은 자신의 이야기를 변형한 가사"로 연결되어 있다. 이들이 살아온 삶(역사) 자체가 현재의 부조리한 상황을 상대화하며 마주보고 있는 것이다. 할머니의 삶(그들의 역사)이 녹아 있는 사랑 노래는 가르칠 수 있는 것도, 배울 수 있는 것도 아니다. 다만 공감하고 느낄 수 있을 뿐이다. 리나는 할머니가 그렇게 했듯이, 자신이 살아온 삶을 노래로 변형해 할머니의 뒤를 이어 가수로 나선다.

하지만 이러한 대안 공동체의 형태는 오래 지속되지 못한다. 시링의 철거와 공단 폭발이 대안가족을 해체시키는 직접적인 이유로 드러나지만, 보다 근본적인 이유는 무국적 자본의 논리가 휘두르는 폭력이다. 『리나』가 모색한 연대의 상상력도 결국 파국을 맞이하는데, 작가는 이를 통해 국민국가의 안과 밖을 동시에 심문하는 작업의 가능성과 불가능성을

---

35) 김형중, 「성(性)을 사유하는 윤리적 방식―최근 한국문학에 나타난 성·사랑·가족에 대한 단상들」, 『창작과비평』, 2006년 여름, 259쪽 참조.
36) 심진경, 「새로운 거짓말과 진부한 거짓말」, 『실천문학』, 2008년 겨울, 158쪽 참조.

동시에 제시하고 있다.[37] 리나의 모험은 국민국가의 배타적 영역을 심문한다. 하지만, 리나의 현실적 삶이 국민국가의 영역 안에서 이루어진다는 점 또한 부인할 수 없는 사실이다. 따라서『리나』에 나타난 탈국경의 상상력은 국민국가의 모순을 비판하는 동시에 근대의 메커니즘을 껴안아야 하는 역설적 운명을 지닌다. 다시 국경 앞에 선 리나의 모습에서, 한국이라는 국가적 영역을 넘나들며 새롭게 구축되어야 할 세계문학으로서의 한국문학의 가능성과 한계를 동시에 엿볼 수 있는 것도 이 때문이다.

3. 결론

이상으로 강영숙의『리나』와 황석영의『바리데기』에 나타난 탈북자 문제 형상화의 새로운 양상을, 탈국경의 상상력을 중심으로 살펴보았다.『바리데기』는 한국의 전통 서사(바리 설화)를 차용하여 이를 세계의 신화로 확장하고 있다. '북한→ 중국→ 영국'이라는 공간의 이동 경로는 한국의 역사(분단현실)와 인류의 역사(근대사회의 형성과 발전과정)를 동시에 함축하고 있는데, 작가는 바리라는 초역사적 존재를 통해 근대 이전과

---

37) 근대와 탈근대의 경계에 서 있는『리나』는 다음의 딜레마를 견뎌야 한다. 기원 없는 서사, 환원되지 않는 의미, 고정되지 않는 정체성으로 뭉쳐진『리나』의 서사는 그야말로 반성과 성찰의 힘을 가진 근대적 주체와 그에 의한 서사를 완전히 부정하는, 포스트모던 서사시라고 할만하다. 하지만 리나의 복수적이고 다면적인 정체성은 아무에게도 영향받지 않고 어떤 사건에도 변질되지 않으므로 그녀를 지배하는 것은 오히려 숨막히는 동일성이다(서영인, 앞의 글, 51~53쪽 참조). 내면 없는『리나』의 서사가 수많은 이질적 타자들에게 열려 있는 것처럼 보이지만, 사실상은 자족적으로 닫혀 있는 동일성의 세계이기도 하다는 것, 그리하여 끝없이 다음 국경을 향해 나아가지만 그 국경과 국경 사이, 혹은 국경 그 자체에 대한 성찰과 변화의 동요를 겪지 않는다는 것이다.

근대, 그리고 근대 이후를 매개하려는 의지를 표출하고 있다. 미국, 영국을 중심으로 한 신자유주의 담론에 대응하는 피억압 민중(디아스포라)의 연대는 한국문학의 새로운 가능성을 보여주고 있다.

한편, 『리나』는 한반도라는 국민국가의 영역을 넘어, '국가 그 자체의 운동으로서의 국경'[38]을 심문하는 탈국경의 문학적 상상력을 선보이고 있다. 국경을 떠도는 리나의 여정은 하나로 통합될 수 없는 디아스포라의 다층적 정체성을 함축하고 있는데, 이는 근대 서사의 동일담 담론 너머를 탐색하는 포스트모던 서사의 특징을 표상한다. 『리나』는 근대적 주체의 자기모색과 탈근대적 주체의 유목 사이에 존재하는 탈국경의 문학적 상상력이 다다른 자리를 보여주는 한 징후라 할 수 있다. '단일성, 통일성, 동질성을 그 특징으로 하는', '저항적 주체이면서 동시에 국민국가에 감금된 형상'으로서의 수난자(민중) 이미지를 해체하고 있다는 점[39] 또한 이 작품의 성취이다. 리나는 국경을 초월한 자본의 논리가 구획해 놓은 국가와 민중의 경계를 허물고 탈주하는 새로운 주체라 할 만하다.

탈북자로 설정된 바리와 리나의 이동 경로는 분단현실이 매개된 한반도에서 근대 사회의 형성과정이 함축된 한반도 너머로 확장되고 있는데, 이러한 공간의 이동은 탈북 디아스포라들의 국제적 연대와 다층적 정체성을 보여주고 있다. 『바리데기』는 근대 이전의 전통 서사 양식의 차용을 통해 특수와 보편, 한반도와 그 너머, 근대와 탈근대를 매개하는 관계의 사유를 펼쳐 보이고 있다. 이에 비해 『리나』는 탈근대적 서사의 특징을 적극적으로 활용하여 독창적인 '국경의 상상력'을 선보이고 있다. 전통 서사 양식과 탈근대적 성향의 서사는 '전지구적 자본의 이동과 편재'에 응전하는 디아스포라들의 삶을 구조화하는 주요한 형식으로 기능하고 있다. 『바리데기』는

---

38) 황호덕, 「넘는 것이 아니다—국경과 문학」, 『문학동네』, 2006년 겨울, 423쪽.
39) 이종호, 「트랜스—내셔널의 감각과 형상들」, 『민중이 사라진 시대의 문학』, 갈무리, 2007, 192~195 참조.

하위주체들이 구성하는 공통의 체험을,『리나』는 하나로 수렴될 수 없는 디아스포라들의 다층적 정체성을 포착하는데 주력하고 있다.

탈국경의 문학적 상상력은 근대적 주체의 고난의 여정과 탈근대적 주체의 유목을 통해 근대 국민국가의 안과 밖을 동시에 심문한다. 부정적 근대와 맞선 근대주의적 가치와 탈근대적 가치를 어떻게 결합할 것인가의 문제가 탈국경의 문학적 상상력이 해결해야 할 절박한 과제인 셈이다.『바리데기』는 피억압 디아스포라들의 구체적 삶을 '동정과 연민'(남을 위한 눈물 혹은 생명수)이라는 근대의 동일성 담론(바리설화)으로 수렴하고 있다는 점에서 탈근대적 가치를 모색하는 데 일정한 한계를 노출하고 있다. 반면,『리나』에서는 국민국가의 경계를 탈주하려는 탈근대적 주체의 욕망이 전경화됨으로써, 부정적 근대에 맞선 근대적 가치의 영역이 상대적으로 소홀히 다루어지고 있다.『바리데기』에는 근대적 주체의 정체성을 심문하는 탈근대적 '차이의 연대'가,『리나』에는 탈북 디아스포라의 유목적 모험을 근대적 일상으로 끌어내리는 작업이 요구된다고 하겠다.

필자는 탈북자 문학이 분단 문학의 경계를 심문하는 세계 문학으로 확장되어야 한다고 생각한다. 이를 위해 탈북자 문제 형상화가 민족 분단의 특수성은 물론 근대 국민국가의 폭력성에 희생되는 소수자들의 이주와 해체의 문제, 나아가 이들의 연대를 통해 새로운 문학의 가능성을 타진하는 방향으로 나아가야 한다고 본다.『바리데기』와『리나』는 이 과제를 향해 첫 걸음을 내디딘 중요한 작품들이라 할 수 있는데, 전자는 근대적 주체의 수난과 공감의 서사를 통해, 후자는 탈근대적 주체의 유목적 모험 이야기를 통해 탈북자 문제 형상화의 새로운 가능성을 보여주고 있다.

탈북 디아스포라 문학의 새로운 양상 연구

— 이응준의 『국가의 사생활』과 강희진의 『유령』을 중심으로

1. 문제제기

1990년대 중·단편 중심으로 창작되었던 탈북 디아스포라 소설은 2000년대 중·후반 이후 본격적인 장편들로 몸을 바꾸었다. 탈북 디아스포라 문학이 지닌 의미를 요약하면 다음과 같다. 우선, 두 체제와 문화를 동시에 경험하고 있는 이들의 정체성이 남북한 사회의 구조적 모순을 비판적으로 바라볼 수 있는 시각을 제공한다는 점이다. 남북한 문학의 소통은 상호침투와 충돌의 장 속에서 이질성을 극복해가는 과정에서 그 가능성을 엿볼 수 있다. 하여, 탈북자 문제의 문학적 형상화는 향후 전개될 남북 문화통합 연구의 새로운 시각을 제공할 수 있다.

다음으로, 탈북자의 문제는 인권, 전지구적 자본주의, 분단 모순 등이 얽힌 복잡한 문제를 안고 있다. 이에 탈북자의 삶을 다룬 문학은 근대적 일상과 분단 현실, 세계사적 보편성과 민족사적 특수성이 얽혀 있는 복합적인 문제를 제기한다. 따라서 탈북자 문제를 다룬 텍스트는 근대 국민국가의 의미와 한계는 물론 '미국→ 한국(남한)→ 중국(조선족)→ 북한' 순으로 서열화되는 신자유주의 담론의 허구성을 성찰할 수 있는 계기를

마련해준다.[1]

　지금까지 탈북 디아스포라 문학에 대한 연구는 다음의 세 가지 경향으로 전개되었다. 첫째, 탈북자의 문제가 우리의 분단 현실과 지구적 자본주의가 야기한 국제적 모순에서 발생한다는 사실을 전제로 이를 남북의 문제, 즉 분단체제의 문제로 고찰한 경우이다.[2] 탈북자 문학은 분단 문학의 연장선에서 성찰해야 한다. 분단체제가 야기한 마음의 경계는 근대 국민국가를 절대화하는 태도 속에 있고, 탈북자와 같은 비국민에게 가해지는 시선의 폭력 속에 깃들어 있으며, 자본주의적 근대를 피할 수 없는 숙명으로 절대화하는 닫힌 세계관에 둥지를 틀고 있기 때문이다.[3]

　둘째, 2000년대 이후 우리 문학에 중요한 쟁점으로 부각된 '탈국경의 상상력'과 연관하여 탈북자 문제 형상화의 새로운 양상을 고찰한 경우이다.[4] 탈국경의 문학적 상상력은 근대적 주체의 고난의 여정과 탈근대적

---

1) 고인환, 「탈북자 문제 형상화의 새로운 양상 연구-『바리데기』와 『리나』에 나타난 '탈국경의 상상력'을 중심으로」, 『한국문학논총』 제52집, 한국문학회, 2009, 8, 218~219쪽 참조.

2) 주요 연구로는 '한원균, 「탈북자 문제의 소설사회학」, 『비판과 성찰의 글쓰기』, 청동거울, 2005; 한수영, 「주체와 타자의 변증법-분단체제의 극복과 탈북자 문제의 소설화」, 『작가와 사회』, 2006년 겨울호; 고인환, 「'함께 있어도 외로움에 떠는' 그들」, 『내일을 여는 작가』, 2006년 겨울호; 홍용희, 「통일시대를 향한 탈북자 문제의 소설적 인식 연구」, 『한국언어문화』 제40집, 한국언어문화학회, 2009, 12; 오창은, 「분단 디아스포라와 민족문학」, 『모욕당한 자들을 위한 사유』, 실천문학사, 2011; 고명철, 「분단체제에 대한 2000년대 한국소설의 서사적 응전」, 『한국문학논총』 제58집, 한국문학회, 2011, 8; 우찬제, 「분단 환경과 경계선의 상상력」, 『동아 연구』 제30권 2호, 서강대학교 동아연구소, 2011, 8' 등이 있다.

3) 오창은, 「공간의 감수성과 제국의 감각」, 『모욕당한 자들을 위한 사유』, 실천문학사, 2011, 105쪽 참조.

4) 주요 연구로는 '고인환, 「탈북자 문제 형상회의 새로운 양상 연구-『바리데기』와 『리나』에 나타난 '탈국경의 상상력'을 중심으로」, 『한국문학논총』 제52집, 한국문학회, 2009, 8; 권성우, 「서사의 창조적 갱신과 리얼리즘의 퇴행 사이-황석영의 『바리데기』론」, 『한민족문화연구』 제26집, 한민족문화학회, 2008, 2; 이경재, 「네이션(Nation)과 2000년대 한국소설」, 『문학수첩』, 2009년 겨울호; 오윤호, 「탈북

주체의 유목을 통해 근대 국민국가의 안과 밖을 동시에 심문한다. 전지구적 자본주의의 횡포에 맞선 탈국경의 문학적 상상력이 탈북 디아스포라 문학의 문제성과 결합한 경우이다.

셋째, 비록 개별 연구자의 문제제기 형식으로 표출되었지만, 위의 두 경향을 창조적으로 지양하기 위한 가능성을 탐색한 경우이다. 김효석은 탈북자에 대한 소설적 형상화의 성패는 우리의 분단 현실이 지닌 보편성과 특수성을 얼마나 깊이 있고 균형감 있게 소설로 형상화할 수 있는가에 달려 있다고 언급하면서 최근의 소설을 분석하고 있다. 그는 '익명의 카오스모폴리탄'을 내세워 분단현실의 특수성과 세계사적 보편성을 매개하려는 권리의 『왼손잡이 미스터 리』에 주목하여 '탈북자의 시선'과 '탈북자를 바라보는 다양한 시선들'의 경계를 무화시키고자 하고 있다.[5] 김윤정은 타자에 대해 무조건적인 환대를 종용하거나 차별적 차이를 내세우면서 타자를 적대하는 협의의 다문화사회가 아니라 예외상태를 남겨주지 않는 다문화사회를 추구해야 한다는 점을 전제로, 탈북 디아스포라 서사를 '탈영토성'보다 '재영토화, 재배치'의 관점에서 고찰하고 있다.[6] 장성규는 전 지구적 자본주의 체제의 완성과 반체제, 혹은 비체제 운동의 몰락이라는 사실을 승인하면서, 기존의 통일문학이라는 지향점을 폐기하자고 제안한다. 기존의 통일문학의 규범이 그 현실정합성을 상실했으므로 분단체제를 바라보는 새로운 문법이 필요하다는 것이다. 통일의 주체가 남북한 '인민'이 아닌 남한 '자본'과 이를 대변하는 '국가'라면 더 이상

디아스포라의 타자정체성과 자본주의적 생태의 비극성」, 『문학과 환경』 제10권 1호, 문학과환경학회, 2011, 6' 등이 있다.

5) 김효석, 「'경계境界'의 보편성과 특수성─탈북자를 대상으로 한 최근의 소설을 중심으로」, 『다문화콘텐츠연구』 제2호 통권 7호, 중앙대학교 문화콘텐츠기술연구원, 2009, 10.

6) 김윤정, 「디아스포라 여성의 타자적 정체성 연구」, 『한국어문학』 제3집, 세계한국어문학회, 2010, 4.

통일은 그 자체로 진보적인 가치를 지닐 수 없다는 것이다. 따라서 기괴한 분단체제로 인한 남북한 인민들의 구체적인 '삶'의 문제를 형상화하고, 국가주의로 포섭되지 않는 이들의 낮은 목소리를 복원하는 탈분단문학이 통일문학을 극복하기 위한 유력한 문제설정이라는 것이다.[7] 이상의 연구들은 구체적인 텍스트 분석을 통해 탈북 디아스포라 문학의 새로운 방향성을 모색하고 있다는 점에서 중요한 의미를 지닌다.

지금까지 살펴보았듯, 탈북 디아스포라 문학은 분단 문학의 경계를 심문하면서 세계를 향해 그 인식 지평을 확장하고 있다. 이는 탈북자 문학이 해방 이후 한반도의 분단 현실과 맞물려 있다는 점과 근대적 일상과 분단 현실, 세계사적 보편성과 민족사적 특수성이 얽혀 있는 복합적인 문제라는 사실에서 기인한다. 탈북자 문제는 위기의 북한체제, 남한사회의 시장지상주의와 소수자 문제, 통일시대의 가능성, 동북아의 국제질서와 인권문제, 세계의 제국주의적 자본질서 등을 가로지르는 문제적 사건인 것이다.[8]

이러한 인식을 바탕으로 본고에서는 이응준의 『국가의 사생활』과 강희진의 『유령』에 나타난 탈북 디아스포라 문학의 새로운 가능성을 고찰하고자 한다.[9] 이를 위해 텍스트의 서사 구조를 표면적 층위와 심층적 층위로

---

7) 장성규, 「국가주의적 통일문학의 변주」, 『문학수첩』 2009년 가을호; 「트랜스 내셔널의 징후와 '과정'으로서의 윤리」, 『사막에서 리얼리즘』, 실천문학사, 2011.

8) 홍용희, 앞의 논문, 394쪽 참조.

9) 이대흠의 『큰돈과 콘돔』과 권리의 『왼손잡이 미스터 리』도 탈북 디아스포라 서사의 중요한 성과의 하나이다. 전자는 남한 사회에 정착하기 위해 분투하는 탈북자의 삶을 핍진하게 형상화하고 있음에도 불구하고, 이들의 몸부림이 남한의 자본주의에 투항하는 모습으로 귀결된다는 점에서 뚜렷한 한계를 지닌다. 후자는 한반도의 분단 상황과 전 지구적 자본주의의 모순을 탈북 디아스포라의 삶을 통해 연결시키고 있으나, 이러한 의도에 비해 서사의 층위가 너무나 복잡하여 이를 효과적으로 전달하지 못하고 있다. 또한 현실의 복잡한 문제에 '카오스모폴리탄', '역할극' 등의 모범답안을 제시하고자 하는 의도가 강해 마치 정해져 있는 결론에

나누어 분석하고자 한다. 대중 장르의 서사적 규범을 적극적으로 수용하고 있는 표층적 층위의 서사는 기존의 분단문학이 지닌 진지함과 엄숙함을 상대화하며 분단체제에 기생해온 지배담론의 허구성을 경쾌하고 발랄하게 탈주하고 있다. 그 이면에 작동하고 있는 심층적 구조는 절망과 환멸로 얼룩진 분단체제의 현실을 정체성 탐색의 서사로 관통함으로써 탈북 디아스포라들의 현존을 적나라하게 파헤치고 있다.

이 두 작품을 텍스트로 선정한 이유는 다음과 같다. 첫째, 분단 현실을 형상화하는 젊은 세대들의 새로운 감수성을 엿볼 수 있다는 점이다. 이념과 체제를 넘어선 이들의 서사적 자의식은 기존의 분단소설이 지닌 엄숙함과 당위적 외침을 넘어 탈분단문학을 향한 새로운 가능성을 시사하고 있다. 특히 다양한 장르의 서사 양식을 작품 속에 수용하여 분단체제의 모순에 적극적으로 응전하고 있다는 점은 주목할 만하다. 이들의 경쾌하고 탄력적인 상상력은 선배 작가들의 의식을 짓눌러왔던 분단 현실에 대한 부채감에서 상대적으로 자유롭다.10) 일상 속에 내면화되어 있는 분단 현실을 극복하기 위한 노력은 지난 시대의 당위적 외침을 넘어 구체적으로 해결해야 할 실천적 과제를 제기한다. 위의 작품들은 '지금 여기'의

도달하기 위한 다양한 미로게임을 보는 듯한 인상이다. 마치 지적 유희를 즐기는 연출가의 가볍고 경쾌한 연극 한 편을 보는 느낌이 들었다. 비평적 관점에서 분석하는 데는 효과적인 텍스트이나 지적 호기심을 넘어서는 문학적 감동이 부족한 작품이 아닌가 싶다.

10) 그러나 이들에게도 문제는 있다. 사회주의의 몰락에 이은 전 지구적 자본주의의 승리를 체험하며 글쓰기를 전개한 이들에게 내재된 거대담론에 대한 환멸과 회의는 좌·우익 이데올로기의 문제가 복합적으로 얽힌 분단문제를 진지하고 성실하게 천착하는데 적지 않은 장애 요소로 작용하기 때문이다. 자본주의의 억압적 메커니즘과 힘겨운 투쟁을 하고 있는 이들이 우리의 정신사를 관통하고 있는 분단현실을 과연 얼마나 깊이 있게 성찰할 수 있을 것인가 하는 우려도 있다. 그러나 그렇다고 하더라도 이들의 두 어깨에 분단 극복의 가능성이 걸려 있다는 세대론적 사실은 부인할 수 없다.

분단체제를 새로운 방식으로 탐색하고 있는 문제작이다.

둘째, 탈북 디아스포라가 서술의 주체로 등장하고 있다는 점이다. 지금까지 탈북자의 삶을 형상화한 작품들은 탈북자를 바라보는 관찰자의 시선을 중심으로 서술되었다.[11] 이응준과 강희진의 작품에서 비로소 탈북자는 스스로의 주체적 시선을 획득하게 되었다고 할 수 있다. 물론 이들의 내면에 작가의 시선이 투영되어 있다는 사실은 부인할 수 없다. 하지만 '우리/그들' 사이의 경계를 '그들'의 시선으로 심문하고 있다는 사실은 탈북 디아스포라 문학에 있어 중요한 전환점의 하나라 할 수 있다. 그들이 그들의 목소리로 북한의 냉혹한 현실을, 그리고 남한 자본주의의 문제점을 증언하고 있기 때문이다.

2. '통일 디스토피아'와 분단체제의 변화 가능성 : 이응준, 『국가의 사생활』

이응준의 『국가의 사생활』은 "2011년 5월 9일 대한민국이 조선민주주의인민공화국을 흡수통일하여 장장 53년간의 민족 분단을 종식"시켰다는 도발적인 설정 아래, 그로부터 5년이 지난 2016년의 서울을 시·공간적

---

11) 우리 소설이 탈북자의 삶을 포착하는 방식은 '동정과 연민의 시선으로 위무하기→ 그들의 삶을 통해 우리의 삶 되돌아보기 혹은 자본의 논리에 소외된 자로서의 희미한 소통과 연대의 끈 확인하기→ 인간다움의 회복이라는 가치를 매개로 우리/그들의 경계 허물기'의 과정으로 전개되어 왔다(고인환, 「이방인 문학의 흐름과 방향성—이주 노동자와 탈북자의 삶을 다룬 작품을 중심으로」, 『문학들』, 2008년 가을호 참조). 이들의 작품에서 탈북자들은 항상 객체의 위치에 놓여 있었다. 우리 (주체)가 그들(탈북자, 객체)을 어떻게 바라볼 것인가의 문제가 서사의 중심에 놓여 있었다.

배경으로 삼고 있는 작품이다. 이러한 배경에는 "21세기의 한국 작가가 상상할 수 있는 것들 가운데 가장 센 이야기를 가장 위험한 칼끝으로 점묘"해 내고 싶은 작가의 욕망이 투영되어 있다. 작가는 인민군 출신 폭력 조직 내부에서 벌어진 한 살인사건을 둘러싼 미스터리로부터 소설을 풀어 나간다. 이 작품의 "형식과 내면은 근미래 가상 역사와 추리, 누아르와 스릴러, 블랙코미디와 멜로, 신화와 우화" 등등이 혼혈되어 있다. "무거운 주제와 난해한 배경을 흥미롭게 승화시키려는 노력으로 말미암아" "복잡한 장르의 유전자를 지닌 소설"이 탄생한 것이다. 우리의 의식과 무의식을 짓눌러왔던 분단현실에 대한 부채감을 '흥미롭게 승화'시키려는 서사에 대한 자의식이 뚜렷이 드러나는 대목이다.[12]

이 작품의 서사 층위는 크게 두 부분으로 나누어 고찰할 수 있다. 먼저, 통일 대한민국 정부를 혼란에 빠뜨리려는 오남철의 음모를 중심으로 전개되는 표면적 층위이다. 그야말로 폭력과 매춘, 살인 등이 뒤엉킨 '센 이야기'라 할 수 있다. 오남철은 "통일 대한민국의 모델하우스"로 설정된 '광복빌딩'을 지배하는 조직폭력배의 우두머리이다. 그는 "불세출의 독립투사 이장곤의 손자이고 북조선의 뛰어난 장교"였던 리강의 혈통을 이용해 통일조국을 혼란에 빠뜨릴 음모를 꾸민다. 굶주린 북조선 출신의 동포를 생화학 무기로 학살하려는 치밀한 음모를 통해 일방적 흡수통일에 희생된 북조선 인민의 자존심을 회복하려는 의도에서이다. 오남철이 이남에 내려와 "자본주의적으로 했던 모든 일"은 리강의 이름으로 진행되었다.

---

12) 지금 우리에게 필요한 것은 '고급문학'과 대중서사를 가르는 관습적 경계를 고집하는 것이 아니라, 그 경계가 무너진 상황에서도 '좋은 문학'과 그렇지 않은 문학을 가려내기 위해 고심하는 일일 것이다. 또한 대중적인 장르서사에 대한 섬세한 이해를 바탕으로, 그 속에 잠재된 긍정적인 에너지를 활성화시키려는 노력이 필요하다(박진, 「스릴러 장르의 사회성과 문학적 가능성」, 『국제어문』 제51집, 국제어문학회, 2011, 4, 376쪽 참조).

이러한 오남철의 음모[13]를 추적하는 리강 중심의 추리 서사는 마치 살인과 폭력, 배신이 난무하는 현대판 영웅 서사를 연상시킨다. 이렇듯, 작가는 한반도의 분단 현실(무거운 주제와 난해한 배경)을 '복잡한 장르의 유전자'로 포장함으로써 일정한 거리감을 유지하고 있다. 이는 기존의 분단소설이 지닌 무거움과 엄숙함을 넘어서려는 시도의 하나이며, 동시에 '근미래 가상 역사'를 구체적 현실로 펼쳐보여야 하는 부담감을 떨치려는 의도의 반영이라 할 수 있다.[14]

다음으로, 작가는 이러한 표층 서사의 이면에 정체성 탐색의 원형적 서사를 정교하게 작동시키고 있다. 이는 오남철, 조명도 중심의 '센 이야기'에 가려진 리강, 이선우, 림병모 등의 이야기, 즉 '변화 그 자체'가 주인공인 서사라 할 수 있다.

『국가의 사생활』은 "악마의 역사를 피와 뼈로 돌파해 낸" 할아버지의 죽음을 서술하는 것으로 시작된다. 작가는 작품의 첫머리에 할아버지가 리강에게 들려주었던 『장자』 내편 「소소유」에 나오는 이야기를 소개하고 있다.

---

13) 오남철의 음모를 중심으로 텍스트를 이해한다면 작품에 투영된 통일에 대한 거부감 혹은 반북 이데올로기를 추출할 수 있을 것이다. 하지만 작가는 오남철/조명도 등의 모습보다는 리강/이선우의 태도에 관심을 집중하고 있다. 즉 자신의 의지와 무관하게 진행된 '통일 디스토피아'의 현실에 대한 절망과 환멸, 그 속에서 변화의 가능성을 엿보는 이들의 태도가 작품의 주제의식을 형성하고 있는 것이다. 하여, 텍스트의 표면적 층위에 집착하기보다는 그 이면에서 작동하고 있는 심층 서사에 주목할 필요가 있다.

14) 이 작품의 말미에 제시되어 있는 56권에 달하는 참고문헌은 정보나 교양에 바탕하여 작품의 구체적인 육체를 채우는 2000년대 소설들, 그중에서도 역사소설이 지닌 고유한 특징 중의 하나이다. 이것은 사실에 대한 재현이라는 대명제가 사라진 시대에, 상상력의 진실성을 보증하는 하나의 담보물로서 기능한다(이경재, 「진정한 주체의 탄생에 이르는 과정」, 『학산문학』, 2009년 여름호, 272쪽 참조).

다음날 새벽 할아버지는 자신의 삶과는 어울리지 않는 평온한 죽음을 맞이했다. 나는 슬픔이 견디기 힘들어 계속해서 되뇌었다. 작은 알은 거대한 물고기가 되고 거대한 물고기는 거대한 새가 되어 날아간다고. 할아버지는 정말 이 이야기가 우울한 손자를 달래줄 거라 믿었던 것일까? 어쨌거나 보람은 있었다. 나는 또 왜인지 모르게 마음이 편해졌으니까. 나는 어렸다. 그리고 아직 살인자가 아니었다.
— 이응준, 『국가의 사생활』, 민음사, 2009, 10쪽, 이하 작품과 쪽수만 표기

할아버지가 리강에게 남긴 유일한 유산은 이 "변화에 대한 얘기"이다. 이야기 속의 "거대한 새란 자기를 초월해 위대한 변화의 가능성을 실현한 자다." 이러한 "변화의 장관"은 '기적'으로 이루어지는 게 아니라 '해일과 폭풍', 즉 시련과 고난의 여정을 통해 성취될 수 있다. 할아버지의 이야기는 "인간의 길에서 아득히 멀어지고" 있는 조국에 대한 안타까움과 이에 대한 죄의식의 표현인 셈이다.

이후 전개되는 서사는 이 할아버지가 들려준 이야기, 혹은 할아버지의 목소리를 통해 반복되는 신탁('너는 너를 죽일 것이야', '네 운명의 주인은 너인가?')의 의미를 해독하는 과정이라 할 수 있다. 작가는 참혹하게 도래할 '통일—디스토피아'의 현실을 정체성 탐색의 원형적 서사로 감싸 안고 있는 셈이다.

리강은 "조선노동당 최고위층의 고운 딸은 창녀"가 되고 "조선인민군의 자랑스러운 최정예 전사는 깡패"가 되는 통일 대한민국의 현실에서 "변화시키고 싶은 간절한 모든 것들이 인생에서 완전히 사라져 버"린 허망함을 절감한다. "그는 살아 있어도 살아 있는게" 아니다. 이러한 리강이 오남철이 꾸민 음모의 핵심에 다가가면서 통일 대한민국의 변화가능성을 타진하는 것이 작품의 주된 내용이다.

그렇다면 이러한 통일 디스토피아를 야기한 원인에 대한 질문이 선행

되어야 한다. 작가는 리강의 목소리를 통해 남한의 자본주의적 이데올로기를 북에 일방적으로 강요한 사실을 문제 삼는다. 더 근본적으로는 북조선에 대한 남한 사람들의 비틀리고 왜곡된 인식[15]을 강하게 환기한다.

> 리강은 궁금했다. 이북 여자들을 순진하다고 여기는 이남 남자들의 환상은 대체 어느 연구소에서 개발된 것일까? 어쩌면 여기에는 경제적인 측면 이외에 북남 통일이 후져진 것에 대한, 의외로 단순해서 맥이 풀려 버리는 실마리가 숨어 있을지도 몰랐다.
>
> ─『국가의 사생활』, 94쪽.

리강에 의하면 북조선에도 매춘이 있었다. 하지만 이남 남자들은 이북 여자들을 순진하다고만 여긴다. 이러한 환상은 '북남 통일'이 야기한 디스토피아적 현실을 이해하는 '실마리'가 될 수 있다. 요컨대 "리강이 보기에 이남 사람들은 이북 사람들에 관해 이것저것 알고는 있었지만 제대로 알고 있는 것은 별로 없었다." 통일의 주도권을 쥐고 있던 이남사람들은 "통일 이전에도 통일 이후에도" 이북사람들을 그들과 똑같은 인간으로 보지 않았다. "보고 싶은 것들과 보기 싫은 것들"만 보았던 것이다. 순진한 이북 여자가 보고 싶은 것에 해당하고, 무서운 이북 사회가 보기 싫은 것들에 속했다.

---

15) 이러한 예를 작품 속에서 찾기는 그리 어렵지 않다. 이를테면 다음과 같은 대목이다. "북조선 남자들은 고등학교 졸업 후 10년가량의 혹독한 군 복무 기간 동안 휴가가 없었다. 단 한 번, 말년에 휴가가 14일 정도 있기는 했으나 못 찾아 먹는 경우가 허다했다. 열일곱 살 즈음에 집을 떠나 서른 살 무렵까지 전투 기계가 되어 고향에 못 돌아가니 가족의 정을 느낀다는 것은 요원했다. 진짜로 여자 손목 제대로 못 잡아 본 남자들이 수두룩했다. **이런 사내들에게 축적된 스트레스와 폭력성이 과연 어떠한 것인지에 관한 데이터가 통일 정부에는 전혀 없었다.** 이북 남자들이 강간 사건을 많이 일으키는 것은 그들이 짐승이어서가 아니라 성에 무지하기 때문이었다."(『국가의 사생활』, 96쪽, 강조는 인용자)

이러한 인식에 기반하여 진행된 통일은 다음과 같은 뼈아픈 문제제기로부터 자유롭지 못하다.

> "넌 통일 이후의 대한민국이 우리 때문에 이렇게 됐다고 생각해?
> 천만에. 그건 이남 사람들의 착각일 뿐이야. **여긴 원래 이랬어. 그게**
> **통일 때문에 극심해져서 확연히 드러난 것뿐이지."**
> — 『국가의 사생활』, 183쪽, 강조는 인용자

작가는 '지금 여기'의 사고, 현실, 삶을 변화시켜야만 작중 상황과 같은 미래의 '환란'이 도래하지 않을 것이라는 사실을 강조하고 있는 것이다. 따라서 이 작품은 "어떠한 변화도 기대해선 안"되는 절망적 상황에서 변화를 이야기하는 소설이라 할 수 있다. 이 변화의 지점을 포착하는 작가의 상상력은 통일 디스토피아의 혼란을 스케치하는 정교한 현실인식에서 엿볼 수 있다. 작가가 제시하는 통일 대한민국의 주된 혼란은 통일 이후 북한 군대에 대한 미숙한 처리[16]와 이북 주민들을 통일 대한민국의 국민으로 수용하지 못한 실패[17]에서 기인한다. 이는 준비 없는 통일 정책에 대한 경고임과 동시에 지금부터 미래의 환란에 대비해야 한다는 작가의 메시지로 읽을 수 있다.

---

[16] 이는 북한의 선군정치에 대한 이해를 바탕으로 하고 있다. 북한은 1990년대 중·후반의 '고난의 행군'을 극복하기 위한 방도로 인민군대를 중시하는 선군사상, 선군정치가 제시되고 이에 따라 문예정책과 노선도 2000년대 이후 '선군혁명문학'으로 귀결되었다(김성수, 「선군과 문학」, 『북한문학의 지형도 2』, 청동거울, 2009, 28쪽 참조). 따라서 통일 대한민국을 상상하는 일은 북한에서 '당이고 국가이고 인민'인 군대를 어떻게 이해할 것인가의 문제와 긴밀히 연관되어 있다.

[17] 이 작품에서 통일 디스토피아의 주역으로 등장하는 "근대적 기록이 부재한 국민들, 이른바 대포인간들"은 심정적 차원의 통일 논의를 넘어 이북 주민들을 어떻게 통일 대한민국의 국민으로 수용할 것인가에 대한 구체적이고 실천적 문제를 제기한다. 또한 이를 위해서는 자본주의적 질서에 바탕한 국가·민족의 경계를 끊임없이 심문해야 한다는 점을 암시적으로 드러내준다.

불을 보듯 뻔한 통일 디스토피아의 운명 앞에서 작가는 조그마한 변화의 씨앗을 남겨 놓고 있다.

> 리강은 생각했다. 아니다. 나는 미신 같은 운명 따위에 굴복하기 위해 여기까지 그 수많은 죽음을 헤치고 온 것이 아니다. 이것은 내 뚜렷한 이성의 선택이었다. 운명의 마지막은 열려 있다. 나는 나인 오남철에게 죽는 것이 아니라, 내가 돼 버린 오남철을 죽여야 한다. 그래서 말은 같지만 실제로는 다른 결과로 운명을 극복해야 한다.
>
> ─『국가의 사생활』, 250~251쪽.

리강에게 주어진 할아버지의 신탁('너는 너를 죽일 것이야')은 "오남철에게 죽는 것이 아니라, 내가 돼 버린 오남철"을 죽이는 것으로 실현된다. 이러한 "말은 같지만 실제로는 다른 결과"는 "의지만으로는 부족해" 또 다른 나인 "윤상희의 주검"이라는 희생을 요구한다. 나의 그림자라 할 수 있는 오남철에게 나와 하나였던 연인 윤상희가 죽은 것이다.

이렇듯, "미신 같은 운명"에 인간이 개입할 여지는 거의 없지만 그래도 조금은 존재한다. 그 인간의 의지에 열려 있는 운명의 실루엣을 부여잡고 그것에 "굴복하지 않기 위해" 끊임없이 노력하는 것이야말로 작가가 제시하는 '변화의 가능성'이 아닐까? 이는 '너는 너를 죽일 것이다'라는 신탁 넘어서기, 혹은 '너는 내 운명의 주인이 맞는가?'라는 질문에 응답하는 일에 다름 아니다.

하여, 그로부터 7년이 지난 '통일 12년', 다음과 같은 리강의 진술은 변화를 갈망하는 '지금 여기'의 현실을 곱씹어보는 계기를 마련해 준다. '2023년'의 삭중 현실이 오늘의 현실과 접속하는 지점도 바로 여기이다.

통일 대한민국은 무너지지 않았다. 여전히 아플 뿐이었다. 아프다는 것은 아직 변할 수 있다는 것을 의미했다. 작은 알은 거대한 물고기가 되고 그 거대한 물고기는 다시 거대한 새가 된다. 폭풍과 해일은 하늘로 이어진 길이다.

　　　　　　　　　　　　　　　　　　　　　　　— 『국가의 사생활』, 255쪽.

　이상으로 이응준의 『국가의 사생활』을 두 개의 서사 층위를 중심으로 살펴보았다. 작가는 '통일 디스토피아'의 현실을 "흥미롭게 승화"시키기 위해 다양한 대중 장르적 요소를 도입하였다. 이응준은 이러한 "복잡한 장르의 유전자"를 정체성 탐색의 원형적 서사로 감싸안음으로써 분단체제의 변화가능성을 효과적으로 심문하고 있다. 오남철의 음모(표층적 층위)를 중심으로 작품을 이해한다면 텍스트에 투영된 반북 이데올로기나 통일에 대한 거부감 등을 추출할 수도 있을 것이다. 하지만 리강을 중심으로 한 정체성 탐색의 서사(심층적 층위), 즉 자신의 의지와 무관하게 진행된 '통일 디스토피아'의 현실에 대한 절망과 환멸, 그 속에서 변화의 가능성을 탐색하는 과정으로 작품을 이해한다면, '지금 여기'의 분단체제를 집요하게 성찰하는 탈분단 문학으로 볼 수 있다. 등장인물 대다수가 이른바 현대판 영웅들인 점, 과도한 대중문화적 요소의 도입으로 흥미 위주의 서사가 되어버린 점 등은 서사적 자의식의 문제이지 작가의 편향된 이데올로기의 문제는 아니기 때문이다. 다만 '센 이야기'를 '위험한 칼끝'으로 그리려는 과잉 욕망으로 인해 작가의 문제의식이 제대로 드러나지 않았다는 점은 한계로 지적될 수 있겠다.

3. 현실과 가상의 경계에 선 탈북 디아스포라의 정체성 : 강희진의『유령』

강희진의『유령』은 바라보는 자의 시선으로 '탈북자들의 삶'을 포착하지 않는다. 오히려 탈북 디아스포라의 눈으로 남·북한 사회를 조망하고 있는 작품이다. 또한 남한 사회에 정착하기 위해 모여든 탈북자들의 터전[18]이라 할 수 있는 백석공원 주변을 중심으로 사건이 전개된다는 점도 주목을 요한다. 우리 주변에서 흔히 볼 수 있는 탈북자들, 즉 남한 현실에 한층 밀착해 있는 인물들을 통해 탈북 디아스포라들의 삶을 구체적으로 펼쳐 보이고 있기 때문이다.『국가의 사생활』과 비교할 때 작가가 선보이는 '상상력'의 강도가 상대적으로 미약하지만, 그만큼 현실인식의 밀도가 높은 이유도 여기에 있다. 하여 이들의 정체성 탐색의 여정은『국가의 사생활』보다 치밀하고 정교한 서사의 그물로 직조되어 있다. 탈북자들의 삶이 남한의 일상 속으로 스며든 형국이다.

『유령』에 등장하는 탈북 디아스포라들은『국가의 사생활』의 영웅적 캐릭터보다 훨씬 다채롭고 리얼하다. 우선 기성세대와 젊은 세대를 아우르고 있는 인물 설정을 들 수 있다. 화자(주철/하림), 인희, 엄지 등의 젊은 세대와 그들의 부모 세대인 정주 아줌마, 주인 여자, 무산 아저씨, 회령 아저씨 등이 저마다의 탈북 이력을 바탕으로 긴장과 이완이 교차하는 생생한 삶의 드라마를 연출하고 있다. 작가는 각 세대들의 삶을 표상하는 온라인 게임의 세계와 백석 시에 나타난 공동체의 정서를 서사적으로 전용함으로써 탈북자들의 삶을 효과적으로 형상화하고 있다.

---

18) 탈북 1세대라 할 수 있는 '주인 여자'는 이북 출신들에게 너그럽다. 그녀는 탈북 후 정착금을 사기당하고 돈 많은 남쪽의 남자와 결혼한다. 남편이 죽자 전처 자식들에게 재산을 다 빼앗기고 달랑 집 한 채 건진다. 이 집은 의지가지없는 탈북자들에게 안식처를 제공한다.

다음으로, 이러한 인물 설정은 기존의 분단문학이 지닌 특성과 연결됨으로써 한층 구체적이고 폭 넓은 서사의 영역을 구축하고 있다. 작가는 '지금 여기'를 살아가는 탈북 디아스포라들의 삶이 결코 우리를 의식적 · 무의식적으로 억눌러 왔던 분단 체제와 무관하지 않다는 사실을 보여주고 있다. 이렇듯, 탈북자들의 이력은 대부분 분단 체제의 모순과 연결되어 있다.[19)]

『유령』은 엽기적 살인과 그 궤적을 추적하는 서사 양식이 표층구조를 형성하고 있다. 이는 북조선 인민을 기아와 굶주림에 빠뜨린 북한 체제(조선노동당)에 대한 원한과 복수의 서사 궤적과 일치한다.[20)] 복수의 칼날은 '회령 아저씨'에게로 모아진다. 그는 "자신을 조선노동당 당원 출신"이라고 말하고 다니며, "탈북자들의 뒷조사를 해주고 그것을 다른 사람에게 팔아넘기는 수법"으로 돈을 챙겨왔다. 탈북자들을 속여 잇속을 챙기는 몰염치한 인물이다. 하지만 남한 생활에 적응하지 못해 결국 신용불량자로 전락해 노숙자 생활을 하고 있는 피해자이기도 하다. 가해자이자 피해자인 셈이다.

정주 아줌마는 실명한 채 죽은 딸과 자살한 전남편에 대한 복수의 의미로 회령 아저씨를 살해한다. 그리고 그 사체의 일부(눈알과 손목)로 죽은

---

19) 가령, 화자는 북에 있는 아버지 때문에 동생을 남한으로 데려올 수 없었다. 아버지는 월남한 할아버지 때문에 북에서 최하층 계급인 농민으로 전락하여 배우로서의 꿈을 상실한다. 할아버지(남한)에 대한 아버지의 적대심은 분단 1세대, 즉 전쟁 체험 세대의 고통으로 인해 발생한 것이다. 또한 화자와 긴밀한 유대 관계를 형성하고 있는 손오공의 경우, 비록 그가 남한 출신이지만 할아버지가 육이오 때 남으로 내려온 삼팔따라지의 후손으로 그려진다. 이렇듯 작가는 '지금 여기'의 현실을 우리의 분단체제 모순과 연결지어 형상화하고 있다.

20) 아사한 가족에 대한 복수를 다짐하는 하림, 미처 복수를 하지 못하고 동사한 하림의 원한을 풀어주려는 주철, 북조선의 '생활총화'를 잊지 못하는 친아버지에 대한 엄지의 복수, 실명한 딸과 자살한 전남편의 원한을 풀어주려는 정주 아줌마 등 이 작품에서 복수심에 들끓는 등장인물들을 만나는 것은 어렵지 않다.

가족의 넋을 위로한다. 하지만 회령 아저씨가 조선노동당원이 아니었다는 사실을 알고 스스로 목숨을 끊는다. 북한 체제에 대한 상징적 응징이 오인에 따른 개인적 살인으로 전락했기 때문이다.

리니지 게임, 누드, 포르노, 핸플방, 동성애 등의 대중문화 코드는 이러한 원한과 복수의 서사를 다채롭게 하는데 기여하고 있다. 대중서사적 요소 안에는 소망충족과 대리만족이라는 익숙한 욕망이 깔려 있는 경우가 많고, 이런 욕망들은 종종 서사적인 상투성이나 순응적인 이데올로기와 결합하곤 한다. 하지만 대중문화 코드에는 구체적인 정치사회적 맥락에 기인하는 대중들의 공포와 분노, 강력한 사회적 요구 등이 투영되어 있기도 하다. 이런 측면들은 지배담론과 기존의 사회질서에 대한 성찰이나 대항의 에너지를 지닐 수 있으며, 이는 정치적 가능성으로 이어질 수 있다.21) 『유령』에 드러난 이러한 대중문화적 코드는 탈북 디아스포라들의 삶을 타자화하는 남한 사회의 억압적 기제를 폭로하는 역할을 한다. 이는 분단 현실의 중압감에서 벗어난 흥미롭고 대중적인 소재와 형식을 통해 억압적 현실을 효과적으로 전달하기 위한 수단이라 할 수 있다.

이러한 표층 구조는 분단 현실과 매개된 정체성 탐색의 서사와 교차되고 있다. 먼저 '리니지 게임'을 중심으로 서술되는 젊은 탈북자 세대의 정체성 문제를 살펴보자. 젊은 탈북자 세대는 현실의 무력함을 잊기 위해 온라인 게임에 빠져든다. 작가는 온라인 게임 속 상황을 작품의 서사 구조와 결합함으로써 이들의 정체성 문제를 효과적으로 탐색하고 있다. 현실에 적응하려고 노력하는 탈북자들에게 좀처럼 기회를 주지 않는 남한 사회는 이들에게 '리니지'란 천국을 제공한다. 탈북자들이 빠져드는 게임의 세계는 '변화/재생'에의 욕망을 투영하고 있다. 게임 속의 '기억'은 지워지면 다시 만들 수 있다. 리셋은 식은 죽 먹기보다 쉽다. 프로그램만

---

21) 박진, 앞의 논문, 377쪽 참조.

다시 돌리면 전혀 다른 세상이 펼쳐지기 때문이다. 이들이 가상현실 속에서 '엄마의 자궁' 같은 아늑함을 느끼는 것도 이와 무관하지 않다. 현실 속의 탈북자는 열외자이지만 게임 속의 탈북자는 고레벨의 고수이다.

특히, '바츠 해방전쟁'의 경험은 소외된 탈북자들에게 "낯설고 특별한 체험"을 선사한다.

> 정확히 말하자면 신은 인간의 일에 관여할 능력이 없다. 처음 바츠 서버를 만든 프로그램 개발자들은 바츠 공화국에서 이러한 전쟁, 혁명이 일어나리라고는 상상하지 못했을 것이다. 프로그램 개발자들은 하나의 세계와 물리적 법칙을 고안해 냈지만, 그 창조주는 서버 안의 독재에도, 혁명에도, 반란에도 아무런 영향을 주지 못한다. 그들은 그럴 능력도, 의지도 없다. 그것은 유저의 몫이다. 아무것도 해줄 수 없다는 점에서 신은 진정 공평하다.
> – 강희진, 『유령』, 은행나무, 2011, 148쪽, 이하 작품과 쪽수만 표기

온라인 게임 안에서 "사냥할 자유, 세금 없이 레벨을 올릴 권리", 즉 "자유와 정의"를 위해 독재와 싸워 승리한 '바츠 해방전쟁'[22]은 탈북자들의 소외감을 대리만족시켜주는 요소로 기능한다.

하지만 게임에 빠져들수록 이들은 반쪽짜리 인간이 되어간다. 남한 사

---

22) '바츠 해방전쟁'은 2004년 6월에서 7월 사이에 「리니지2」 제1서버(바츠 서버)에서 실제 발생한 사건이다. 「리니지2」의 세계는 레벨에 따른 계층적 차별성, 철저한 계층 분화의 사회를 배경으로 하고 있다. 레벨에 따라 입는 옷과 쓰는 무기, 사용하는 아이템 등이 다르며 출입할 수 있는 지역도 다르다. 바츠 해방전쟁은 이러한 「리니지2」의 세계를 근본적으로 동요시켰다. 위협하면 굴복하고 때리면 죽는 민중들이 권력을 전복시킬 수 있다는 것을 보여주었다. 민중의 고조되는 열망은 불가능하다고 여겨지는 승리를 만들어내었다(이인화, 『한국형디지털스토리텔링–「리니지2」 바츠 해방전쟁 이야기』, 살림, 2005, 55~56쪽 참조). 작가는 '내복단'의 구성원을 <적기가> 등을 부르는 북조선 출신의 탈북자로 설정하여 바츠 해방전쟁을 소설적으로 전용하고 있다.

회에 적응하기 위해 과거의 기억(북한에서의 삶)을 지워야 하듯이, 게임의 세계에 적응하기 위해서는 현실을 잊어야 하기 때문이다. 하여, 탈북자들은 사이보그나 인형처럼 인간으로서의 정체성을 상실해간다. 남한에서 '하림'으로 살고 있는 화자가 북쪽에서 사용하던 이름인 '주철'을 회복하려는 것도 이 때문이다.

하지만 "북한이나 중국에서의 기억"은 차츰 희미해져 가고, 타인의 삶으로 자신의 인생을 조작하고 있다는 생각을 떨치기 어렵다.

> 난…… 난…… 이름도, 어머니도, 고향도, 어린 시절의 기억도 가지고 있다. 비록 불완전한 것이지만……. 그러므로 나는 인형이 아니다. 그런데 왜 난 자꾸 내가 인형이었다는 생각을 떨쳐 버릴 수가 없을까? 영화 속의 인물들처럼 허구로 산다는 것은 끔찍한 일이다.
>
> 나는 기록이 차츰 쌓여 갈수록 자꾸 의문이 생겼다. 내가 나의 과거를 옮겨 놓은 것인지, 아니면 누구에게서 들은 얘기를 나의 과거로 착각하고 있는 것은 아닌지? 허구를 만드는 것이 아닐까?
>
> ─『유령』, 123쪽.

화자가 발 디디고 있는 공간은 "가상공간도 현실도 아닌" 그 어떤 곳이다. 그는 인간/인형, 현실/허구 두 공간의 경계를 밟고 사는 인물이다. 이러한 화자에게 북에 있는 동생은 반쪽자리 정체성을 보완해줄 유일한 존재이다. 그에게 잃어버린 기억을 되찾아줄 수 있는 "살아 있는 유년" 그 자체이기 때문이다. 동생이 남으로 온다면 화자의 기억을 회복시켜 줄 것이다. 하지만 이러한 염원조차 무참히 좌절된다. 동생은 화자가 "그토록 저주한 인민의 나라, 쓰러져 가는 공화국"을 지키기 위해 입대를 결심함으로써 남한 행을 거부한다.

한편, 이 작품에는 리니지의 세계와 대비되는 또 하나의 환상적 세계가 존재한다. 백석 시에 나타난 순박한 농촌공동체의 풍경이 그것이다.

이미 술에 취한 할아버지의 입에서 노랫소리가 터져 나오고, 아이들은 할머니의 이야기에 귀를 기울인다. 모두들 넋을 잃고, 그녀에게 몰입할 즘에 얼음이 둥둥 뜬 동치미 국물의 냉면이 앞에 놓인다. 사람들은 밤이 새는 줄도 모르고 술을 마시며 이런저런 이야기꽃을 피웠다. 그때쯤이면 한쪽 구석에 놓인 모닥불이 요란한 소리를 내면서 타오르고, 그 속에서 피워 오르는 불똥들이 반딧불처럼 어두운 하늘을 수놓았다.

－『유령』, 225쪽.

　　북쪽의 삶을 잃어가던 화자는 백석의 시를 통해 흐릿한 과거의 기억을 떠올린다. 시 속의 "익숙한 사투리"들은 "북쪽 방언"의 아름다움을 깨닫게 한다. 화자는 "남한에 와서 그토록 버리려고 했고, 이젠 기억에서 지워진 방언들이 봇물처럼 쏟아져 내"리는 풍경에 "가슴이 쿵쿵거"리는 낯선 경험을 한다. 백석의 시는 화자가 "어릴 때 경험한 향기롭게 따스한 북방의 산골 정서를 오롯이 담고 있었다."

　　탈북 1세대에게 이 "잃어버린 고향"의 이미지는 한층 직접적이다. 정주 아줌마 전남편의 예를 들어보자. 그는 북한에서 교사로 일하며 행복하게 살았던 사람이다. 하지만 정치적 발언 한 번 잘못한 것이 빌미가 되어 농민으로 전락한다. 그럼에도 그는 체제의 우월성을 믿으며 성실하게 살았다. 1997년 북한을 덮친 아사 사태 때 그의 가정은 산산조각 난다. 그는 탈북을 시도하여 홀로 남으로 내려온다. 술과 노름으로 세월을 보내다 노숙자 신세까지 갔던 그는 북의 아내를 만난 후 갱생에 성공한다.

　　그의 이야기는 여기까지였어야 했다.

　　그러나 그의 이야기는 여기서부터 우리의 기대를 빗나간다. 천신만고 끝에 자유의 땅으로 와서, 노숙자에서 다시 일어선 그 남자는 어느날 근처에 배달할 물건을 내려다 주고 우연히 백석공원을 지나가게 된다. 그것에서 그는 백석의 시비에 새겨진 <모닥불>을 읽는다.

　남자는 다시 근처의 아바이 면옥에서 냉면 한 그릇을 먹는다. 그곳에도 역시 백석의 시 <국수>가 붙어 있다. 남자는 천천히 그 시를 읽는다.

　그리고 며칠 동안 남자는 집 안에 틀어박혀 꼼짝도 하지 않았다. 그리고 한 신문기사 앞으로 장문의 유서를 보낸 후, 백석공원의 플라타너스 나무에 목을 매고 죽는다.

─『유령』, 139쪽.

그는 유서에서 "잃어버린 고향이 너무 그리워서"라고 썼다. 백석의 시는 탈북자들에게 그들이 잃어버린 것이 무엇인지를 환기시켜주고 있다. 그것은 "니것 네것 없는 완전한 세상"이다. 이러한 탈북자들의 정서를 남한 사람들이 이해하기는 쉽지 않다. 작가는 한 탈북자의 죽음을 취재한 기자의 육성을 통해 고향이라는 단어, 나아가 고향 상실의 기억까지 잃어버린 남한의 현실을 아프게 환기하고 있다. 이 '이해하기 힘듦 혹은 공감의 부재' 속에서 탈북자들은 오늘도 유령처럼 우리 옆을 떠돌고 있는 것이다.

　하여, 탈북자의 비참한 삶을 위무해줄 그 어떤 희망도 찾지 못한 화자가 다시 리니지의 세계로 빠져드는 것은 당연한 일이다.

　오늘 아침에 방송국에서 또 전화가 왔다. 이젠 연기할 생각이 없으니 연락을 말아 달라고 소리를 질렀다. 내가 갈 곳은 방송국이 아니라 리니지 세계다. 이번에 그 속으로 들어가면 영원히 돌아오지 않을 생각이다. 귀환하지 않을 것이다. 만약 바깥 세계로 나온다면 영원히 폐인으로 살아야 할지 모른다. 한 달이고, 두 달이고, 1년이고, 2년이고 머물 것이다. 내게 리니지는 환상이 아니다. 그곳은 현실이다.

─『유령』, 325쪽.

그렇다면 이들의 삶을 어떻게 바라보아야 할까? 『유령』에서 작가는 외국 잡지에 나온 탈북 동성애자의 이야기를 영화화하려는 감독의 의도를 통해 주요한 시사점 하나를 제공하고 있다. 화자는 '포르노맨'의 소개로 감독을 만난다.

하지만 감독은 화자가 그 역할을 맞는 것을 거부한다. 영화 속의 '탈북자'는 있는 그대로의 탈북자가 아니라, 자신이 창조한 탈북자라는 것이다. 그는 탈북자 그 자체가 아니라, 영화 속의 탈북자를 연기할 사람을 원한다.

> "저는 많은 탈북자들을 만나 보고 생각이 좀 바뀌었습니다. 제가 원하는 배우는 자신을 연기할 사람이 아닙니다. 제가 만든 성격을 정확히 보여줄 사람입니다. 자신이 아니라 그를, 성격을, 연기할 사람을 원합니다. 전 진실한 연기를 원합니다. 또한, 다른 한편으로 지나친 감정 몰입을 경계하고 있습니다. 제가 원하는 것은 자신이 아니라 그이기 때문입니다. 그래서 탈북자에게 역할을 맡기기가 부담스럽습니다. 연기는 자신을 보여 주는 것이지만, 또한 자기를 보여 주는 것이 아닙니다. 왜냐하면 배우가 아무리 노력해도 드라마 속의 인물인 그가 될 수가 없습니다. 연기는 객관화된 대상으로서의 자기, 진짜 자신이 아니라 가짜의 자기를 보여 주는 작업입니다. 그래서 전 탈북자는 이 연기를 할 수 없다고 생각합니다."
>
> — 『유령』, 280~281쪽.

이러한 감독의 발언은 탈북자들의 삶을 형상화하는 남한 작가들의 어려움, 즉 탈북자들의 삶에 공감하면서도 일정한 거리를 유지해야 한다는 딜레마를 암시하고 있다. 상상력을 통해 탈북자들의 삶을 형상화하는 것은 있는 그대로의 탈북자를 보여주는 것이 아니라 그들의 삶을 '연기'하는 것이다. 이를테면, 잡지에 소개된 이야기, 탈북자에 대한 자료, 수기 및 증언 등은 소설의 소재가 될 수 있다. 하지만 그 자체로 소설 속 인물의 삶이 될 수는 없다. 그런 점에서 작품 속의 '탈북자'는 탈북자이지만 탈북자가 아니기도 하다.

강희진은 『유령』을 통해 탈북자들의 삶에 무관심한 우리 사회의 냉혹함은 물론, 그들에 대한 "지나친 감정 몰입"으로 객관적 거리감을 유지하지 못하는 일방적인 태도 또한 경계하고 있는 것이다. "객관화된 대상"으로서의 탈북자는 '공감의 부재'와 "지나친 감정 몰입"을 창조적으로 지양止揚하는 과정에서 온전히 형상화될 수 있을 것이다. 『유령』은 그 지난한 여정을 향해 첫 발을 내디딘 작품이다.

4. 결론을 대신하여

이상으로 이응준의 『국가의 사생활』과 강희진의 『유령』에 나타난 탈북 디아스포라 문학의 새로운 양상을 살펴보았다. 본고에서는 텍스트의 서사 구조를 표면적 층위와 심층적 층위로 나누어 분석하였다. 대중 장르의 서사 규범을 적극적으로 수용하고 있는 표층적 층위의 서사는 기존의 분단문학이 지닌 진지함과 엄숙함을 상대화하며 분단체제에 기생해온 지배담론의 허구성을 경쾌하고 발랄하게 탈주하고 있다. 한편 그 이면에 작동하고 있는 심층적 구조는 절망과 환멸로 얼룩진 분단체제의 현실을 정체성 탐색의 서사로 관통함으로써 탈북 디아스포라들의 현존을 적나라하게 파헤치는데 효과적으로 기능하고 있다.

이응준의 『국가의 사생활』은 두 개의 서사 층위로 구조화되어 있다. 그는 '통일 디스토피아'의 현실을 "흥미롭게 승화"시키기 위해 다양한 대중 장르적 요소를 도입하였다. 작가는 이러한 "복잡한 장르의 유전자"

(표층적 서사)를 정체성 탐색의 원형적 서사(심층적 서사)로 감싸안음으로써 분단체제의 변화가능성을 효과적으로 심문하고 있다. 리강을 중심으로 한 정체성 탐색의 서사, 즉 자신의 의지와 무관하게 진행된 '통일 디스토피아'에 대한 절망과 환멸, 그 속에서 변화의 가능성을 탐색하는 과정은, 이 작품을 '지금 여기'의 분단체제를 집요하게 성찰하는 탈분단 문학의 하나로 기능하게 한다.

강희진의 『유령』 또한 두 개의 서사 층위를 교차시키고 있는데, 엽기적 살인과 그 궤적을 추적하는 서사 양식이 표층구조를 형성하고 있다. 이는 북조선 인민을 기아와 굶주림에 빠뜨린 북한 체제(조선노동당)에 대한 원한과 복수의 서사 궤적과 일치한다. 리니지 게임, 누드, 포르노, 핸플방, 동성애 등의 대중문화 코드는 이러한 원한과 복수의 서사를 풍부하게 하는 데 기여하고 있다. 흥미롭고 대중적인 소재와 형식은 디아스포라들의 삶을 타자화하는 남한 자본주의 사회의 억압적 기제를 효과적으로 폭로하는 수단으로 기능한다. 이러한 표층 구조는 분단 현실과 매개된 정체성 탐색의 서사와 교차하고 있다. 작가는 젊은 세대와 기성세대의 삶을 표상하는 온라인 게임 세계와 백석 시에 나타난 공동체의 정서를 서사적으로 전용함으로써 탈북 디아스포라들의 삶을 효과적으로 탐색하고 있다. 특히, 탈북자들의 삶을 형상화하는 남한 작가들의 어려움, 즉 탈북자들의 삶에 공감하면서도 일정한 거리를 유지해야 한다는 딜레마를 표출하고 있다는 점은 중요한 의미를 지닌다. "객관화된 대상"으로서의 탈북자는 '공감의 부재'와 "지나친 감정 몰입"을 창조적으로 지양止揚하는 과정에서 온전히 형상화될 수 있기 때문이다.

『국가의 사생활』과 『유령』은 분단 현실을 형상화하는 젊은 세대들의 새로운 감수성을 유감없이 보여주고 있다. 이념과 체제를 넘어선 이들의 서사적 자의식은 기존의 분단소설이 지닌 엄숙함과 당위적 외침을 넘어 탈분단문학을 향한 새로운 가능성을 시사하고 있다. 특히, 다양한 장르의 서사 양식을 작품 속에 수용하여 분단체제의 모순에 적극적으로 응전하고 있다는 점은 주목할 만하다. 탈북 디아스포라를 서술의 주체로 등장시키고 있다는 점 또한 문제적이다. 지금까지 탈북자의 삶을 형상화한 작품들은 탈북자를 바라보는 관찰자의 시선을 중심으로 서술되었다. 이응준과 강희진의 작품에서 비로소 탈북자는 스스로의 주체적 시선을 획득하게 되었다고 할 수 있다. '우리/그들' 사이의 경계를 '그들'의 시선으로 심문하고 있다는 사실은 탈북 디아스포라 문학에 있어 중요한 전환점의 하나라 할 수 있다. 그들이 그들의 목소리로 북한의 냉혹한 현실을, 그리고 남한 자본주의의 문제점을 증언하고 있기 때문이다.

이상에서 위의 두 작품은 궁극적으로 '통일을 어떻게 준비해야 하는가?', 혹은 '바람직한 통일을 성취하기 위해 우리가 어떻게 '변화'해야 하는가?'를 심문하는 탈분단 지향의 텍스트라 할 수 있다.

코리안 디아스포라 문학의 한 양상

— 정철훈의 『인간의 악보』를 중심으로

1. 탈북 디아스포라 문학의 새로운 양상

　정철훈의 『인간의 악보』는 지금까지 남한에서 창작된 여타의 탈북 디아스포라 문학과 뚜렷하게 구별되는 새로운 영역을 개척하고 있다. 이 작품은 비극적 분단 현실로 야기된 한민족 디아스포라의 수난사를 '남한→북한→ 모스크바(소련)→ 알마티(카자흐공화국)'의 여정으로 펼쳐 보인다. 남·북의 시·공간적 울타리에 갇혀 있던 분단문학의 영역을 한반도 너머로 확장하고 있는 셈이다.

　지금까지 남한 소설은 탈북 디아스포라의 삶을 '동정과 연민의 시선으로 위무하기→ 그들의 삶을 통해 우리의 삶 되돌아보기 혹은 자본의 논리에 소외된 자로서의 희미한 소통과 연대의 끈 확인하기→ 인간다움의 회복이라는 가치를 매개로 우리/그들의 경계 허물기'의 과정으로 포착하여 왔다.[1] 이러한 작품들은 탈북 디아스포라의 문제가 우리의 분단 현실과 한반도 너머의 국제적 긴장관계에서 발생한다는 사실을 인식하

---

1) 고인환, 「이방인 문학의 흐름과 방향성−이주 노동자와 탈북자의 삶을 다룬 작품을 중심으로」, 『문학들』, 2008년 가을호, 참조.

면서도 이를 남북의 문제로 한정하여 바라본 감이 없지 않다.

바야흐로 분단문학의 경계를 넘어 세계문학으로 확장되는 탈북 디아스포라 문학의 새로운 양상에 주목해야 할 시점에 이르렀다. 이제 같은 민족이었다는 공동체적 감수성을 환기하는 것만으로는 코리안 디아스포라 문학의 정체성을 포괄하기 어려워졌다. 민족 분단의 특수성은 물론 근대 국민국가의 폭력성에 맞서는 디아스포라의 삶을 통해 새로운 문학의 가능성을 타진해야 할 때이다.[2]

정철훈의 『인간의 악보』는 남북과 모스크바, 알마티를 가로지르는 코리안 디아스포라의 삶의 양상을 통해 그동안 남한 문학이 소홀히 다루어 온 잃어버린 역사의 한 부분을 섬세하게 복원하고 있다. 우리 민족의 피를 이어 받았으나 온전한 한국인일 수 없고, 카자흐에 정착했으나 카자흐인이 될 수 없었던, 무국적자 한추민의 삶. 이러한 한추민의 디아스포라적 운명은 국경이라는 배타적 경계를 넘어선 지점에서 국가와 민족의 의미를 심문하게 함으로써 다양한 가치가 공존하는 열린 세계의 가능성을 곱씹어보게 한다.

이 작품의 의미와 가치는 무엇보다 작중 한추민의 생애를 통해 우리가 아직까지 소설적으로 조명해 본 적 없는 새로운 이념적 디아스포라 양상을 목도하게 된다는 점이다. 『인간의 악보』의 작가는 남한 출신 월북 소련 유학생으로서 종국에는 낯선 땅 알마티에서 생을 마감할 수밖에 없었던 한추민의 생의 궤적을 따라서 소련과 북한의 현대사를 압축적으로 보여주고 있다. 스탈린의 공포정치, 비밀 서클들, 모스크바의 봄, 고려인

---

2) 탈북자의 삶을 진지구적 차원에서 다루며 코리안 디아스포라들의 이주와 연대의 상상력을 형상화한 대표적인 작품으로는 황석영의 『바리데기』(창비, 2007)와 강영숙의 『리나』(랜덤하우스 중앙, 2006)가 있다. 이에 대해서는 '고인환, 「탈북자 문제 형상화의 새로운 양상 연구─『바리데기』와 『리나』에 나타난 '탈국경의 상상력'을 중심으로」, 『한국문학논총』제52집, 한국문학회, 2009. 8'을 참고할 것.

들의 수난이 화제에 오르고, 북한의 권력 투쟁들, 특히 김일성의 박헌영 및 연안파 숙청을 중심으로 사상검토, 정치범 수용소, 밀고자들, 학대와 학살 등의 실상이 적나라하게 드러난다. 그리고 이는 한추민의 시선 및 목소리에 의해 지속적이고도 근본적으로 비판된다. 이 가운데 특히 특징적인 것은 국가와 이데올로기의 절대성에 대한 그의 비판이다.3)

이렇듯, 우리 민족의 수난사를 온몸으로 체현한 주인공 한추민의 삶은, 그 자체로 한국문학의 외연을 확장하는 새로운 가능성을 시사한다. 그가 연주하는 "인간의 악보" 속에 이질적인 민족, 국가, 문화, 역사의 목소리가 살아 숨 쉬고 있기 때문이다.

본고에서는 민족과 국가, 체제와 이념의 경계에서 부유하고 길항하는 한추민의 삶의 궤적을 따라 한국문학의 영역을 확장하고 있는 코리안 디아스포라 문학의 한 가능성을 추적해 보고자 한다.

2. 스탈린 체제 비판과 '무국적자'로서의 삶

『인간의 악보』의 주인공 한추민이 돌아가고자 했던 "조국"은 남한도, 북한도, 모스크바도 그렇다고 카자흐스탄 알마티도 아니다. 작가는 국가와 민족, 체제와 이념의 경계를 넘어 자유로운 영혼의 유토피아를 꿈꾼 한 망명가의 궤적을 집요하게 추적함으로써, 그 어디에도 뿌리내리지 못하는 코리안 디아스포라의 문제적 삶을 펼쳐 보인다.4)

---

3) 방민호, 「북한판 이명준의 이념적 디아스포라와 그 의미」, 『인간의 악보』 해설, 민음사, 2006, 308~312쪽 참조.
4) 한추민의 실제 모델은 작가의 큰아버지이기도 한 작곡가 정추로 알려져 있다. 그는 1923년 전남 곡성에서 4남 1녀 중 차남으로 태어났다. 1936년 광주 서중에 입학하여 재학 중 일본인 배속장교 배척사건으로 자퇴하여, 서울 양정중학으로 전학하게

해방 공간에서 형을 따라 월북한 추민은, 북한이 1946년부터 선발해 파견하기 시작한 국비유학생의 일원으로 모스크바에 간다.5) 전쟁 중인 한

되어 1940년에서 1942년까지 양정고보에서 수학하였다. 이후 일본으로 건너가서 1942년부터 1944년까지 일본제국 고등음악학교 예술학부 작곡과에 진학하여 김순남, 나운영, 전봉초 등과 함께 수학하였다. 해방 이후 귀국했던 정추는 1946년 12월에 영화감독이자 연출가였던 형 정준채를 따라 월북하게 된다. 1948년부터 1950년까지 평양노어대학에서 수학하다가 소련 유학생 시험에 선발되어 1952년부터 1958년까지 모스크바 국립 차이코프스키 컨서버토리 음악대학 작곡과에서 수학하였다. 재학 중이던 1956년 김일성 체제를 반대한 유학생 그룹에 가담한 이유로 소환명령을 받게 되자, 흐루시초프에게 망명을 탄원하여 허락받았다. 이후 1958년 러시아의 저명한 작곡가 아나톨리 알렉산드로프 교수 문하에서 수학하며 작곡학부를 졸업하였다. 이후 1958년에서 1959년까지 카자흐스탄 차이코프스키 음악전문학교 교수를 거쳐 1959년부터 1990년까지 카자흐스탄 국립여대 작곡과 교수를 역임하면서 작곡 활동, 후진 양성 그리고 고려인 민족음악 정리에 몰두하였다. 그는 1958년 이후 카자흐스탄 알마티에 살고 있다. 러시아 부인 나타샤와의 사이에 두 딸 정릴리와 정야나를 두고 있다(김보희 · 정민, 「정추 교수 채록 소비에트시대 고려인의 노래 해제」, 『소비에트시대 고려인의 노래 3』, 한양대학교 출판부, 2005, 388~392쪽 참조). 이러한 정추 선생의 삶의 궤적은 작품 속 한추민의 삶과 거의 일치한다. 필자는 2010년 8월 초 '중앙아시아 한국학회'에서 주관한 국제학술대회에 참가한 바 있는데, 이 때 정추 선생을 직접 만나 볼 기회가 있었다. 정추 선생은 『인간의 악보』에 드러난 한추민의 삶이 자신의 삶과 일치한다고 봐도 무리가 없다고 확인해 주었다. 다만, 소설 속 주인공은 끝까지 무국적자로 남아 생을 마감하지만, 자신은 카자흐 국적으로 이렇게 살아 있다는 점이 다르다고 언급하였다.

5) 남한 출신인 추민과는 달리, 북조선 출신 국비 유학생으로 모스크바에서 수학하다 귀국하지 않고 망명한 작가로 리진, 한진, 허진 등이 있다(박명진, 「고려인 문학에 나타난 민족서사의 특징─극작가 한진의 텍스트를 중심으로」, 『억압과 망각, 그리고 디아스포라─구소련권 고려인문학』, 한국문화사, 2004, 115~138쪽 참조). 특히, 리진은 중편소설 「윤선이」, 「싸리섬은 무인도」, 「안단테 칸타빌레」 등을 통해 김일성 정권의 모순된 체제와 폭정을 폭로하고 한국전쟁을 비판하는데 주력하였다. 이러한 리진의 작품과 『인간의 악보』는 뚜렷한 차별성을 지닌다. 리진에게 창작은 발표를 염두에 둔 미학적 작업이라기보다 수기처럼 존재하는 '생의 형식'이자 그 '내용' 자체의 성격이 강하다(정은경, 「봉인된 말들의 시간─소비에트 중앙아시아의 민족 시인 리진」, 『디아스포라 문학』, 이룸, 2007, 146~155쪽 참조). 이에 비해 『인간의 악보』는 남한 출신의 작가가 균형 감각을 유지하며 코리안 디아스포라의 삶을 형상화하고 있다는 점에서 중요한 의미를 지닌다. 중앙아시아 고려인의 삶을 발굴하고 관찰하는 차원을 넘어 그들과 동등한 관점에서 대화하며 동시대 삶의 핵심 문

반도를 떠나 사회주의 종주국인 소련의 심장부에서 음악을 공부하게 된 것이다. 이러한 설정은 북한과 소련의 사회주의 현실에 대한 구체적 탐색의 계기로 기능한다. 이는 남한 문학의 결락부분 즉, 남한의 문학이 의도적으로 방기했던 사회주의 체제에 대한 적극적인 문제의식을 함축하고 있다.

1956년 2월 소련공산당 20차 전당대회에서 흐루시초프 제1서기는 스탈린 격하 발언을 통해 경직된 사회주의 체제를 고발한다.6) 이를 계기로 모스크바는 "진실의 꼬리를 붙들고 기지개"를 켜기 시작한다. 이른바 "레닌주의의 복귀, 신레닌주의"의 기치가 "모스크바의 봄"을 이끈 것이다. 이러한 "모스크바의 봄"을 통해 추민은 자신이 서 있는 자리를 자각하게 된다.

세계의 국경은 생각보다 훨씬 물렁거리는 물질로 만들어져 있을지도 모른다. 조-소 국경도 마찬가지일 것이다. 그러나 영속적이고 이해할 수 있는 세계 너머에는 영속적이지 않은 어둠과 빛이 교차되는 다른 세계가 분명히 존재한다. 어둠과 빛 사이에 죽음과 한 몸체로 연결된 썩은 물이 추민 앞에 놓여 있었다. 썩은 물에서 살아가는 소금쟁이와 물방개들. 살아남기 위해 끊임없이 허우적대는 물방개란 추민 자신이었다. 원통 물통 안에서 태어나고 죽는 물방개들. 물방개들은 원형 물통 바깥에서 무엇이 일어나는지를 알지 못한 채 죽어간다. 원통 물통 안에 갇힌 채 살아간다면 수년 뒤에는 모두가 원형 모양의 공

제라 할 수 있는 탈국경 · 탈민족의 문제를 제기하고 있기 때문이다.

6) 흐루시초프는 스탈린이 수많은 사람을 죽음으로 내몰고 지도부와 정책에서 레닌주의와 결별한 극악무도한 사람이라고 비난했다. 그러나 그가 스탈린의 모든 죄를 비난한 것은 아니었다. 흐루시초프의 보고는 1934년 키로프가 죽은 뒤부터 스탈린이 저지른 행적에 초점이 맞추어져 있었다. 그는 1920년대 말에 확립된 정치와 경제의 기본 구조에 대한 비판은 피했고, 스탈린이 내전과 제1차 5개년계획 때 저지른 테러에 대해서도 아무 말 하지 않았다. 흐루시초프는 현재의 당과 정부 관리들을 설득하는 방편으로 그들의 선배 세대가 1937년~1938년에 자행된 공포 정치의 주요 희생자였다는 인상을 주기 위해 노력했다. 흐루시초프는 스탈린의 권력 남용과 잘못된 숙청 사례 등을 폭로하면서 소비에트 연방의 정통성은 레닌과 10월혁명에서 나온다고 주장하였다(로버트 서비스, 윤길순 역, 『스탈린, 강철 권력』, 교양인, 2007, 991~992쪽 참조).

통된 세계관을 갖게 될 것이다. 자유를 사랑하는 사람들은 마침내 원통 물통에서 벗어나기 위해 통의 녹슨 가장자리로 기어오르다가 떨어지기를 반복할 테고, 그런 위험과 고통을 감수하지 않는다면 원형 물통에서 벗어나 다른 형태의 물통으로 옮겨갈 수 없을 것이다. 갑자기 전에는 보지 못했던 수많은 색깔의 세계가 눈앞에 펼쳐졌다. (중략) 이 무한한 세계. 맙소사. 모스크바에서 세상이 다시 태어나고 있었다. 레닌 언덕에서도 무엇인가가 일어나고 있었다. 원형 물통이란 얼마나 허구인가. 그 안에 갇힌 소금쟁이와 물방개의 삶은 평화스럽게 위장되어 있을 뿐이었다. 반쯤 썩은 물 안에서 스스로 자유롭게 헤엄치고 있다고 느끼는 물방개가 될 것인가.

　　　－ 정철훈, 『인간의 악보』, 민음사, 2006, 142~143쪽, 이하 작품과
쪽수만 표기

추민은 "다시 태어나고 있"는 모스크바의 분위기를 통해 경직된 이데올로기(원형 물통)에 갇혀 "자유롭게 헤엄치고 있다고 느끼는 물방개"의 삶이 지닌 허구성을 깨닫는다. 그는 "전에는 보지 못했던 수많은 색깔의 세계"가 눈앞에 펼쳐지고 있음을 발견하며, "자유를 사랑하는 사람들"은 "원형 물통에서 벗어나 다른 형태의 물통"으로 옮겨가기 위한 "위험과 고통"을 기꺼이 감수해야 함을 절감한다. 추민은 "평화스럽게 위장"된 세계를 넘어 새로운 세계를 향한 모험에 뛰어든다.

　　"스탈린주의는 이미 과거가 되었고 게다가 사회주의의 가장 큰 오점으로 규정되었소. 모스크바에 와서 배운 것은 바로 스탈린주의를 가지고는 민주 조국을 건설할 수 없다는 명백한 사실이오. 우리 조국이 스탈린주의라는 악몽을 되풀이해서는 안 될 것입니다. 역사는 끝까지 진실의 편입니다. 흐루시초프에 의해 시작된 **사회주의적 민주화운동**에 우리도 동참해야 합니다. 스탈린식 개인숭배는 이미 빛을 잃었습니다. 우리는 현실을 직시해야 합니다."

　　　　　　　－『인간의 악보』, 167~168쪽, 강조는 필자

"스탈린주의의 악몽"을 거부하며 북조선이 나아가야 할 방향을 제시하는 추민의 발언에는 맹목적 반공주의의 색채가 스며들어 있지 않다. 그는 박제된 이데올로기(스탈린/김일성식 개인숭배)에 대한 단호한 거부를 통해 "사회주의적 민주화 운동"에 동참할 것을 호소하고 있기 때문이다.

　하지만 "모스크바의 봄"을 "조국의 봄"으로 전이시키기 위한 추민의 "꿈"은 유산되고 만다. "젊은 이상주의자의 절규"는 북의 시대착오적인 개인숭배 정책에 의해 "반역"이란 이름으로 무참하게 짓밟힌다.

　이에 추민은 "조선민주주의인민공화국의 공민권"을 포기하고 흐루시초프 서기장에게 "정치 망명"을 신청한다.

> 　나는 현 조선민주주의인민공화국 내에서 헌법에 보장된 공민의 권리가 난폭하게 유린되고 있는 상태로 말미암아 1956년 12월 1일부로 조선민주주의인민공화국 공민권을 포기함을 통보한다. 북조선 공민증을 함께 동봉한다.
>
> 　니키타 세르게예비치 흐루시초프 서기장 귀하!
> 　북조선에게 벌어지고 있는 김일성의 개인숭배를 고발하기 위해 이 편지를 씁니다. (중략)
> 　세계는 이제 서기장 동무의 스탈린 격하 발언에 의해 새로운 전기를 마련하고 있는데 제 조국은 아직 개인독재의 소용돌이에 휩싸여 있습니다. 저는 개인숭배에 맞서 싸우기 위해 정치 망명을 신청합니다.
> 　　　　　　　　　　　　　　　　　　　　　－『인간의 악보』, 191쪽.

　위에 제시된 편지 두 장은 추민의 운명을 근본적으로 바꾸는 계기가 된다. 소련 국무성은 추민의 망명을 허가한다. 소련 당국은 "북조선과의 관계를 고려해 모스크바는 물론 블라디보스토크 등 극동지역에서의 거주를 금지"한다는 조건으로 "무국적 공민증"을 발부한다. 추민은 이제 남조선이나 북조선으로 돌아갈 수 없게 되었으며, 그렇다고 모스크바나 극동지역에도 거주할 수 없게 된다. 한 자발적 망명자에게 주어진 "무국적 공민증"은 그 어느 곳에도 정착할 수 없는 디아스포라의 운명을 보여주는 증명서에 다름 아니다. 이제 추민은 "원형 물통"에 갇힌 "예전의 그"가 아니다. 근대 국민국가의 영토에서 쫓겨나 "물렁거리는 물질"로 만들어진 "국경과 국경" 사이의 "세계"로 진입한 것이다.

추민은 "재소한인들의 한과 설움이 서린 땅" "알마티"로 떠난다. 이로부터 한추민의 "무국적자로서의 삶"이 새롭게 펼쳐진다.

3. 민족과 국가의 경계를 가로지르는 '대지'의 노래

알마티에서 한추민이 시작한 일은 카자흐 한인들의 전래 가요를 수집하는 것이었다. 전래가요에는 "죽음마저 이긴" 카자흐 한인들의 설움과 한恨이 녹아 있다.

> "카자흐 한인들은 1937년 겨울, 중앙아시아를 횡단하는 길고도 험한 이주여행 끝에 추위와 굶주림으로 상당수가 사망했소. 그들이 당도한 곳은 인가조차 없는 황량한 사막지대인 우슈토베였소. 그 황무지에 십수만 명의 고려인을 쏟아 붓고 풀뿌리로 연명하도록 강요했더랬소. 그게 전부가 아니오. 2차 세계대전 때는 고려인들을 적성민족으로 분류해 후방의 노동전선인 탄광, 군수공장, 북극권 산림벌채에나 동원했소. 고려인들은 늘 추위와 굶주림과 사역으로 고통 받았소. 그 고통 속에서도 그들을 살게 한 것이 바로 고려가요, 고려 민요란 말이오. 내가 채보하고자 하는 것은 죽음마저 이긴 고려인들의 노동가요란 말이오. 나는 새로운 이데올로기를 찾아가는 것이 아니라 노래

를 찾아갈 뿐이오. 그것은 새소리, 바람 소리, 개울 소리, 풀 소리, 나무
소리, 벌레 소리와 같은 것이오."

— 『인간의 악보』, 208~209쪽.

한추민의 삶은 "고려가요"를 통해 한반도와 러시아 연해주를 거쳐 중
앙아시아에 정착한 고려인들의 삶과 조우한다.[7] 그에게 노래는 "추위와
굶주림"으로 표상되는 척박한 상황을 극복하고, 죽음을 삶으로 바꾼 "고
려인들"의 "노동가요"이다.

이러한 노래 채보는 소비에트 정권의 소수민족정책의 허구성에 대한
고발로 이어진다. "당"의 눈에 "노동가요를 채보하는 일"은 "농업 생산력
을 배가시키는 협동정신의 근원을 밝힐 수 있는 하나의 방법"으로 비친
다. 하지만 "농업 생산력을 배가시키는 협동정신"이라는 "공동의 선"은,
국가 안의 "어떤 집단이나 개인"의 희생을 전제로 한 억압적 이데올로기
로 기능할 뿐이다.

이를테면, 러시아인들은 중앙아시아로 이주한 고려인들을 "양파를 재
배하는 사람들"(루크치크)이라 불렀다. 한인들의 영농기술이 소련 인민
들의 배를 채우는 데 기여했는데도 쌀농사를 짓는 사람이란 뜻의 "리스
치크"가 아니라 "루크치크"로 불린다는 사실은, 원동에서 흘러 들어온
이방인들이 그들이 일용하는 주식 농사에 기여하고 있음을 인정하지 않는

---

7) 중앙아시아 고려인들은 19세기 말 러시아 연해주로 건너온 유민들의 후손이다. 이
들의 생활 터전은 한일합방 이후 의병활동 및 항일운동의 근거지였으며, 러시아 혁
명 이후부터는 재러 한인 소비에트 건설을 위한 민족공동체의 요람이었다. 1937년
중앙아시아로 이주한 후에는 불모지와도 같은 이국의 땅에서 삶의 터전을 일구어
오늘에 이르고 있다. 이렇듯, 고려인 디아스포라의 삶은 구한말에서 오늘에 이르는
험준한 역사적 발자취를 따라 한반도와 러시아 연해주나 사할린 지역을 포함해서
중앙아시아 전역에 걸친 시공간에 입체적으로 걸쳐 있다(이명재, 「고려인 문단의
현황과 자료의 체계화」, 김종회 편, 『한민족 문화권의 문학 2』, 국학자료원, 2006,
527쪽 참조).

태도를 시사한다. "루크치크"라는 호칭에는 "슬라브주의 차별의식" 배어 있는 셈이다. 그들의 눈에 고려인들은 단지 "황색 양파 재배자"일 뿐이다.

추민은 이러한 "황색 재배자"의 애환이 담긴 노랫말을 받아 적는다.

> 황무지 벌판은 이렇게 말하였다
> 어째서 우리를 이용하지 않느냐?
> 찬란한 시절에 피기를 원한다
> 그리해라, 벌판아! 사람들은 대답하고
> 황무지를 개척하여 콜호즈를 세웠다
>
> 목마른 밭들은 이렇게 말하였다
> 나 어린 곡식이 젖 못 먹어 마르니
> 기름진 강물을 청하여 오너라!
> 그리해라, 밭들아! 사람들은 대답하고
> 강물 찾아 달려 나가 물을 오라 명령했다
>
> 흐르는 강물은 이렇게 말하였다
> 소원은 있으나 갈 길 없어 못 가니
> 천 리나 만 리나 갈 길만 닦아라
> 그리해라, 강물아! 사람들은 대답하고
> 수십 천이 줄을 쳐서 대돌소돌 파서 냈다
>
> 싯누런 곡식은 이렇게 말하였다
> 이삭 여물어 잡새들이 탐내니
> 고귀한 쌀알을 알뜰히 걷어라
> 그리해라, 곡식아! 사람들은 대답하고
> 놀라하며 추수하여 부유하게 생활한다
>
> 우리의 시대는 이렇게 말하였다
> 노력이 값있는 우리나라 땅에서

영웅은 뚜렷이 표상을 받아라

그리해라 시대야! 사람들은 대담하고

역사에서 보지 못한 새 세상을 창조한다.

－『인간의 악보』, 212~213쪽.[8]

  인용문에서 드러나듯, 고려인들의 노래는 "황무지 벌판", "목마른 밭", "흐르는 강물", "싯누런 곡식" 등 자연과 소통·교감하며 "역사에서 보지 못한 새 세상을 창조"하는 환희와 기쁨으로 가득 차 있다. 또한 국가와 민족, 이데올로기와 체제를 가로지르는 "노력"하는 "영웅"들의 고귀한 영혼의 찬가라는 점에서, "이질적인 민족" 간에 싹트는 "국제주의적인 친선의 노래"이기도 하다. 이러한 "인종이며 학력이며 태생의 구별 없이" 모두가 "평등"한 "대지"의 노래는 추민이 꿈꾸는 진정한 "조국"의 노래이기도 하다.[9]

4. 코리안 디아스포라 문학의 운명

  "무국적자"로서의 한추민은 근대 국민국가의 이데올로기에 정면으로 맞선 문제적 개인이라 할 수 있다. 알마티 중앙공산당 사무국 비서의 "왜

---

8) 인용된 시의 4연까지는 '태창훈 작사(이함덕 창, 오철암 작곡), <소원과 실천>, 『정추 교수 채록 소비에트시대 고려인의 노래 1』, 한양대학교 출판부, 2005, 322~323쪽'의 내용과 일치함.

9) 한추민의 실제 모델이라 할 수 있는 작곡가 정추는 1959년부터 1970년까지 카자흐스탄과 러시아 및 우즈베키스탄에 사는 고려인들의 음악문화 유산을 직접 녹음·채록·채보하여 2005년 국사편찬위원회에 기증하였다. 모두 24권의 파일에 1,068곡의 가사와 500곡 가량의 악보가 채보되어 있다. 전통 민요와 창가, 창작민요, 혁명가, 유행가 등이 혼효된 이들 자료는 '국사편찬위원회·한양대학교한국학연구소 편, 『정추 교수 채록 소비에트시대 고려인의 노래 1, 2, 3』, 한양대학교 출판부, 2005'로 출판되어 오랫동안 잊혀졌던 구소련 지역 고려인들의 음악사를 재구성하는데 큰 도움을 주고 있다.

소련 국적을 청원"하지 않느냐는 질문에 추민은 "돌아가야 할 조국"이 있다고 대답한다.

> "서류상의 국적은 아무런 의미가 없소. 이데올로기가 한 인간을 세뇌시킬 수는 있겠지만 인간의 영혼까지 소유할 수는 없소. 게다가 소비에트는 인민을 위한 정권임을 표방하고 있지 않나요? 나 역시 비서 동무에게 국적 취득을 구걸할 마음이 조금도 없소."
> ─『인간의 악보』, 207쪽.

이렇듯, 추민에게는 "서류상의 국적"을 넘어 "돌아가야 할 조국"이 있다. 하지만 "이데올로기"가 "인간을 세뇌"시키는 한 그는 조국으로 돌아갈 수 없다. 여기에 무국적자 한추민의 아포리아가 있다. 무국적자라는 신분이 암시하듯 그는 현실적으로 돌아가야 할 조국이 없다. 남조선에는 고향과 부모를 버리고 북쪽을 선택한 이데올로기의 낙인이, 북조선에는 가족과 조국을 버리고 개인적 자유를 선택한 배반자라는 꼬리표가 늘 따라다닌다.

하지만 더욱 안타까운 것은 그가 진정으로 원하는 조국이 현실 속에서는 실현되기 어렵다는 점이다. 그가 "돌아가야 할 조국"은 "아직 이 지상"에는 존재하지 않지만, 언젠가는 존재해야할 그 무엇이다. 우리는 일차적으로 통일조국을 상정해 볼 수 있다. 태어난 고향이 있는 남조선, 가족이 있는 북조선, 그 고향과 가족이 하나 되는 통일조국 말이다. 하지만 "알마티" 또한 그가 새롭게 삶의 터전을 마련하여 가족을 이룬 새로운 고향이 아닌가. 따라서 그가 돌아가야 하는 근원적 장소는 남조선과 북조선 그리고 알마티를 아우르는 영혼의 조국이라 할 수 있다. 그가 돌아가야 할 곳은 통일조국을 넘어 인간과 인간이 조화롭게 살아가는, 지상 어디에도 존재하지 않는 유토피아일지도 모른다. 실현 불가능하기에 더더욱 간절한 이러한 추민의 "조국"을 향한 염원은, 현실 속에서 현실 너머를 꿈꾸는 서사의 모순된 운명과 닮아 있다.

하여, 추민은 "그가 살아온 삶 그 자체"로 돌아갈 수밖에 없다.

> 망자는 중앙아시아의 차가운 땅에 묻혔다. 그러나 그를 덮은 흙은 카자흐의 것도, 북조선의 것도 남조선의 것도 아니었다. 흙은 망자를 덮지 못한다. 망자를 덮는 것은 흙이 아니라 그가 살아온 삶 그 자체일 것이다. 그가 살아온 평생의 삶이 그를 묻을 뿐이다. 그는 그 자신의 흙에 덮였다. 사람은 누구나 자신 안에 묻힌다. 자신 안에 묻히는 사람의 일생. 그는 자신 안에서 살았고 자신 안에서 죽어갔다.
>
> ─『인간의 악보』, 288쪽.

추민이 "그 어떤 인과관계도 없는 장소", 사막으로 돌아간 이유도 이 때문이다. 그를 묻은 "차가운 땅"에 남조선, 북조선, 알마티의 삶이 스며들고 흩어진다. 이 "영혼의 조국"에 닿기 위해 작가는 "인간의 악보"를 쓰고 있는지도 모른다. "집단의 의지가 개인의 의지에 우선하는 환경"에서 개인의 자유를 끝까지 추구한 한 고독한 영혼을, 마음속의 "조국"으로 인도하기 위해 "건반"을 두드리는 작가의 연주가 『인간의 악보』인 셈이다.

이렇게 코리안 디아스포라의 삶을 온몸으로 체현한 한 자발적 망명자가 역사의 뒤안길로 사라진다. 그의 삶에는 남북의 현실과 스탈린/김일성 체제의 개인숭배, 근대 국민국가의 폭력성, 중앙아시아 고려인들의 애환 등이 녹아 있다. 그의 삶을 "기억하는 사람도 곧 지상에서 사라지고 말 것"이다.

이제 이러한 선조들의 삶을 숙주로, 그 "누구도 탓하지 않"고, 그 어떤 "동정"도 거부하며, 자신의 운명을 당당하게 받아들이는 "올가"의 세대가 역사의 주역으로 떠오른다.

"내 눈동자를 들여다보세요. 거기에 내 국적이 적혀 있지요. 당신은 아마 상상도 못할 겁니다. 난 열아홉이 되던 해에 국적을 선택해야 했지요. 하지만 아버지가 국적이 없기 때문에 자동적으로 어머니의 국적을 따라야 했어요. 내 공민증에는 러시아계 카자흐인이라고 적혀 있지요. 하지만 알마티는 카자흐인의 땅일 뿐, 러시아계는 점점 더 살기가 어려워지고 있어요. 관공서에 비치된 서류나 학교의 교과서는 이미 카자흐어로 바뀐 걸요. 이제 카자흐어를 배우지 않고는 이 땅에서 살아가기란 불가능할지도 모른답니다."

올가의 파란 눈동자는 슬퍼보였다. 나는 자석에 끌리듯 다가가 올가를 가볍게 껴안았다. 올가는 흠칫 놀라며 몸을 뺐다.

"나를 동정할 필요는 없어요. 어차피 카자흐는 다민족 사회인 걸요. 무려 백오십 개 민족이 살아가고 있지요. 나에게는 내 운명이 있는 것이죠. 저는 누구도 탓하지 않기로 했어요."

— 『인간의 악보』, 268~269쪽.

추민에게 "올가"는 알마티라는 "혼혈 민족 사회"의 꿈이다. 그녀의 얼굴에는 "카자흐와 카자흐 고려인", "러시아인", "그리고 또 무엇", 즉 "유라시아 대륙에 사는 모든 인종들"의 모습이 흐른다. 이 얼굴은 또한 추민의 얼굴이자 나타샤의 얼굴, 나아가 추민의 조카 그리고 그리운 어머니의 얼굴이 아니겠는가.

네 영혼은 카자흐도 북조선도 남조선도 아닌 톈산의 하얀 눈으로 덮여 있다. 너는 내 딸이 아니라 톈산의 딸로 살아야 한다

— 『인간의 악보』, 253~254쪽.

추민이 지상에 남긴 "최대의 걸작"은 "음악도 예술도 아닌", "톈산의 딸", "올가"이다. 그녀의 영혼은 카자흐도 북조선도 남조선도 아닌 "톈산의 하얀 눈"으로 덮여 있다.

남조선과 북조선, 러시아 그리고 카자흐스탄이라는 근대 국민국가의 영역을 가로지르며 인류의 미래를 개척하고 있는 이 "톈산의 딸" 이미지야말로, 어쩌면 근대와 그 너머를 매개하려는 코리안 디아스포라 문학의 운명에 희미한 구원의 빛이 될 수 있을지 모른다.

5. 결론을 대신하여

이상으로 탈북 디아스포라 문학과 중앙아시아 고려인 서사가 조우하는 지점에서 코리안 디아스포라 문학의 새로운 가능성을 타진하고 있는 정철훈의 『인간의 악보』를 살펴보았다.

이 작품은 좌 · 우 이데올로기 대립이 야기한 민족사적 비극에 대한 전면적인 문제제기이자 구소련과 카자흐스탄의 영향 하에 살아온 중앙아시아 고려인의 삶에 대한 근원적 문제의식을 함축하고 있다. 작가가 복원하고 있는 한 자유로운 영혼의 삶의 궤적은 중앙아시아 및 남 · 북의 현실에 직 · 간접적으로 영향을 미친다. 한추민의 북한 및 모스크바에서의 삶은 남한에 있어 잃어버린 역사 복원을 통한 온전한 민족사 구성의 계기가 될 수 있으며, 북한에는 김일성 중심의 왜곡된 역사를 바로잡는 역할을 할 수 있다. 나아가 구소련 및 카자흐스탄의 경우 '국제주의적 친선의 노래'를 통한 민족주의적 연대를 환기함으로써 소수민족을 억압하는 폐쇄적 민족주의를 우회적으로 비판하는 기능을 하고 있다. 『인간의 악보』가 체제와 이데올로기, 민족과 국가의 차이를 넘어 선 지점에서 코리안 디아스포라 문학의 새로운 가능성을 시사하고 있는 대목은 바로 여기이다.

이렇듯, 중앙아시아 고려인 디아스포라의 정체성이 지닌 의미는 세계사적 문제의식을 함축하고 있다. 현재 중앙아시아는 지금으로부터 80여 년 전에 연해주에서 겪었던 '고려화'라는 문제와 비슷한 상황에 놓여 있다. 구소련이 붕괴되면서 소련으로부터 독립된 CIS 국가가 독립적인 정책을 펼치면서 고려인의 정체성 문제는 더욱 심각한 문제로 떠오르고 있다. 하지만 세 개의 언어를 모국어로 사용하는 현지 고려인들의 모습에서 알 수 있듯이, 이들에게 민족이라는 개념은 한국도, 러시아도, 그렇다고 카자흐스탄이나 우즈베키스탄이 되지도 않을 것이다. 고려인들은 이들과의 결합이면서 동시에 하나의 독립된 개체로 존재하는 셈이다.

한국의 피가 섞여 있고 한국어를 사용한다는 한국적인 정서가 아니라, 세 나라 이상의 피가 섞여 있고, 세 개 이상의 언어를 사용하며 한국적인 정서와 다양한 정서가 공존하고 있다는 관점으로 접근할 때, 고려인들의 정체성은 코리안 디아스포라 문학의 지방성과 세계성을 매개하는 중요한 가치와 의미를 지닐 수 있을 것이다.[10]

정철훈의『인간의 악보』는 박제된 체제와 민족의 이데올로기를 넘어선 한 자유로운 영혼의 삶을 통해 세계시민에게 말을 걸고 있다는 점에서 코리안 디아스포라 문학의 새로운 가능성을 보여주고 있는 작품이라 할 수 있다.

---

10) 장사선, 우정권,『고려인 디아스포라 문학 연구』, 월인, 2005, 17~18쪽.

중국 조선족 디아스포라 문학의 한 가능성

— 김학철의 『20세기의 신화』에 나타난 작가의식을 중심으로

1. 중국 조선족 문학의 다층적 정체성

해방 후 중국의 사회발전에서 1957년의 반우파투쟁의 시작으로부터 1976년 문화대혁명의 결속까지는 비정상적인 시대였고 시비가 전도된 왜곡의 시대였다. 수령에 대한 절대적인 우상화와 개인주의 숭배가 팽배하였고 무산계급혁명, 계급투쟁 등등 시대적 공명들이 난무하였다. 중국의 정치와 문화풍토에서 생활했던 연변도 이런 정치운동의 돌풍에서 벗어날 수 없었다.[1]

김학철의 『20세기의 신화』는 이러한 중국의 '반우파투쟁' 및 '대약진운동' 시기를 배경으로 조선족 자치주 지식인의 비참한 삶을 조선족의 시각으로 형상화한 소설이다.[2]

---

[1] '반우파투쟁'과 '대약진운동' 및 '문화대혁명' 등이 중국문학과 조선족문학에 끼친 영향에 대해서는 '북경대학 조선문화연구소 편, 『문학사』, 민족출판사, 2006, 254~274쪽'을 참조할 것.

[2] 1965년 3월 전·후편 도합 1,350매로 탈고된 『20세기의 신화』는 문화대혁명이 시작된 1966년 홍위병의 가택수색에 의해 원고가 압수되어 발표되지 못하다가 30여 년이 지난 후 한국에서 비로소 빛을 보게 된 작품이다. 이 작품으로 인해 김학철은 꼬박 10년(1967~1977) 동안 징역을 살았다(김학철, 『20세기의 신화』, 창작과비평사,

이 소설은 다음의 몇 가지 점에서 중국 조선족 문학의 다층적이고 복합적인 정체성을 곱씹어보게 하는 작품이다.

첫째, 언어적 측면이다. 이 작품의 창작언어인 한글은 중국어와 더불어 자치주 공용어라는 점에서 우리 민족의 언어인 동시에 중국 소수민족의 언어이기도 하다. 따라서 『20세기의 신화』는 중국문학인 동시에 한국문학의 성격을 지닌다.[3]

둘째, 조선족 자치주를 공간적 배경으로 중국에 거주하는 조선족의 삶을 본격적으로 형상화하고 있다는 점을 들 수 있다. 이들의 삶은 중국이라는 국민국가의 테두리에 속해 있는 동시에 우리 민족의 역사를 함축하고 있다. 국가와 민족, 체제와 그 너머의 경계에 존재하는 삶인 셈이다.

셋째, 중국의 정치체제(모택동의 개인숭배)에 대한 강력한 문제제기의 성격을 지닌다는 점을 강조할 필요가 있다. 소수자의 위치에서 다수자의 억압적 통치 체제를, 주변에서 중심 문화의 배타적 속성을 강력하게 비판하는 관점을 취하고 있기 때문이다.[4]

1996, 359~360쪽 참조).

3) 『20세기의 신화』가 중국(자치주)에서 출간되지 못하고 남한에서 발행되었다는 점은 중국조선족 문학의 정체성과 관련하여 시사하는 바가 크다. 주지하듯, 김학철은 이 작품으로 말미암아 유래를 찾아보기 힘든 박해를 당했다. 이러한 박해는 역으로 이 작품이 중국에서 발표되었을 때 예상되는 사회적 파장을 미루어 짐작하게 한다. 이는 중국조선족 문학이 중국의 주류 사회에 본격적으로 영향을 미치고 있는 경우로 해석할 수 있다. 따라서 이 작품은 중국문학의 변방에 머물렀던 중국조선족 문학이 오히려 주류문학보다 더 치열하게 현실에 응전한 사례로 기억될 것이다.

4) 이 작품을 '잠재문학'의 관점에서 접근하는 태도는 중국문학과 조선족문학에 걸쳐 있는 독특한 위치를 이해하는 데 도움을 준다. 잠재창작은 공개적으로 발표되는 문학작품에 상대되는 개념인데, 해방 후 중국문학의 복합성을 드러내준다. 정상적인 창작 권리를 박탈당한 작가들이 '침묵의 시대'에 의연히 사회와 시대와 문학에 대한 뜨거운 사랑과 창작 열정을 버리지 않고 문학 창작을 진행하였다. 공개적으로 발표되는 작품들이 미학적으로, 인간 정신적으로 몹시 곤핍했던 시대에 있어서 잠재창작은 그 시대의 진정한 문학 수준을 보여주는 한 척도가 될 수 있다. 『20세기의 신화』는 당시의 객관적 환경에서 발표될 수 없었던 잠재창작 작품이었지만 그 암흑의 시

이상의 성격은 한민족 디아스포라 문학의 정체성에 대한 의미 있는 시사점을 제공하고 있다. 지금까지 우리는 재외한인문학을 바라보는 데 있어서 언어나 민족의 문제를 지나치게 강조한 나머지 그들의 구체적인 삶의 현장을 소외시키는 우를 범하곤 했다. 중국 조선족 문학에 있어서 민족적 특성이나 성격은 중국이라는 국가주의에 기반하고 있기 때문에 우리가 생각하는 민족, 혹은 민족성과 일치한다고 보기는 어렵다. 그렇기 때문에 우리와 같은 언어로 씌어진 점, 우리와 같은 혈연적 뿌리를 가지고 있다는 점만으로 한국문학의 범주에 귀속될 수 있는가의 문제와, 조선족 문학이 한민족의 지향성을 얼마나 형상화하고 있는가 하는 문제는 같은 차원에서 논의될 수도 없으며, 쉽게 일반화시킬 수 있는 문제도 아니다.[5]

하여 해방 이후의 중국 조선족 문학을 한국문학의 한 연장으로 보는 시각은 재고할 여지가 있다.[6] 우선, 이들의 작품이 주로 조선족 자치주에서

대에 있어서 정의의 목소리가 조선족에도 있었음을 확인해주는 징표가 되며 그 시대를 딛고 일어서는 조선족 소설의 존재적 가치가 되는 것이다. 특히 김학철의 잠재창작은 중국문학에 견주어 보아도 10여 년이나 앞당겨 진행되었다는 점에서 그 가치가 인정된다. 한족문학의 경우를 보면 '문화대혁명'이 거의 결속에 가까웠던 1970년대 중기에 잠재창작이 많이 진행되었다(북경대학 조선문화연구소 편, 앞의 책, 272~273쪽 참조). 이상에서 김학철은 조선족에서 뿐만 아니라 중국 전역에서도 잠재적 문학의 기수라 할 수 있다. 『20세기의 신화』는 '문화대혁명' 중에야 비로소 창작된 한족문인들, 즉 장양의 『두 번째 악수』, 애산의 『파동』 등보다도 거의 10년이나 더 빠르다. 한족문인들의 소설은 비밀리에 창작되긴 했지만 많은 사람들한테 읽히다가 '문화대혁명'이 끝난 후 공개 출판되었다(강옥, 「김학철 소설의 비판의식 연구─『20세기의 신화』를 중심으로」, 『중국인문과학』 제30집, 중국인문학회, 2005. 1, 407쪽 참조). 이상에서 김학철의 『20세기의 신화』는 거의 공백기나 다름없었던 1960~1970년대 조선족 문학의 '잠재적인 습작'으로 가장 귀중한 유산이 된다(김호웅, 「중국 조선족문학의 산맥─김학철」, 『민족문학사연구』 제21호, 2002. 12, 231쪽 참조).

5) 김형규, 「중국 조선족 소설 연구의 현황과 현재적 의의」, 『중국조선족문학의 탈식민주의 연구』, 국학자료원, 2008, 45~46쪽 참조.
6) 해방 후의 중국조선족 문학은 전 시기의 망명문학이나 이민문학과 그 성격을 달리한다. 1945년 해방과 1949년 새 중국의 창건은 중국 조선족에게도 새로운 환경을

그들의 국적으로 쓰인 문학이라는 점에서 근대 국민국가로 존재하는 '대한민국'의 배타적 경계를 넘어서고 있다는 사실에 주목해야 한다. 물론 한글이 한국과 중국을 이어주는 매개체로 기능하고 있음을 부인할 수는 없다. 하지만 냉정히 따져보면 한글은 중국에서 공식적으로 통용되는 조선족 자치주의 공용어이기도 하다. 모국어로서의 한글을 강조한다고 해서 이들의 문학이 저절로 한국문학에 가까워지지는 않는다. 또한, 이들이 형상화하고 있는 작품세계가 과연 한국의 현실인가 되새겨볼 일이다. 이들의 문학이 주목하고 있는 문제는 중국과 한국 그 어디에도 온전히 속하기 어려운 중국 조선족의 삶의 양상인 경우가 많다. 한국은 이들의 삶의 뿌리를 이루는 한 원형질로 존재한다. 이 원형질은 한국의 국내 문학이 추구하는 정체성 탐색의 기원과 질적으로 다른 차원에 놓인다. 국내 문학이 한국을 중심으로 구심력의 운동 궤적을 그리며 정체성의 문제를 다룬다면, 중국조선족 문학에서 한국은 중국을 중심으로 한 원심력의 자장에서 자유롭지 못하다.

중국과 한국 어느 한 쪽의 일방적 관점에서 바라볼 때 중국조선족 문학의 성격은 제대로 파악되지 않을 것이다. '한국문학과 중국문학 사이에서 길항하고 부유하는 제3의 정체성.' 이러한 관점에 섰을 때 중국 조선족 문학은 한국문학과 중국문학에 새로운 충격을 가하는 의미 있는 지점에서 논의될 수 있다. 우리 문학에는 국경이라는 배타적 경계를 넘어선

부여했다. 해방 후 귀국하지 않는 조선족들은 자발적 선택을 통해 중국에 남은 사람들이었다. 해방 전 중국조선족 문학의 중심지는 룡정과 신경(장춘)이었다. 강경애, 안수길, 박팔양, 황건, 현경준 등의 문인들은 룡정과 신경을 중심으로 활동하였다. 하지만 해방 후 중국공산당의 조직과 행정부서들이 연길에 터를 잡으면서 연길은 서서히 문단의 중심으로 부상하였다(북경대학 조선문화연구소 편, 앞의 책, 220~223쪽 참조). 이러한 환경에서 고국으로 귀국하지 않은 문인들(김창걸과 리욱 등)과 해방 전 항일투쟁을 진행했던 조선의용군 출신의 문인들(김학철 등)이 합세하여 새로운 문단을 형성하였다. 이들은 소수민족의 일원으로 중국사회에 편입되어 이전과는 질적으로 다른 새로운 문학을 창작하기 시작한다.

지점에서 국가와 민족의 의미를 객관적으로 조망하는 계기를 마련해 줄 수 있을 것이며, 중국문학에는 소수민족의 정체성을 심문함으로써 다양한 가치가 공존하는 열린 사회의 가능성을 타진하는 자리가 마련될 수 있을 것이다.

이상의 당위적 논리에도 불구하고 한민족 디아스포라 문학에서 이러한 가능성을 시사하는 작품이 부족했던 것 또한 부인할 수 없는 사실이다. 본고에서는 박제된 체제의 이념을 넘어 '인간의 얼굴을 한 사회주의'를 염원하며 세계시민에게 말을 걸고 있는 김학철의 『20세기의 신화』를 통해 중국 조선족 디아스포라 문학의 한 가능성을 타진해보고자 한다.[7]

2. 국가와 민족의 경계를 심문하는 연대의 기억

『20세기의 신화』는 중국의 일방적인 정책에 대한 전면적인 비판이자 주류민족의 영향 하에 살아가는 소수민족의 삶에 대한 강력한 문제의식을

---

[7] 중국 조선족 문학은 다른 지역의 한인문학에 비해 상대적으로 한민족 디아스포라 문학의 새로운 가능성을 창조할 유리한 여건을 갖추었다고 할 수 있다. 중국 조선족들은 연변조선족자치구가 성립된 이후 자신들의 민족문화를 유지할 수 있는 발판이 마련되었고, 중국작가협회 연변분회가 설립되어 조선족 중심의 문학 활동이 가능하게 되었으며, 연변대학의 설립으로 조선족의 문화와 문학에 대한 연구가 집중적으로 진행되어 소수민족으로서 중국 조선족 문학이 비교적 온전하게 유지되어 올 수 있었다. 조선족 학교에서는 거의 동일한 시수로 중국어와 한국어를 교육하고 있으며 자치구에는 한국어 신문, 잡지, 방송 등이 활성화되어 있어 한국어 창작의 여건이 형성되어 있다. 중국문학의 일원이면서 소수민족의 문학이라는 독자성이 어느 정도 보장되고 있는 셈이다(최병우, 「중국 조선족 문학연구의 필요성과 방향」, 『중국조선족문학의 탈식민주의 연구』, 국학자료원, 2008, 21~26쪽 참조). 이러한 민족과 국가, 그 어느 한쪽으로도 완벽한 동질성을 구축할 수 없는 중국 조선족 문학의 특수한 정체성은 국가주의에 함몰되어 있는 폐쇄적인 민족문학에 대한 근본적인 반성을 환기하는 역할을 한다.

함축하고 있다. 이 작품에서 중국의 현실과 자치주의 현실은 유기적으로 연결되어 있다. 이는 중국 조선족 문학의 특수성과 보편성을 매개하는 기능을 한다.[8]

> 모택동이가 단걸음에 공산주의 천국으로 뛰어올라서 전 세계를 깜짝 놀랠 작정으로 '대약진'을 고안해내고 또 '인민공사'를 만들어낸 결과 중국대륙에서는 유사 이래의 대기근이 들었다. 따라서 이곳 조선민족 자치주의 백수십만 주민들도 그 재난에서 벗어나지는 못하였다.
> ─ 김학철, 『20세기의 신화』, 창작과비평사, 1996, 12쪽, 이하 작품과 쪽수만 표기

> 58년에 시작된 대약진은 그 전해 57년에 당내 및 당외의 '우파분자'들을 격파한 승리의 기초 위에서 시작된 거라고 모택동이는 명백히 말하였다. 그렇다면 이 자치주에서 57년에 격파되었다는 당내 및 당외의 우파분자란 도대체 어떤 물건짝들인가.
> ─『20세기의 신화』, 17~18쪽.

김학철은 조선족 자치주의 삶을 중국의 정치 현실과 분리시켜 바라보지 않는다. 조선족 자치주 주민의 삶은 중국 대륙을 휩쓸었던 '반우파투쟁'과 뒤이은 '대약진 운동'의 정치 태풍에서 자유로울 수 없었기 때문이다. 하여 김학철이 이 작품에서 공들여 형상화하고 있는 문제는 중국/소련을 중심으로 한 사회주의 국가 정책의 허와 실이다.[9] 그는 여기에 북한

---

8) 중국 조선족 최초의 장편소설이라 일컫는 김학철의 『해란강아 말하라』(연변교육출판사, 1954)는 우리 민족의 만주 이주투쟁사를 중국공산당의 역사에 편입시켜 형상화하고 있다. 조선인이 중국의 소수민족으로 편입되는 과정에서 민족적 정체성이 거의 고려되고 있지 않기 때문이다. 이에 비해 『20세기의 신화』는 중국의 역사 속에 소수 민족이 어떻게 편입할 것인가의 문제를 체제와의 긴장을 통해 본격적으로 제기하고 있다는 점에서 중요한 의미를 지닌다.

9) 김학철이 이토록 모택동의 반소투쟁을 강하게 문제삼는 데에는 일국적 사회주의가

(북조선)의 현실을 포개어 놓는다. 조선족 자치주의 현실에 직·간접적으로 영향을 미치고 있기 때문이다. 이렇듯 김학철에게 있어 중국과 북한의 사회주의 체제는 조선족 자치주의 삶의 정체성을 규정하는 주요 요소이다. 이에 비해 남한(남조선)의 현실은 거의 드러나지 않는다.10) 이러한 형상화 비중의 정도는 민족과 국가 사이에 낀 중국 조선족 문학의 현주소11)를 보여주는 하나의 척도가 될 수 있다.

이를테면, 작가의 삶이 투영된 인물 심조광은 중국공산당 당원이면서 조선독립동맹의 일원으로 항일운동에 투신한 인물이다. 그는 해방과 전쟁의 소용돌이 속에서 김일성의 박해로 북한을 떠나 중국에 정착한 공산주의자이다. 하지만 모택동의 반우파투쟁과 대약진 정책에 희생되어 고초를 겪는다. 이처럼 그의 삶에는 중국, 북한의 복잡한 현실이 얽혀 있으나

아니라 사회주의 국가간의 공통의 연대의식 속에서 인간다운 삶을 누리기 위한 미래를 기획하는 원대한 전망을 갖고 있는 것과 무관하지 않다(고명철,「중국의 맹목적 근대주의에 대한 조선족 지식인의 비판적 성찰–중국 조선족 작가 김학철의『20세기의 신화』의 문제성」,『한민족문화연구』제22집, 한민족문화학회, 2007. 8, 144쪽 참조).

10) 중국조선족 소설은 우리의 민족정체성을 반성하고 기획하는 구체적인 자료로서, 민족정체성의 타자로서의 의의를 지닌다고 할 수 있다. 실제로 조선족의 역사는 타자의 역사라 불릴 만하다. 식민지 시대에는 일본 제국주의라는 주체 세력에 대한 타자였으며, 해방 이후에는 중국의 주류 민족인 한족에 대한 타자인 소수민족이면서 모국의 한민족에 대해서도 재외한인이라는 타자로 존재하고 있다. 어쩌면 타자의 중층적 역학관계가 바로 그들의 정체성을 구성하는 것인지도 모른다. 어쨌든 조선족의 소설 담론들은 우리 안의 타자를 비쳐볼 수 있는, 우리 민족문학의 타자로서의 역할을 내포하고 있다(김형규, 앞의 책, 66쪽 참조).

11) 널리 알려져 있듯, 김학철은 중국의 공산주의 체제 자체를 부정하지는 않는다. 그는 바람직한 사회주의·공산주의의 실현을 열망하고 있는 것이다. 이는 체제의 울타리 내에서 그것의 건강성을 심문하는 성격을 지닌다. 그의 문학이 중국문학의 범주에 포함되는 이유도 여기에 있다. 하지만 이 작품을 쓸 당시 김학철이 조선 국적을 소유하고 있었다는 점과, 그의 공산주의에 대한 신념이 조선의용군 시절의 항일 독립투쟁 체험에서 싹텄다는 사실은 중국이라는 국가적 테두리를 넘어서는 요소라고 볼 수 있다.

남한의 현실은 거의 매개되어 있지 않다.

이는 항일혁명투쟁과 공산주의의 유산을 공유한 북한/중국의 근·현대사와 밀접한 관련을 지닌다. 하여, 이 작품에 남한의 역사가 직접적으로 반영되어 있지 않기 때문에 우리의 문학과 일정한 거리감을 지닌다는 수동적 태도보다는, 오히려 남한 민족문학의 결락 부분, 즉 남한의 문학이 의도적으로 방기했던 요소에 대한 적극적인 탐색의 계기로 삼는 관점이 필요해 보인다.[12] 중국 조선족 문학이 지닌 현재적 의미의 한 단면을 보여주는 대목이다.

한편,『20세기의 신화』에는 중국의 배타적이고 폐쇄적인 민족주의에 대한 신랄한 비판이 드러나고 있는데, 이는 중국 및 한국과 구별되는 중국 조선족 문학의 독특한 민족의식을 반영하고 있다.

> 시에서 두만강 건너의 옛고향을 그립다고 노래한 사람은 "중화인민공화국을 조국이 아니라고 한 거나 마찬가지니까" 극악한 민족주의 분자요
>
> 가사에서 "슬기로운 조상의 핏줄을 이어서"라는 문구를 쓴 사람은 "고의로 전통에 대한 인식을 혼란시킨 거니까" 교활한 민족주의분자요.
>
> —『20세기의 신화』, 33쪽.

조선족 자치주의 주민으로서 자신의 민족을 그리워하고 기리는 행위는 당연한 일일 수 있다. 이를 '중화인민공화국'의 이름으로 억압하는 것은 소수 민족의 자치를 인정해 온 스스로의 정책을 위반하는 것이다.[13]

---

12) 김학철의 문학은 편협한 민족주의와 국수주의를 부정하고, 민중의 역사적 존재로서의 가치를 적극적으로 발견하는 가운데 반제국주의·반식민주의를 문학적으로 실천하여 민족 대다수 구성원인 민중의 행복을 염원하는 '참다운 민족주의'의 성격을 추구한다(고명철, 「혁명성장소설의 공간, 민중적 국제연대 그리고 반식민주의—김학철의『격정시대』론」,『비교어문연구』제22집, 비교어문학회, 2007. 2, 231쪽 참조).

13) 중화인민공화국이 성립되던 시기 중국공산당의 소수민족 정책은 소수민족의 문화

이렇듯 김학철은 『20세기의 신화』를 통해 한족 중심의 민족정책을 비판하며 뿌리 뽑힌 조선족의 정체성 문제를 환기하고 있다.[14]

이와 더불어 북한의 체제 및 역사에 대한 비판 또한 중국 조선족 문학의 정체성에 대한 뚜렷한 자의식을 표출하고 있다. 작가가 체험한 조선의용군 투쟁사의 복원과 맞물린 북한 체제의 역사 왜곡 비판은 항일무장투쟁의 역사를 매개로 하고 있다는 점에서 중국 및 남·북의 현실에 직·간접적으로 영향을 미친다. 조선의용군의 역사 복원은 남한에 있어 잃어버린 역사 회복을 통한 온전한 민족사 구성의 계기가 될 수 있으며, 북한에는 김일성 중심의 왜곡된 역사를 바로잡는 역할을 하고 있다. 나아가 중국의 경우 프롤레타리아 국제주의(올바른 사회주의)에 바탕한 민족주의적 연대[15]를 환기함으로써 소수민족을 억압하는 폐쇄적 민족주의를 우회적으로 비판하는 기능을 하고 있다.

를 인정하고 어느 정도의 사치를 허용하는 것이었다. 그러나 소련이 수정주의로 나아가면서 중국과 소련이 분열된 후, 공산주의 체제를 공고히 하고 모택동 사상으로 무장하는 과정에서 소수민족 정책에 변화가 온다. 반우파투쟁기와 문화혁명기를 통해 중국에서는 소수민족 문화의 독자성을 이야기하는 것만으로도 종파주의자나 반혁명분자로 몰리는 시대가 되었고, 조선족이 자신들의 문화정체성을 글로 쓰기는 매우 어려웠다(최병우, 「『고난의 연대』의 탈식민주의적 연구」, 앞의 책, 252~253 참조).

14) 중국조선족의 독자적인 정체성은 조선과 한국과 같은 민족동포들과의 '차별화' 및 중국 국내 다른 민족들과의 '차별화'라는 안과 밖의 이중적 차별화과정을 통해 형성되어 왔다(김관웅, 「디아스포라와 민족적 정체성에 관한 관견(管見)-중국조선족의 최근 몇 년간의 문학을 겸하여 론함」, 『창작21』, 2007년 여름, 234쪽 참조).

15) 김학철은 조선 국적을 가지고 중국공산당에 입당하여 민족해방투쟁에 투신하였다. 코민테른 제6차 대회(1928)의 '일국 일당의 원칙'에 따라 조선공산당은 일본공산당이나 중국공산당에 흡수되지 않으면 안 될 운명에 놓여 있었다. 김학철은 프롤레타리아 국제주의에 몸을 던지는 것이 조선민족해방의 지름길이 된다고 생각했다(김윤식, 「항일 빨치산문학의 기원-김학철론」, 『실천문학』 1998년 겨울, 416쪽 참조). 『격정시대』에서 김학철은 조선의용군과 팔로군의 연대를 통해 항전 시기 프롤레타리아 국제주의를 사실적으로 형상화한 바 있다. 따라서 『20세기의 신화』에 드러난 조선의용군 투쟁사를 통한 북한 체제 비판은, 반우파투쟁과 문화혁명기 소수민족을 철저하게 타자화한 중국의 폐쇄적 민족정책을 간접적으로 비판하는 기능을 한다.

"이렇게 김일성이의 항일무장투쟁사란 건 100페이지두 넘습니다. 그런데 국내인민들의 반일투쟁사는 보다시피 요렇게 단 3페이지 반밖에 안됩니다. (중략) 그리구 보다 더 한심한 것은 조선의용군에 관한 겁니다. 조선의용군의 투쟁사는 1페이지두 못되고 반페이지두 못되구……요것 보십시오. 요렇게 단 한줄 반입니다." (중략)

"그러니까 김일성이두 그렇구 조선의용군두 그렇구 다 조선사람으로서 마땅히 해야 할 일을 했을 뿐입니다. 대서특필루 떠들어낼 게 아무것도 없습니다. 그래 민족반역자가 안된 게 그렇게두 장합니까? 누구나 다 할 수 있는 일을 한 게 그렇게두 장합니까. 임형두 알다시피 나두 조선의용군의 한 성원이었습니다. 자신이 한 일을 과소평가할 생각은 내게두 없습니다."

— 『20세기의 신화』, 263~264쪽.

김일성이의 손에는 조선공산주의자들의 피가 묻어 있단 말이에요."
— 『20세기의 신화』, 340쪽.

이러한 북한의 우상숭배와 왜곡된 역사 비판은 통일문학을 염두에 두었을 때 잃어버린 반쪽의 역사, 즉 좀처럼 접점을 찾기 어려운 남·북 문학의 이질성을 매개하는 기능을 할 수 있다. 특히, "조선 사람으로서 마땅히 해야 할 일"을 통해 "김일성이의 항일무장투쟁사"와 "조선의용군의 투쟁사"를 매개하고 있다는 점은 이념의 영역을 넘어선 가치지향성을 보여주는 대목이다.

주지하듯, 반우파투쟁의 폭풍이 몰아치기 전 김학철은 조선 국적을 지닌 중국공산당 당원이었다. 그는 일찌감치 북한으로부터 '연안파'라는 명목으로 외면당해 중국으로 이주해 정착했으며, 그렇게 찾은 중국에서도 '반우파투쟁'의 와중에서 공산당으로부터 버림받았다. 김학철은 국가와 민족으로부터 철저하게 소외된 존재였던 셈이다. 그는 이러한 상황에서도 '혁명적 낙관주의'[16]에 바탕한 공산주의에의 신념을 끝까지 포기하지 않았다.[17] 김학철의 '혁명적 낙관주의'는 조선의용군 전사로서의 육체적 기억을 통한 체험에서 우러러 나온 것이며, 처절한 전쟁과 일본감옥에서의 정치범 생활, 해방 직후 이데올로기 문제로 인한 월북, 조선전쟁 중 중국 피난, 중국에서의 반우파투쟁과 문화대혁명을 겪고 구사일생으로 살아남은 그의 삶을 관통하는 신념과 원칙으로 기능하고 있다.[18]

여기에서 '조선의용군' 체험은 『20세기의 신화』가 지닌 문제의식과 관련하여 시사하는 바가 크다. 항전 시기 팔로군과 조선의용군 사이에 존재했던 프롤레타리아 국제주의는 공동의 적 일제를 향한 민족과 국가의 이해관계를 넘어선 연대라 할 수 있다. 이러한 연대의 기억을 통해 김학철은 중국 공산당의 폐쇄적이고 억압적인 민족정책을 비판하고 있는 것이다. 김학철은 "조선공산주의자들의 피가 묻어 있"는 북한의 교조적 공산주의 체제 또한 '조선의용군 전사로서의 육체적 기억'을 통해 바로잡고자 한다. 이처럼 조선의용군 체험은 교조적 공산주의를 넘어서 인간적 공산주의를 지향하는 김학철 문학의 원형질이 되고 있다. 이러한 보편적 인류애에 기반한 휴머니즘은 이념의 경계를 넘어 남한의 문학과 소통하는

---

16) '혁명적 낙관주의'는 혁명의 성공에 대한 확신에서 우러나오는 낙관적 사고방식과 삶에 대한 태도를 말한다. 사상과 생활이 통일된 높은 수준의 정신적 태도라고 할 수 있다. 김명인은 김학철 소설에 나타나는 '혁명적 낙관주의'는 이러한 개념적 정의를 넘어선다고 본다. 그의 작품에 드러나는 낙관적 또는 낙천적 분위기는 정치사상적 신념으로부터 논리적으로 도출된 어떤 것이 아니라, 대단히 일상적이고 감각적인 수준의 어떤 것에 가깝다는 것이다. 이는 좁은 의미의 '혁명적 낙관주의'를 넘어선 것이며, 의도보다는 과정이 더 살아나는, 생동하는 과정 속에서 의도의 정당성이 저절로 설득되는 한걸음 더 나아간 경지로 보인다(김명인, 「어느 혁명적 낙관주의자의 초상−김학철론」, 『창작과 비평』, 2002년 봄, 248쪽 참조).

17) 김학철은 1957년 '반동분자'로 숙청당한 이래 무려 24년이 흐른 1980년이 되어서야 무죄판결을 받고 복권된다. 이후 1983년 중국 국적을 취득했으며, 1989년 중국 공산당 당적을 회복한다. 김학철이 조선 국적을 포기하고 중국 국적을 취득한 점이나 중국공산당 당적을 회복한 사실은 자신이 "뿌리박은 터"에서 자신의 이상을 실현하기 위한 일관된 노력의 결과라 할 수 있다.

18) 이해영, 『청년 김학철과 그의 시대』, 역락, 2006, 87~91쪽 참조.

계기를 마련하고 있다. '공산주의를 넘어선 공산주의'를 지향하는 김학철의 휴머니즘과 남한의 민족문학이 조선의용군 항일무장투쟁의 체험을 통해 만나는 지점은 바로 여기이다.

3. 이념의 영역을 넘어선 보편적 인간애

『20세기의 신화』에 드러나는 휴머니즘 지향성은 인간의 존재조건에 대한 근원적 문제제기의 성격을 지닌다는 점에서 이데올로기 차원의 비판을 넘어선다. 인간의 존엄성을 뿌리째 뒤흔드는 억압적 사회주의 체제에 대한 비판인 셈이다. 여기에서 김학철이 추구하는 휴머니즘의 진면목이 드러나는데, 이는 체제와 이데올로기, 민족과 국가의 차이를 넘어 누구나 공감할 수 있는 정서에 기반하고 있다는 점에서 세계문학으로서의 성격을 지닌다. 이러한 보편적 인간애는 이념의 영역을 넘어선 참다운 공산주의자의 형상을 창조하는데 기여하고 있다.

모택동 개인숭배 정책은 인간의 기본적인 존재조건마저 유지하지 못하게 한다. 이러한 비인간적 삶의 양상은 작품 곳곳에서 쉽게 찾아볼 수 있다. "정답게 지내던 이웃끼리" "겨 한되 비지 반바가지 때문에 척이 져서" "내왕"이 끊겼으며, "반동분자"로 몰린 "호주들"의 가족들이 "죄 없이" 연좌제라는 "십자가"를 짊어지고 신음하고 있으며, "눈에 보이지 않는 법률의 철조망으로 포위된 재소자들"은 "호상 감독하고 호상 적발하고 또 호상 비평"하는 비인간적인 "밀고제도"로 인해 인간으로서의 존엄을 철저하게 훼손당한다.

"계급의 원수의 자식이라는 단 하나의 이유 때문에" "붉은 넥타이와 완

장과 반장의 직무"를 잃어버린 "열 살 먹은 아이"의 처지는 모택동 개인
숭배체제의 비인간성을 보여주는 대표적인 사례라 할 수 있다.

> 열 살 먹은 아이가 하루 사이에 붉은 넥타이와 완장과 반장의 직무
> 를 모두 잃어버린다는 것은 그 아이의 아버지와 엄마와 집이 하루 사
> 이에 다 없어지는 것과 무엇이 다를 것인가! 의심할 바 없이 그것은 그
> 아이에게 있어서 다시 추어서기 어려운 치명상일 것이다. 바꿔 말하
> 면 그것은 그 아이에 대한 사형선고일 것이다!
> '바로 어제까지도 모범생이라고 3년 동안에 상장을 다섯 번씩이나
> 받은 아이가 본인은 아무 잘못도 저지른 게 없으면서 이른바 계급의
> 원수의 자식이라는 단 하나의 이유 때문에 영원히 아물리지 못할 상
> 처를 어린 가슴에 받고 울며 돌아와야 하는 게…… 이게 그래 사회주
> 의사회란 말인가?'
>
> —『20세기의 신화』, 135쪽.

이러한 비참한 현실에서 "무너지려는 자존심"을 다잡는, "사회주의사
회에서 종신 전과자로 낙인찍힌 공산주의자들"은 신념과 원칙에 충실한
"혁명적 낙관주의자"의 성격을 지니고 있다. 그들은 "광명한 미래에 대한
막연한 신심과 싸늘한 현실에서 오는 암회색의 위압 사이에서 오랜 세월
방황해야 할 고된 운명"을, "인류의 역사는 신념을 위해 목숨을 내거는 용
자들에 의해 창조된다"는 역사에 대한 믿음으로 맞선다. "우마와 같은 고
역 속에서 단련된 혁명적 낙관주의"가, "낭만이 고갈된 지 오랜 나라에서
낭만의 맑은 샘을 가슴속에 간직하는 공산주의자의 긍지"가 그들의 내면
에 흐르고 있기 때문이다.

> 역사가 자신에게 무죄를 선고할 날이 반드시 오리라는 것을 그는
> 굳게 믿었다. 그리고 자신에게 그런 죄명을 들씌운 사이비 공산주의

자들이 공정하고 준엄한 역사의 심판을 받게 되리라는 것도 그는 믿어 의심하지 않았다.

— 『20세기의 신화』, 133쪽.

이러한 신념은 안데르센, 노신, 셸리, 단테, 이반 데니소비치, 최서해, 김사량, 새커리, 잭 런던, 스땅달, 졸라, 디킨즈, 헤밍웨이, 미하일 숄로호프 등등 김학철이 이 작품에서 인용하고 있는 다양한 작가의 삶과 작품에서 드러나듯, 인간의 존엄성을 옹호하는 모든 문학(예술)의 가치와 지향을 수용하는 개방성을 지니고 있다. 그는 이념과 국가, 민족을 초월하는 열린 공산주의자의 모습을 취하고 있다.

나는 잘 모르기는 하겠소만 사회주의·공산주의란 각자가 다 자신의 뿌리박은 터를 사랑하고 존중하고 그 터의 무한한 번영을 위해 노력 분투하면 자연히 이루어지는 게 아닐는지.

— 『20세기의 신화』, 97쪽.

김학철의 문학은 이처럼 "뿌리박은 터를 사랑하고 존중하고 그 터의 무한한 번영을 위해 노력 분투"하는 보편적 휴머니즘을 바탕으로 하고 있다. 이 휴머니즘을 지탱하는 두 축은, 눈물겹도록 아름답고 따스한 연민의 정서와 불의에 굴하지 않는 올곧은 신념이다.

점순이가 메고 가는 목총이 제국주의를 반대하는 데 실제로는 아무 도움도 되지 않는다는 것을 그는 잘 알고 있었다. 그것이 다만 모택동 일당의 더러운 명맥을 조금이라도 더 연장시켜주는 작용을 할 뿐이라는 것도 그는 잘 알고 있었다.
모택동 일딩은 대내적으로 부단히 계급투쟁 소동을 벌이고 또 대외적으로 부단히 가짜 반미, 진짜 반소 소동을 벌이지 않고서는 도저히 그 통치권을 유지할 수 없는 그런 궁경에 빠져 있었다.

하지만 일평이는 목총 깎아준 것을 조금도 후회는 하지 않았다. 천진한 넋들은 그 목총이 제국주의를 타도하는 데 상당한 역할을 한다고 믿어 의심하지 않을 것이기 때문이다. 그러니까 그도 역시 어린 점순이의 천진한 애국심을 만족시켜주느라고 두 시간의 노동을 의연(義捐)한 것이었다.

— 『20세기의 신화』, 256~257.

"천진한 넋"들의 순수한 애국심에 조그마한 상처가 날 수 있다는 생각에 림일평은 "모택동 일당"의 "더러운 명맥"을 연장시켜 주는 행위에 기꺼이 동참한 셈이다. 이 작품을 지배하는 불의에 굴하지 않는 신념과 원칙은 이러한 따스한 인간애에 바탕하고 있기에 한층 설득력 있게 다가온다. 그 밑바닥에는 인간, 역사에 대한 굳건한 믿음이 깔려 있다.

따라서 이 작품에 드러난 공산주의적 인물형은 적대적 사회의 긍정적 요소까지 능동적으로 수용하는 열린, 보편적 인간이라 할 수 있다. 그가 주장하는 공산주의적 이념은 이론적 정교함이나 구체직 정책 대안의 차원에서 제시된 것이 아니라, 개인숭배라는 비인간적이고 왜곡된 사회주의 체제를 바로잡기 위한 대안의 성격이 강하다는 점에서 원칙적·신념적 차원의 대응에 가깝다.

이를테면, "인식"(앎)과 "실천"(행동)을 일치시키려는 아래와 같은 명제는 김학철의 삶을 지배해온 일관된 신념이자 원칙이다.

맑스주의는 인식의 학설인 동시에 실천의 학설이다. 알고서도 행동하지 않는 사람은 맑스주의자가 아니다.

— 『20세기의 신화』, 314쪽.

김학철은 정치적 관점 혹은 이데올로기적 차원에서 "맑스주의(공산주의)"를 수용하기보다는 보편적 인류애에 맞닿아 있는 신념이나 원칙의 차원으로 이를 체현하고 있다.[19]

이러한 공산주의적 신념은 문학을 바라보는 태도에도 잘 드러나 있다. 작가가 "자치주에서 유일한 문학잡지인 『아리랑』의 편집인"이었던 림일평을 통해 제시하고 있는 문학은 "사람들의 심금을 울릴 수 있"는 문학이다. 이를테면 이념의 "선전물"이 아닌 "진실"을 표현하는 문학이다. 일평은 "자치주"에 이러한 "사회주의문학의 꽃을 활짝 피워보려"는 "푸른 꿈"을 안고 사회에 첫발을 내디딘다.

> "우리의 시가 단지 모택동시대니 가슴 벅찬 새시대니 하는 따위의
> 소리만을 외쳐가지구 과연 읽는 사람들의 심금을 울릴 수 있을까요?"
> ― 『20세기의 신화』, 25쪽.

림일평은 "이념"을 넘어선 "진실"의 문학을 염원하고 있다. 하지만 그가 꿈꾼 문학은 아무도 없는 "공동묘지"에 가 몰래 "바이올린을 연주"하는 채씨의 모습에서 드러나듯 "모택동시대니 가슴 벅찬 새시대니 하는 따위"의 "구호"에 의해 무참히 짓밟힌다.

이러한 비상식의 세계에 맞서 작가는 "개인숭배의 위험을 알리는 붉은 신호등"의 역할을 자처한다. 날카로운 현실인식에 바탕한 풍자정신은

---

19) 따라서 이 작품에 드러난 친소적 성향을 정치적 관점 혹은 이데올로기적 차원에서 이해하는 것은 무리가 있다고 본다. "칼 맑스", "레닌", "흐루시초프", "소련공산당" 등에 대한 작가의 호의는 모택동의 "개인숭배체제" 비판을 위한 수단으로 도입된 성격이 강하다. 또한 이러한 호의는 "인민을 굶기는 자"에 대한 거부감과 같은 보편적 심성, 즉 "정직한 공산주의자"의 심성에 기반하고 있다. 이들의 태도를 옹호하는 대목 또한 "인간에 대한 깊은 배려로 충만된 결의", "크낙한 사랑의 비", "따뜻한 자애의 이슬" 등과 같이 작가의 휴머니즘적 태도를 진술하게 반영하고 있다.

작가가 이 작품을 통해 제시하고 있는 문학의 소중한 가치의 하나이다.[20) 이는 왜곡된 사회주의와 부정한 현실에 대한 폭로로 이어져 "세계 최대의 강제노동수용소"의 "거울"을 밝히는 등불로 기능하고 있다.

이렇듯, 김학철의 『20세기의 신화』에는 체제와 이데올로기, 민족과 국가의 차이를 넘어선 보편적 휴머니즘의 정신이 흐르고 있다. 이는 "뿌리 박은 터"를 사랑하고 존중하는 따뜻한 연민의 정서에 바탕한 올곧은 신념으로 형상화되고 있으며, 현실에 대한 날카로운 풍자정신으로 이어지고 있다. "이념"을 넘어 "진실"을 옹호하는 이러한 김학철의 작가정신은 국가와 민족의 경계를 가로지르는 세계문학의 한 풍경을 연출하고 있다.

4. 코리안 디아스포라 문학의 한 가능성

이제 한 민족이었다는 공동체적 감수성을 환기하는 것만으로는 중국 조선족 디아스포라 문학의 정체성을 포괄하기 어려워졌다. 그들이 실제

---

20) 다음과 같은 대목은 날카로운 풍자정신의 진수를 보여주는 대목이다. "이 인민공사를 '초미'라고 명명한 것은 미국을 초과한다는 뜻이다. 다시 말하면 미국을 능가 (추월)한다는 뜻이다. (중략) 소련이 반세기 걸려서도 아직 따라잡지 못한 미국을 모택동 주석께서 고안해낸 인민공사는 그 독특한 신통력을 발휘해서 불과 몇해 안짝에 따라잡기로 하였던 것이다. 따라잡기만 하잖고 추월, 앞지르기까지 하기로 했던 것이다. 한데 그 독특한 신통력이란 어떤 것인가 하면 기발하기 짝이 없게도 그것은 세상이 다 아는 단 한마디의 구호였다. 즉 **"하나는 전체를 위하여 전체는 하나를 위하여"라는 돈이 한푼도 아니 드는 단 한마디의 구호였다.** 모택동 주석께서는 이 단 한마디의 구호만으로 그 숱한 인민공사들의 동력을 삼으시고 그리고 손을 번쩍 쳐드시면서 "꽂꽂이 공산주의 천국으로!" 하고 호령을 하셨던 것이다. **마치도우주로켓에다 고체연료를 장입할 대신에 커다란 메가폰 하나를 쑤셔넣고 "……네엣·세엣·두울·하나아·여영—발사!" 하고 호령을 하듯이.**"(김학철, 『20세기의 신화』, 창작과비평사, 1996, 42~43쪽, 강조는 인용자)

살아가고 있는 환경과, 그 환경과 응전하면서 형성된 현실인식을 동시에 고려하지 않는다면 이들의 문학은 영원히 한국문학의 아류, 혹은 중국 문학의 변방이라는 꼬리표를 떼기 어려울 것이다.

김학철의 『20세기의 신화』는 국가와 민족, 이념과 체제라는 울타리를 타고 넘는 세계문학으로의 힘겨운 첫발을 내디딘 작품이라 할 수 있다. 특히, 보편적 인류애를 통해 공산주의 체제의 자기동일성(자기중심주의)을 심문하면서 그 영역을 확장하고 있다는 점은 주목에 값한다. '공산주의를 넘어선 공산주의'로 공산주의를 금기시한 우리의 민족문학에 손을 내밀고 있는 김학철 문학의 문제적 성격을 여실히 보여주고 있는 대목이다.

김학철은 자신이 발 디디고 있는 "뿌리박은 터"에 충실하게 응전하면서 문학세계를 일구어 왔다. 김학철은 제국주의와 싸웠고 잘못된 사회주의와 싸웠다. 그러면서 그는 진정한 사회주의, 인간의 얼굴을 한 사회주의를 기다렸다. 민족해방투쟁의 주체로서 그는 '조선사람'이었지만, 민족해방투쟁을 포함하고 그것을 뛰어넘는 사회주의적 인간해방의 길에서는 철저히 '세계인'이었다. 그는 조국을 사랑하고 조국을 위해 몸 바쳤지만 조국에 얽매이지 않았다. 그는 중국에서 살았지만 중국에 자신을 끼워 맞추지 않았다. 그의 눈은 아직 다가오지 않은, 그러나 언젠가 다가올 새로운 인간의 세계를 향하고 있었기 때문에, 이 협애한 일국주의적 국경선과 민족적 편견들을 그대로 받아들이지 않고 회화적 낙관의 힘으로 이를 넘어설 수 있었던 것이다. 그는 늘 미래의 세계인이었다.[21]

우리는, 한민족이되 한국인일 수 없고 중국인이되 중국민족일 수 없는 '모순와 분열'의 정체성, 더 구체적으로는 우리 민족의 수난사를 온몸으로

---

21) 김명인, 앞의 글, 250~251쪽 참조.

체현한 김학철의 삶과 문학을 통해 한국문학의 외연을 확장하는 코리안 디아스포라 문학의 새로운 가능성을 엿볼 수 있을지도 모른다. 그의 삶과 문학 자체에 이질적인 민족, 국가, 문화, 역사의 목소리가 공명하며 살아 숨 쉬고 있기 때문이다.

중앙아시아 고려인 문학의 정체성과 외연(外緣)

— 아나톨리 김의 창작 활동을 중심으로

중앙아시아 고려인들은 19세기 말 러시아 연해주로 건너간 유민들의 후손이다. 이들의 생활 터전은 한일합방 이후 의병활동 및 항일운동의 근거지였으며, 러시아 혁명 이후부터는 재러 한인 소비에트 건설을 위한 민족공동체의 요람이었다. 1937년 중앙아시아로 이주한 후에는 불모지와도 같은 이국의 땅에서 삶의 터전을 일구어 오늘에 이르고 있다.

이렇듯, 고려인 디아스포라 문학은 구한말에서 오늘에 이르는 험준한 역사적 발자취를 따라 한반도와 러시아 연해주나 사할린 지역을 포함해서 중앙아시아 전역에 걸친 시공간에 입체적으로 걸쳐있다.[1]

한민족 문화권의 문학을 검토하면서 구소련권 고려인 문학의 정체성에 대한 몇 가지 문제를 곱씹어 보았다. 먼저 아마추어리즘이란 이름으로 이들의 작품을 폄하하려는 태도이다. 중앙아시아 고려인 문학을 조금이라도 검토해 본 연구자라면 이러한 태도가 얼마나 피상적이고 자기중심적인 아집에 기반한 논리인가를 쉽게 짐작할 수 있다. 우리(한국)의 기준으로 고려인 문학을 평가할 때 그들은 영원히 우리에게 이방인으로 남게 된다.

---

1) 이명재, 「고려인 문단의 현황과 자료의 체계화」, 김종회 편, 『한민족 문화권의 문학 2』, 국학자료원, 2006, 527쪽 참조.

고려인들의 문학에 드러난 한글은 한국 문학 속의 한글과 다르다. 정식으로 배운 말이 아니라 부모 세대로부터 자연스럽게 물려받은 언어이기 때문이다. 일제 말 이중어 글쓰기를 수행했던 식민지 지식인들이 그러했듯, 고려인들 또한 사고는 러시아어로 하고, 이를 표현할 때는 한글을 사용한다. 이 과정에서 한글은 '분절 내지 굴절'을 겪는다. 한국의 문학 연구자들에게 고려인 문학이 소박하게 보이는 것도 이 때문이다. 하지만 한국 사람들이 어색하게 여기는 문학이 정작 그들에겐 익숙하고 편하게 느껴진다. 이러한 상황의 이면에는 구소련 지역 고려인들의 가슴 아픈 역사가 가로놓여 있다. 러시아에서 살아가기 위해서는 그들의 언어를 배워야 했기 때문이다. 이에 따라 한인 부모들은 자식들의 사회 진출을 위해 한글보다 러시아어를 중시했다. 더불어 중앙아시아로의 이주 후에는 카자흐스탄 혹은 우즈베키스탄 주민들과 함께 살아야 하는 여건 때문에 그들의 언어가 삶의 영역으로 스며들었다.

이렇듯, 구소련 고려인들의 정체성은 한국, 러시아, 중앙아시아 사이에서 분열된 양상을 보인다. 이들이 사용하는 언어 또한 이러한 굴절의 과정을 겪으며 오늘에까지 이르렀다. 하여, 이들에게 한글 혹은 한민족의 정체성을 일방적으로 강요하는 것은 지나친 요구라 할 수 있다. 구소련권 고려인들의 한글 문학을 '지금 여기'의 기준으로 평가하기보다는 당시 그들의 상황을 참조하여 '있는 그대로' 인정하는 태도가 요구된다.

이들의 육성을 직접 들어보기로 하자.

　　양원식 : (중략) 우선 고려인 문학의 가장 큰 특징은 산문작가보다 시인들이 많습니다. 왜냐하면 산문을 쓰려면 생활 폭이 넓어야 합니다. 등장인물이 많아야 하고, 사회적 갈등, 역사적 배경, 부정인물과 긍정인물 등이 있어야 온전한 작품이 됩니다. 그리고 이념의 문제와 국가 정책들을 취급해야 온전하게 되는데, 고려인 문인들의 단편 산

문들은 대부분 가정드라마 정도입니다. 이러한 작품을 온전한 산문이라고 하기 어렵습니다. 구소련사회에서 산문을 통해 작가가 하고 싶은 이야기를 마음대로 할 수가 없었다고 봅니다.

반면 시는 추상적인 문학이기 때문에 은유를 통해 자기가 하고 싶은 말을 간접적으로 할 수 있었죠. 저는 이것을 고려인 문학의 가장 큰 특징이라고 생각하고 있습니다. (중략)

따라서 고려인 문인들은 러시아 문단과 한국 문단 그 어느 쪽에서 봤을 때도 약간 뒤떨어지는, 중간에 낀 존재인 셈입니다.(중략)

고려인들이 한국 사람같이 말하면 그건 고려인이 아니라는 게 저의 생각입니다.

— 좌담, 이명재 외, 「재소 고려인 문학의 특징과 발전 방향」, 『억압과 망각, 그리고 디아스포라―구소련권 고려인문학』, 한국문화사, 2004, 374~377쪽.

러시아나 한국 어느 한 쪽의 관점에서 보았을 때 고려인 문학은 '약간 뒤떨어지는' 작품이라 할 수도 있겠다. 이는 한글 창작이 주류를 이루는 고려인 문단의 특성에 기인하는 바가 크다. 고려인들의 '생활폭'은 한국과 러시아 양국의 사회적 환경과 역사적 배경에 두루 걸쳐 있는데, 이를 '한글'을 통해 포착하려고 하니 '가정드라마 정도'의 산문으로 귀결된 것이 아닐까? '가정드라마'라는 표현 속에 주류 문단에 진입하지 못한 고려인 문학의 초상, 즉 '자기가 하고 싶은 말'을 '은유'를 통해 '추상적'으로 할 수밖에 없었던 안타까운 풍경이 음각되어 있는 것은 아닐까? 하지만 '중간에 낀 존재'라는 사실에 주목한다면 이들의 삶과 문학이 지닌 새로운 가능성을 엿볼 수 있다. 마이너리티로서의 정체성이 주류 문학의 동일성 담론을 보완할 수 있기 때문이다. 여기에는 고려인들의 삶을 주류 사회의 언어로 '번역'하는 문제가 뒤따른다. '가정드라마(한글)'의 자족성에 안주하기보다는 러시아와 한국에 걸쳐 있는 스스로의 삶을 주류 사회의 언어로 표현하는 작업이 요구되는 셈이다.

하여, 중앙아시아 고려인문학을 한국문학의 한 연장으로 보는 시각은 재고할 여지가 있다. 이들의 문학이 주목하고 있는 문제는 러시아와 중앙 아시아, 한국 그 어디에도 완전히 속하기 어려운 이민자로서의 삶의 양상 이기 때문이다. 연해주에서 중앙아시아로 이어지는 고난의 여정에서 그 들이 겪은 삶의 문제는 그들의 삶과 불가분의 관계에 있다.

현재 중앙아시아는 지금으로부터 80여 년 전에 연해주에서 겪었던 '고려화'라는 문제와 똑 같은 상황에 놓여 있다. 이주 3세대나 4세대 정도 되는 현재 고려인들은 한국어 사용을 자유롭게 하지 못하지만, 현지어, 러시아와 함께 한국어를 같이 사용하고 있어 갈수록 한국어 사용 인구가 줄어들 것이라고 걱정을 한다고 한다. 그러나 이것은 한 국이라는 시각에서 보는 것이고, 오히려 한국어를 카작어와 러시아와 함께 사용할 줄 아는 고려인들에게 민족 정체성의 문제가 한국적인 정체성으로 보이지는 않을 것이다. 다시 말해 고려인 민족의 정체성 이라는 것이 된다. 구소련이 붕괴되면서 소련으로부터 독립된 CIS 국 가가 독립적인 정책을 펼칠수록 고려인의 정체성 문제가 더 심각해질 수 있지만, 그것이 어떤 문제가 있다는 시각으로 보기보다 세 개의 언 어를 모국어로 사용하는 것처럼 피의 결합이 있었으며, 이 속에서 민 족이라는 개념은 한국도 아니고, 러시아도 아니며, 그렇다고 카자흐 스탄이나 우즈베키스탄이 되지 않을 것이다. 이들과의 결합이면서 하 나의 독립된 개체로 존재하게 된다.

한국의 피가 섞여 있고 한국어를 사용하는 한국적인 정서를 갖고 있 는 조건에 의해 고려인 문학을 볼 것이 아니라, 세 나라 이상의 피가 섞 여 있고, 세 개 이상의 언어를 사용하며 한국적인 정서와 다양한 정서 가 함께 담겨 있는 '고려인 문학'으로 보아야 할 것이다. 그렇다면 이러 한 성격을 지닌 고려인 문학을 연구해야 할 필요성이 제기될 수 있는 데, 이것은 문학의 지방성이라는 지역성을 벗어나 세계성을 담보해 내 기 위해서라고 본다면 별 문제가 될 것이 없을 것이다. 지방성과 세계성이란 상호 이질적이지 않고 서로 공유하는 부분이 있다. 이와 같이 공유하는 지점에 고려인 문학과 같은 특성을 갖는 해외 한인문학이 들어오게 된다. 고려인 문학은 한인문학의 지방성과 세계성을 함께 찾을 수 있는 데 중요한 가치와 의미를 지니고 있는 것이다.
— 장사선, 우정권, 『고려인 디아스포라 문학 연구』, 월인, 2005, 17~18쪽.

중앙아시아 고려인 문학은 한국과 러시아라는 제한된 울타리를 넘어, 시·공간적인 배경의 확장은 물론 인간의 근원적인 욕망이나 종교의 본질 등의 내면적인 영역, 그리고 주류 사회에서 소외된 소수 민족들의 삶의 양식에 이르기까지, 다양한 영역을 문학 속으로 끌어들임으로써, 한국과 러시아의 정체성을 동시에 심문하는 이중적 시선을 확보해 가고 있다. 중앙아시아 고려인 문학의 이중적 정체성이 한국문학의 특수성과 보편성을 가로지르며 우리 문학의 결핍을 보완하는 데 기여할 수 있는 지점 또한 바로 여기이다.

민족문학의 이름으로 흡수하기도, 그렇다고 외국문학의 범주로 외면하기도 여의치 않은, 아나톨리 김의 문학이 놓인 자리는 중앙아시아 고려인 문학이 처한 이러한 상황과 무관하지 않아 보인다. CIS 지역 고려인 작가 중, 아니 어쩌면 한국 작가 중에서도, 아나톨리 김만큼 일찍 그리고 세계적으로 알려진 작가는 없을 것이다.[2]

아나톨리 김은 1938년 조선족 3세로 소련 카자흐스탄에서 출생했다. 그의 할아버지는 1906년 경 만주를 거쳐 러시아 땅으로 건너갔다. 그곳에서 새 아내를 맞아 3명의 아들을 두었는데, 그 중 둘째 아들이 아버지인 김석호이다. 김석호는 극동지방에서 카자흐스탄 공화국으로 이동, 꼼스몰(청년공산동맹)을 거쳐 랍꽉(노동자 예비학교 혹은 노동자 예비학부)에서 수학한 다음 초등학교 러시아어 교사로 근무한 것으로 알려져 있다.

---

2) 장사선, 우정권, 『고려인 디아스포라 문학 연구』, 월인, 2005, 35~36쪽.

아나톨리 김은 아버지를 따라 러시아 각지를 떠돌면서 다양한 삶을 경험한 것으로 보인다. 그는 사할린 고등학교를 졸업하고 고리키 문학대학을 거쳐 본격적인 작가의 길에 들어선다. 1970년대부터 작품을 쓰기 시작한 아나톨리 김은, 초기 고려인들의 고난과 우리의 전통적 설화를 섞어 '특수한 경험 세계라는 감상적 한계를 뛰어넘는 작품 활동'으로 주류문학계의 주목을 받았다. 그리하여 1980년대에 들어서는 전국적 명성을 얻었다. 그의 작품세계는 외형적 질서를 배제한 구성, 서정성, 철학성, 실험적인 형식 등의 독특한 차별성을 보여준다.

아나톨리 김의 작품세계에 접근하기 위해서는 구소련에서 1970년대 중반부터 볼 수 있었던 환상문학과 고르바초프 시대 하의 폭로문학에 대한 이해가 필요하다. 이 양자는 밀접한 상호관련성이 있으며, 그동안 사회주의 리얼리즘에 얽매여 있던 작가들이 그 속박으로부터 탈피하고자 하는 욕망이 서로 이질적으로 보이는 양자를 자연스럽게 결속시켰다.[3]

이러한 아나톨리 김의 문학세계를 한민족의 후손이라는 혈연적인 관점에서 접근했을 때 다음과 같은 곱지 못한 시선이 발생하기도 한다.

> 그의 문학 세계는 대체로 전통적인 시간 및 공간 개념의 해체나, 사실주의나 결정론을 근본적으로 부정하는 신비주의적 세계관 때문에 소련 체제 붕괴 이전에 많은 평자들로부터 혹독한 비판을 받기도 했으나, 바로 이런 특색 때문에 그 이후에 크게 주목을 받게 되었던 것이다. 그러나 한국문학사에 관심이 없는 일반인조차도 플롯이 거의 없는 해체적 구성·실험적으로 파편화된 형식 구사·비사실주의적인 상황 인식과 인간 파악·신비한 세계나 영혼의 떨림으로의 침잠, 당황스럽기 짝이 없을 정도의 난해 등은 이미 1930년대의 모더니즘 특

---

3) 김종회, 「구소련지역 고려인문학의 형성과 작품세계-아나톨리 김과 박 미하일의 작품을 중심으로」, 『한민족문화권의 문학 2』, 국학자료원, 2006, 484~485쪽 참조.

히 이상에게서 그 정제된 형태를 발견할 수 있다.

또 하나 중요한 것은 아나톨리 김만큼 자신의 정체성에 대해 고민해 보지 않은 고려인 작가도 드물 것이며, 고려인 작가 중에서 그만큼 작품이 한국의 뿌리에서 자라나지 못한 작가도 드물 것이다. 그가 자전적 저서인 『초원, 내 푸른 영혼』(1995)에서 밝힌 대로 그는 강제이주 직후 카자흐스탄에서 태어났고, 캄차카, 하바로프스크, 사할린, 그리고 모스크바까지 고려인들의 삶을 터전을 거의 다 돌아다니며 살았어도, 그는 고려인들에 대한 관심과 애정을 문학으로나 다른 글로나 제대로 표현조차 해 본 적이 거의 없다. 그에 대한 한국의 지나친 기대로 결국 그의 소설 기조처럼 일시적 환상으로 우리에게 돌아올 것이다.
— 장사선 · 우정권, 앞의 책, 35~36.

양원식 : 중앙아시아 문인들은 현재 두 패로 갈려 있습니다. 하나는 한글로 작품 활동을 하는 사람들이고 다른 한쪽은 러시아어로 작품 활동을 하는 부류들이죠. 한글로 쓰는 작가들은 러시아 말로 쓴 글을 읽을 줄 아는 독자이기도 합니다. 그런데 러시아어로 쓰는 작가들은 한글로 쓴 작품을 읽지 못합니다. 문제는 이들 러시아어로 쓰는 작가들이 조금 이름을 얻으면 한국에 나가서 한글로 쓰는 우리 같은 작가들을 아주 수준이 낮은 작가라고 부정적으로 이야기를 합니다.
— 좌담, 이명재 외, 앞의 책, 378쪽.

인용문은 아나톨리 김과 같이 러시아어로 작품 활동을 하는 작가들을, 국가나 민족, 혹은 모국어의 관점에서 바라보고 있는 대표적인 사례이다. 아나톨리 김의 정체성을 '한국'이나 '한글'로 한정했을 때, 그의 작품이 지니는 의미를 제대로 이해하기 어렵다.

이런 점에서 아나톨리 김의 문학을 평가하는 러시아 작가들의 시각은 시사하는 바가 크다. 그들이 보이게 아나톨리 김의 문학은 러시아 문학 전통에 충실하면서 이를 넘어서는 독특한 미학을 창조하고 있다.

자신의 영역을 전개해 나가고 있는 가운데, 김의 '농촌파'적인 독특한 스타일의 단편들은 뚜렷한 나름대로의 독창성을 발휘하면서 러시아적 전통의 '농촌파 소설'의 경험 세계와도 접점을 보이고 있다.
　— 안드레이 바씰리예프스끼, 「세계와 인간에 대하여」, 『사할린의 방랑자들』, 소나무, 1987, 248쪽.

이것은 숲ー 철학이며, 인간이ー더 넓게는 모든 살아 있는 존재가ー 다른 존재들에 관여하고 있음에 대한 확신이다. 이와 같은 친족 관계나 숲ー 철학 등의 모티프는 이미 러시아 사상과 러시아 문학에서 울러 퍼진 적이 있다.
　— N. 류비모프, 「비밀의 흔적ー아나톨리 김의 작품 세계」, 『다람쥐』, 문덕사, 1993, 387쪽.

'인간 삶의 가치를 고양시키는 문학'이라는 표현에 집약되어 있는 아나톨리 김의 문학관은, 그가 태어나고 자란 러시아의 문학 전통에서 배양되었으며, 이제 러시아 문학의 지역성을 넘어 전 세계적으로 확장되고 있다. 여기에는 '간결하고도 적확한 언어'에 기반한 '풍부한 표현성' 혹은 '윤리학과 단단히 연결되어 있는 변신의 미학' 등 그만의 창조적이고 독창적인 작품 세계가 매개되어 있다. 이를 통해 아나톨리 김은 러시아 문학의 특수성을 넘어서는 인류 보편의 문제에 접속하고 있는 것이다. 그의 작품 세계를 지배하고 있는 환상과 신비주의적 색채 또한 '1970년대 중반 이후 경직된 사실주의적 경향과 엄격한 검열의 빗장을 서서히 열기 시작한 러시아 문단의 변화와 함께' 주목받기 시작했다.

불가코프의 『거장과 마르가리타』(1966) 출간 이래 1970년대 소련 문학의 주도적 경향은 예술의 개성, 주제의 다양성, 예술적 자유 추구로 요약되는데, 이로써 사회주의 리얼리즘 문학을 탈피한 환상문학의 텍스트가 출현했고, 거기에는 이율배반, 비합리적 요소, 그로테스크,

환상적 이미지와 초자연적인 요소가 차용되었다.(중략)

환상문학을 대표하는 아나톨리 김의 문학 텍스트는, 18세기 말경부터 20세기 초에 이르는 소비에트−러시아 문학에 뿌리내린 환상적 리얼리즘 토양에 새로운 환상문학의 요소들을 가미함으로써, 작가의 독특한 서술기법 구조와 테크닉을 창조했을 뿐만 아니라, 초자연적인 화자를 내세움으로써 새로운 형태의 환상문학의 도래에 중요한 변수가 되었다.

     − 심민자, 「환상문학의 중심, 아나톨리 김」, 『켄타우로스의 마을』,
문학사상사, 2000, 187~188쪽.

아나톨리 김은 자신이 발 디디고 있는 당대적 현실의 요구에 충실히 응전하면서 그의 문학 세계를 일구어 온 셈이다. 그의 문학은 러시아 문학의 전통을 풍부하게 하는 동시에 이를 넘어서는 세계문학으로서의 면모를 보여준다. 이 러시아 문학의 경계를 넘어서는 지점, 즉 러시아 문학이 세계화되는 지점에서 그의 문학이 한국문학에 손짓을 하고 있는 것이다. '지극히 러시아적인 영혼'이 우리의 마음을 움직인 이유도 여기에 있다.

물론 소수 민족 출신 작가라는 배경이 러시아 문학 바깥을 사유하게 하는 계기를 마련해 주고 있다는 점 또한 부인할 순 없다. 하지만 이를 일방적으로 강조했을 때 그의 작품 세계를 민족주의라는 폐쇄적 영역에 가두는 결과를 초래할 수도 있다. 아나톨리 김의 작품이 각별하게 느껴지는 것은 혈연적 동질감 때문이라기보다는 이 민족 이데올로기를 가로지르는 문학의 세계성에서 기인하는 것이 아닐까?

아래의 글은 국가와 민족의 폐쇄적 정체성을 넘어선 지점에서 한민족 문화권의 문학을 상상할 수 있는 가능성 하나를 되새겨 보게 한다.

그 나른한 오후의 강연회에서, 낮은 톤으로 우리 시대 러시아 문학의 좌표를 설명하던 그는, 확실히 한국인의 얼굴과 한국인의 표정과 한국인의 골격을 지니고 있었다. 그러나 그가 사용하는 언어는 저 넓은 북구 대륙의 언어였는데, 그것이 근대를 전후한 한인의 수난사와 관련이 있는 것은 물론이다.

그 이중적 정체성, 그러니까 한민족이되 한국인일 수 없고 러시아 인이되 러시아 민족일 수 없는 모순이 그의 문학적 자양분이었을 것은 명백하다. 그것은 『사할린의 방랑자들』 같은 작품에 나타나는 바와 같지만, 더욱 중요한 것은 그가 이 모순과 분열을 토대로 보편적 인간학에 접근해 가고 있다는 사실이다

— 이장욱, 「북구적 환상 서사」, 『켄타우로스의 마을』, 문학사상사, 2000, 8쪽.

우리는, '한민족이되 한국인일 수 없고 러시아인이되 러시아 민족일 수 없는' '모순과 분열'의 정체성, 더 구체적으로는 '근대를 전후한 한인의 수난사와 관련이 있는' '저 넓은 북구 대륙의 언어'로 '우리 시대 러시아 문학의 좌표를 설명'하는 그의 모습을 통해 한국문학의 외연을 확장하는 코리안 디아스포라 문학의 새로운 가능성을 엿볼 수 있을지도 모른다. 그의 삶과 문학 자체에 이질적인 민족, 국가, 언어, 문화, 역사의 목소리가 공명 共鳴하며 살아 숨 쉬고 있지 않은가?

그는 여러 지면과 대담을 통해 자신은 '영원한 한국인'임을 피력해 왔지만, 그 말은 작가로서의 그에게는 중요한 의미를 띠는 것 같지는 않다. 왜냐하면 그가 거듭 강조했던 그의 진정한 조국은 '지구'이며 그가 속한 민족은 '인간'이기 때문에, 그의 진정한 정체성은 '세계시민'이기 때문이다.

— 정은경, 「러시아적 영혼의 한인 작가—아나톨리 김의 『사할린의 방랑자들』」, 『디아스포라 문학』, 이룸, 2007, 105쪽.

‘한국’과 ‘러시아’라는 국민국가의 영역을 가로지르며 인류의 ‘보편적 인간학’에 성큼 다가서고 있는 아나톨리 김의 ‘세계시민’ 문학은, 어쩌면 근대와 그 너머를 매개하려는 디아스포라 문학의 운명에 희미한 구원의 빛이 될 수 있을지 모른다.

제 2 부

북한문학의 속살

북한소설에 투영된 욕망의 존재방식

— 남대현의『청춘송가』연구를 중심으로

1. 문제제기

북한문학은 독자적인 지위를 갖지 못하는데, 이는 북한문학을 이해하는 데 적지 않은 어려움을 야기한다. '북한'에 악센트를 두었을 때 문학은 북한 사회의 이해 수단으로 전락함으로써 미적 자율성을 지니기 어려우며, '문학'에 강조점을 두었을 때 민족문학, 통일문학의 하위범주로 논의를 진행할 수는 있으나 이념의 과잉으로 인해 남한의 문학과 대화적 관계를 유지하기 어렵다. 따라서 북한문학을 이해하기 위해서는 체제와 문학을 동시에 고려하는 유연한 사고가 요구된다. 북한 사회 전반에 대한 고려와 텍스트에 대한 이해가 적절한 균형감각을 유지함으로써, 상대방에 대한 무조건적인 인정의 방식으로 전개되는 이해나 혹은 상대에 대한 편견으로 인하여 객관적인 사실을 보지 못하는 우를 범하지 말아야 한다.[1]

하지만 이러한 균형적 시각을 견지하기란 쉽지 않다. 북한의 문학을 접할 때마다, 남과 북이 대등한 입장에서 대화의 장을 모색해야 한다는

---

1) 고인환, 「6 · 15 공동선언 이후의 북한문학에 말 걸기」, 『북한문학의 지형도 2』, 청동거울, 2009, 301~302쪽 참조.

당위적 명제와, 남쪽의 관점에서 북측의 문학을 바라볼 수밖에 없다는 현실적 조건이 충돌하기 때문이다. 텍스트 속으로 진입하는 순간 당위는 현실에 슬그머니 자리를 내어준다. 하여 북한의 문학을 논하는 자리에서는 늘상 그들의 문학이 변해야 한다는 목소리가 힘을 얻곤 한다. 남한에서 통용되는 문학의 이념을 북한에 강요하는 논리가 암암리에 작동되는 셈이다.[2]

현재로선 이러한 북한문학에 대한 당위와 현실 사이의 딜레마를 정직하게 수용하는 수밖에 없을 듯하다. 이에 북한문학의 구체적 실상을 면밀하게 분석하면서 남한문학과의 소통 가능성을 엿보는 일, 즉 당위와 현실 사이의 간극을 좁히는 작업이 요구된다 하겠다.

주지하듯, 1967년 이후 등장한 주체문학은 '과거의 영광'을 되돌아보는 회고적인 문학이다. 이러한 경향은 1980년대 이후 조금씩 변모하기 시작한다.[3] 가장 인상적인 변화는 '과거의 영광'에서 '현실 생활의 문제'로 소설의 창작공간이 조금씩 이동하고 있다는 점이다.[4]

---

2) 고인환, 「서로를 의식하는 소통의 물꼬를 트다」, 『창작과비평』, 2008년 가을, 379쪽 참조.

3) 김재용은 1980년대 북한문학을 다음과 같이 구분해서 논의하고 있다. 첫째, 해방 후 혁명 투쟁을 형상화한 문학, 둘째, 역사 주제의 문학, 셋째, 조국 통일 주제의 작품, 넷째, 사회주의 현실 주제의 작품 등이 그것이다. 그는 80년대 북한문학이 기본적으로 유일사상 체계 확립 이후의 주체문학의 연장선 위에 있는 것은 사실이지만, 그 이전의 주체문학에서 볼 수 없었던 새로운 점을 보여주고 있는데, 그것은 특히 '사회주의 현실 주제'의 작품에서 두드러진다고 보았다(김재용, 「1980년대 북한 소설문학의 특징과 문제점」, 『북한문학의 역사적 이해』, 문학과지성사, 1994, 258~259쪽 참조).

4) 글쓰기 방식에 관한 한 1967년 주체사상의 유일사상 체계화 이후 20여 년간 주체문예이론의 형상과정에서 주체사상에 입각한 종자론, 속도전, 수령형상 등은 배타적 절대화가 반복되었다. 다만 1986년부터 이념적으로나 작품 성과 측면에서 경직성을 완화한 결과 종래의 주체문예이론보다는 상대적으로 포용력 있는 『주체문학론』(1992)의 완성을 보게 된다. 주체사상에 입각한 문예정책과 이론을 절대적으로 유일한 준거로 하되, 부분적이나마 항일혁명문학예술의 전통으로 포섭되지 않았던 문

존재의 내면과 욕망이 의식적으로 거세된 작품들이 북한문학의 주류를 형성해 왔다. 하여 1980년대 이후 현실 생활의 문제가 북한 소설 속에 등장하기 시작했다는 사실은 주목을 요한다. 체제의 이데올로기가 소외시켜온 일상적 삶의 양상이 드러나고 있다는 점은 북한문학의 미세한 균열을 드러내는 징후로도 볼 수 있기 때문이다. 물론 이념에 비낀 일상적 삶의 무늬가 북한소설 전반의 변화를 추동한다고 보기는 어렵다. 그러나 일상적 삶의 다양한 표출이 개인과 집단의 새로운 관계 정립이라는 과제를 북한문학에 던지고 있는 것만은 사실이다. 삶의 구체적 현장을 억압한 북한소설이 어느덧 스스로를 되돌아보는 자리에 서게 되었다는 점은 부인할 수 없다.

이러한 체제와 문학, 과거와 현재, 이념과 일상 사이에서 북한문학의 새로운 가능성을 시사하고 있는 작가로 남대현을 꼽을 수 있다. 그는 1947년 경상북도 안동에서 태어나 서울에서 초등학교를 졸업하고, 1960년 아버지가 있는 일본으로 건너가 수학하다가 17세에 북한으로 입국한다. 그 후 김일성 종합대학에서 공부하던 중 '일련의 과오'5)로 인하여 황해

예형식에 대한 자의식과 고민을 담아낸 것이다(김성수, 「선군과 문학」, 『북한문학의 지형도 2』, 청동거울, 2009, 25쪽 참조).

5) 2005년 문학예술판사판 『통일련가』 「편집후기」에는 남대현의 과오에 대해 다음과 같이 기록되어 있다. "그후 김일성종합대학에서 공부하던 그는 일련의 과오로 인하여 황해제철소 용해공으로 일하게 되었다. 바로 그때 그의 생활을 료해하시게 된 어버이수령님께서는 내가 대현이를 안다고, 아버지가 하나밖에 없는 아들을 귀국시켰는데 우리가 잘 돌봐주어야 한다고, 글을 쓴다니 로동계급속에 있는것이 잘 되었다고, 생활속에 좋은 글감이 있고 걸작은 생활의 진미를 눈물로 맛본 사람만이 쓸수 있다고 하시면서 장차 작가로 키울 구체적인 대책까지 세워주시였다." 지금으로서는 남대현의 과오가 무엇인지 구체적으로 알 수 없다. 하지만 그가 창작한 작품을 통해 어렴풋이 짐작해 볼 수는 있다. 체험이 작품 속에 암시적으로 투영되어 있는 경우가 많기 때문이다. 그의 용해공 생활이 반영되어 있는 『청춘송가』의 주인공인 진호는 과업 상의 실수로 제철소로 내려간다. 이 실수로 인해 고위 관료의 동생인 현옥과 헤어지고 다시 만나게 되는 과정이 작품의 주된 내용이다. 한편 『조국찬가』의 주인공 진수는 작가의 체험을 반영하듯 '입북자'로 설정되어 있다. 진수는 고위

제철소 용해공으로 일하게 되었다. 용해공 시절 그는『청년문학』을 탐독하며 문학에 대한 열정을 키운다. 그러다가 김일성의 특별한 배려로 작가양성반을 거쳐 문예출판사 기자로 활동하였다. 1973년 단편「지학선생」을 발표하며 문단에 나왔으며, 1980년 조선로동당 제6차 대회 기념 '전국문학예술작품 현상 모집'에「광주의 새벽」을 응모하여 단편 부문 2등으로 당선되었다. 1987년 황해제철연합기업소 근무 때의 현장 체험을 바탕으로 첫 장편소설『청춘송가』를 발표한다. 이 작품은 재판(1994)을 4만부나 찍을 정도로 북한 독자들에게 선풍적인 인기를 끌었다. 남한에서도 '북한 바로 알기 운동'(1988)의 일환으로 소개되어 널리 읽혔다.『청춘송가』이후 남대현은 일본 조총련의 결성 과정을 다룬 장편『태양찬가』(『불멸의 력사』총서), 1994~1995년 조총련의 와해 위기 극복 과정을 다룬 장편『조국찬가』(『불멸의 향도』총서), 북송된 비전향 장기수를 주인공으로 삼은 장편『통일련가』등을 발표하였다.6)

남대현의 삶은 '유년/남한→ 청소년/일본→ 청 · 장년/북한'이라는 궤적을 그리고 있다. 이러한 궤적은 이념을 강조하는 북한문학의 폐쇄성을 감안할 때 그들의 현실을 객관적으로 형상화하는 계기로 기능할 수 있다.7)

관료의 딸과 사랑의 감정을 키우다 신분의 벽에 부딪쳐 좌절하고 노동 현장으로 뛰어든다. 이러한 점으로 미루어 관료층 자제와의 '사랑'과 관련된 어떤 과오가 아닐까 짐작할 수 있다. 위의 작품뿐 아니라『통일련가』를 비롯한 대부분의 작품이 사랑의 담론을 중심으로 전개된다는 사실 또한 이와 무관하지 않을 것이다.

6) 남대현의 삶과 이력은 '남대현,「『청년문학』400호에 부치여」,『청년문학』, 1992. 3; 남대현,「꿈과 현실」,『조선문학』, 1998. 10; 김성수,「코리아문학 통합의 과거와 현재 그리고 미래−소설가 남대현과의 만남」,『문학과경계』, 2006년 가을' 등을 참조했음.

7) 작가의 이러한 삶의 궤적은 실제 그의 작품에 큰 영향을 미치고 있다.『청춘송가』에는 '일련의 과오'로 인해 용해공으로 일한 체험이 반영되어 있으며,「광주의 새벽」,「대장부」,「통일련가」등에서는 남한의 현실이 구체적으로 그려지고 있다. 특히『통일련가』에는 북한에서 생활하는 작가로서의 자의식이 섬세하게 드러나 있는데, 이는 남쪽의 문학과 소통할 수 있는 계기를 마련하고 있다. 그리고『조국찬가』에는 그의 일본에서의 삶이 직 · 간접적으로 투영되어 있다.『태양찬가』를 완결한 이후 그

물론 그의 작품에서도 북한의 체제를 일방적으로 선전하는 대목이 포함되어 있다. 하지만 체제 선전을 하고 있다는 사실 자체에 함몰되어서는 북한의 문학을 온당하게 이해할 수 없다. 이제는 체제의 정당성을 '어떻게' 드러내는가에 주목해야 한다.

널리 알려져 있듯이 북한문학은 당의 문예정책과 맞물려 창작된다. 남대현의 『청춘송가』 또한 이와 무관할 수 없는데, 1970년대 말에서 1980년대 말에 김정일의 지도와 독려로 두 차례에 걸쳐 진행되었던 장·중편소설 창작전투기간에 쓰여진 장편소설[8]이다. 하지만 『청춘송가』는 당의 정책적 지도라는 제한된 틀을 넘어서는 문학적 성취를 보여주고 있어 주목을 요한다. 남대현의 소설에는 북한 사회의 현실을 진실하게 반영하고

는 『조국찬가』를 쓰기 위해 33년 만에 일본을 방문하기도 한다. 이때의 느낌은 수기 「조국과 함께 있는 사람들」(『조선문학』, 1999. 1)에 잘 드러나 있다. 오랜만에 만난 벗들과 지인들과의 에피소드는 서사적 변형의 과정을 거쳐 『조국찬가』에 반영되어 있기도 하다. 남대현은 자신이 겪어온 삶의 여정을 문학 속에 적극적으로 투영하고 있다. 하지만 이 체험은 북의 현실에서 있는 그대로 재현되기 어렵다. 남대현의 남한, 일본 체험은 세계관이 확립되기 이전의 경험이기 때문에 이념적 자장에서 비교적 자유로웠을 것이다. 하여 그의 소설은 체제의 검열을 거친 이후 발표된 것이다. 따라서 남대현의 작품에 드러난 이념과 욕망 사이의 긴장은, 그가 겪어온 삶과 북한 체제 사이의 긴장으로 이해할 수 있다.

8) 김정일은 1970년대 말부터 1980년대 말까지 20여 년 기간 사이에 두 차례에 걸쳐 장·중편소설 창작운동을 전개하였다. 김정일은 1978년 1월 7일 장·중편소설 창작 전망을 밝히면서 김일성 탄생 70돌이 되는 1982년 4월 15일까지 (1차) 장·중편소설 창작전투를 벌일 것을 주문하였다. 이 기간 중에 무려 수백 편의 장·중편소설이 쏟아져 나왔다. 김정일은 김일성이 교시한 혁명발전과 공산당 사상사업의 요구에 맞게 중·장편 소설의 주제로 1) 위대한 수령님의 혁명활동과 혁명적 가정을 내용으로 한 작품, 2) 혁명전통을 주제로 한 작품, 3) 조국해방전쟁 주제 작품, 4) 사회주의 건설 주제 작품, 5) 계급교양 주제 작품, 6) 조국통일 주제 작품 등을 정해주었다. 김정일은 1984년 4월 13일에 장·중편소설 창작전투가 성공적으로 수행되었다는 보고를 받고 동년 7월 13일에 2차 장·중편소설 창작 지시를 내렸다. 그 후 1989년 4월 15일 성과적으로 창작이 완성되었다고 발표한다. 남대현의 『청춘송가』는 이 중 4)사회주의 건설 주제를 다룬 작품에 해당한다(박태상, 「북한의 인기소설 『청춘송가』 연구」, 『북한문학의 현상』, 깊은샘, 1999, 219~220쪽 참조).

보다 나은 삶을 꿈꾸는 열정이 투영되어 있다. 여기에는 작가의 내밀한 체험이 투영되어 있는데 이는 문학(소설)과 현실, 욕망과 이념 사이의 팽팽한 긴장감을 유발하는데 기여하고 있다. 작가의 체험이 직접적으로 반영된 것이 아니라, 굴절·변형됨으로써 시대 현실에 대한 미묘한 자의식으로 표출되는 셈이다.

물론 남대현의 소설이 북한 체제의 이데올로기를 벗어나고 있다고 보기는 어렵다. 하지만 그의 소설이 과거와 현재, 이념과 욕망 사이에서 다채로운 삶의 무늬를 수놓으며 북한 사회의 집단적 자의식을 성찰하고 있다는 점은 부인하기 어렵다.

본고에서는 주인공 진호의 의식 변화 과정에 주목하면서 북한소설에 반영된 욕망의 존재방식을 고찰하고자 한다. 이는 이념을 전경화하고 있는 북한문학의 미세한 균열의 징후를 엿보는 작업이기도 하다.

2. 체제의 이념과 길항하는 인물의 내면의식

1) 억압된 몸의 욕망

북에서는 『청춘송가』를 두고 청춘시절을 어떻게 보내야 하며 사랑은 어떻게 해야 하는가의 문제를 사회적 화두로 제기하고 그에 대한 미학적 해답을 주고 있다고 평가한다. "애정륜리형상화"의 새로운 시도를 통해, "인간의 본성적 요구에 맞게 사랑도 가꾸고 창조해야 한다는 사랑의 새로운 철학"을 제시하고 있다는 것이다.9) 하지만 '사랑의 새로운 철학'에

---

9) 박용학, 「청춘시절은 어떻게 보내야 하는가-장편소설 『청춘송가』」, 『조선문학』, 1988. 7. 70~71쪽 참조.

대한 구체적 내용은 제시되지 있지 않다.

남쪽에서는 그간의 북한소설에서 볼 수 없었던 사랑을 둘러싼 긴장관계를 대담하게 그려나가고 있다는 점,[10] 1970년대 말부터 시작한 3대혁명소조운동에 따라 최신 과학기술을 보유한 청년 인텔리의 전형이 요구되던 때 이에 화답하여 "숨은 영웅"의 형상을 성공적으로 창조한 점, 북한문학에 흔한 상투적 유형과 이념적 도식에 사로잡힘 없이 생활의 진실을 진솔하게 표출하여 나름의 예술적 완성도를 보여주었다는 점,[11] 등장인물들이 보여주는 일상적인 갈등과 고민, 사랑과 증오의 감정은 누구나 공감할 수 있는 인류 보편의 문제들이라는 점[12] 등이 주목받았다.

북한 젊은이들의 진솔한 사랑과 생활의 진실을 사실적으로 묘사한 점, 체제의 이념을 넘어 보편적 공감을 획득한 점 등 작품이 지닌 의미를 정확하게 포착한 논의들이다. 하지만 텍스트에 대한 섬세한 분석을 통해 작품의 의미를 추출했다기보다는, 작품의 화제성을 전제하고 이를 바탕으로 문제적 성격을 연역하는 방식으로 논의가 진행된 점은 아쉬움으로 남는다.

본고에서는 이상의 연구 성과를 수용하면서, 『청춘송가』에 드러난 주인공의 내면의식과 여기에 투영된 작가의식의 일면을 추출해보고자 한다. 이는 체제의 이념과 길항拮抗하는 개인적 욕망의 양상을 고찰하는 작업과 동궤에 놓인다.

북한 문학에서 개인의 내밀한 감정은 겉으로 드러나지 않거나, 체제에 대한 믿음과 신념으로 변형되어 표출되는 경우가 많다. 집단적 이데올로

10) 박태상, 위의 책, 267쪽 참조.
11) 김성수, 「코리아문학 통합의 과거와 현재 그리고 미래―소설가 남대현과의 만남」, 『문학과경계』, 2006년 가을, 316~317쪽 참조.
12) 강진호, 「낭만적 열정과 성숙한 주체의 길―『청춘송가』남대현론」, 『문학과경계』, 2006년 가을, 338쪽 참조.

기가 개인의 내밀한 욕망을 억압하고 있기 때문이다. 이는 집단주의 이념을 고수하는 북한 사회의 현실적 상황을 반영한다. 이념은 스스로를 긍정하면 할수록 자신의 텃밭인 일상을 부정해야 하는 모순적 운명에 처하게 되는 것이다. 하여 북한 주민들의 소소한 일상과 내밀한 감정이 작품 속에 드러나면 날수록 그만큼 북한문학의 이념적 경직성도 완화된다. 『청춘송가』에 드러나는 주인공의 섬세한 내면이 일상을 타자화하는 북한소설의 집단적 자의식을 성찰하는 지점은 바로 여기이다.

북한 문학은 연인들 사이의 진솔한 감정을 형상화하는 데 인색하다. 더러 그것이 표현된다 하더라도, 동지적 사랑 혹은 혁명적 사랑이라는 이념의 그물망에 포획되어 앙상한 골격만 드러날 뿐이다. 『청춘송가』의 주인공 진호 또한 연인들 사이에서 "서로의 감정"에 대한 믿음이 중요한 것이지 "그것을 표현해야 할 고백따위"에는 아무런 의의도 부여하지 않고 있었다. 하지만 현옥이 자기를 따라 제철소로 내려가겠다고 하자 기쁨에 넘쳐 그녀에게 사랑을 고백해야겠다고 다짐한다. 작가는 연인을 앞에 두고 사랑을 고백하려는 이러한 주인공의 내면을 생동감 있게 포착하고 있다. 진호는 감정에 대한 믿음(신뢰)과 그것을 고백하는 행위 사이에서 머뭇거린다.

> 오늘에 와서야 그는 비로소 그런 고백이 어느 정도 진실한것임을, 단지 필요에 의한 형식이 아니라 고귀한 감정의 산물이며 억제할래야 할수 없는 열렬한 충동의 발로라는것을 깨닫지 않을수 없었다.
> 확실히 사랑에도 사춘기가 있어서 첨엔 그것을 짐작하는것으로도 만족하지만 그 단계가 지나면 거기서부터 한단계의 새로운 도약을 촉구하는듯 싶었다.
> — 남대현, 『청춘송가』, 문학예술종합출판사, 1987, 14쪽, 이하 작품과 쪽수만 표기

현옥은 이러한 진수의 마음을 "류감"으로 느끼자 "온몸이 일시에 전기에 닿은듯" "숨이 멎는것만 같"은 느낌을 받는다. 하지만 이런 느낌은 "아이! 안예요, 안예요"라는 표현으로 거부된다. 본능(몸)은 진수의 감정을 받아들이고 있지만 이성은 거기에 대해 솔직하게 반응하지 못한다. 이는 개인의 진솔한 감정을 억압하는, 아니 억압해야만 하는 북한 사회의 현실을 보여주는 하나의 지표라 할 수 있다.[13]

이렇듯, 『청춘송가』 속에 표현된 사랑의 담론은 혁명적 사랑(표면/이성/정신)이 개인적 사랑(이면/감성/몸)을 억압하는 형국이다. 하지만 구체적으로 발화되지는 않은 상태이지만 "열렬한 충동"이나 "류감" 등으로 표상되는 몸의 욕망이 그려지고 있다는 점은 의미심장하다. 이념의 울타리를 넘어서는 개인적 사랑의 영역, 즉 공적 담론이 간섭할 수 없는 사적 공간을 암시하면서 혁명적 사랑의 담론과 미묘한 긴장관계를 형성하고 있기 때문이다.

2) 내면과 표현의 어긋남

『청춘송가』에서 드러나는 진호와 현옥 사이의 오해와 갈등은 몸의 욕망을 '표현'(고백)하느냐 그렇지 않느냐의 여부에서 비롯된다. 이 작품에 드러난 사랑의 담론에서 주목해야 할 요소 또한 인물들의 내면의 떨림과

---

13) 현옥의 경우를 조금 더 살펴보자. 그녀는 진수와 함께 제철소로 내려가게 된 사실을 동무들에게 고백한다. 하지만 이 고백은 일상적 삶의 "유혹"을 억압하는 공적 이데올로기의 그늘에서 자유롭지 못하다. "듣고 싶은 음악도, 살뜰한 보금자리"도 보장되지 않는 "거친 생활"이 기다리고 있지만 현옥은 "새연료연구"를 위해 헌신하는 진호의 열정을 믿고 따르기로 결심한다. 여기에는 "청춘시절"의 "보람"으로 포장된 조국의 미래를 위해, 개인적 일상의 안온함을 포기하려는 의지가 투영되어 있다. 현옥은 진호 개인에 대한 매력보다는 그의 열정에 감응한 것이다. 여전히 진호에 대한 개인적 감정은 직접적으로 표출되지 않는다.

이를 억압하는 이성(체제의 이데올로기) 사이의 긴장이다.

오빠인 명식의 말을 들은 현옥은 진호의 "현장탄원"이 진심이냐를 추궁한다. 현옥은 동지적 사랑의 진정성을 진호에게 확인받고 싶어 하는 것이다.14)

이러한 추궁에 대한 진호의 반응은 현옥의 태도와 미묘한 차이가 있다.

> 남들이 뭐라든 그만은 믿어줄줄 알았고 만사람이 다 의심을 해도 그 하나만은 자기의 진정을 리해해주리라고 여겼던것이 아닌가! 그래서 온갖 모욕과 조소를 참아왔고 또 참을수 있었던것이 아닌가! 그런데 그마저……
>
> —『청춘송가』, 68~69쪽.

진호에게 현옥은 "남들" 혹은 "만사람"과 다른 특별한 존재로 인식되면서, 현실이 주는 "온갖 모욕과 조소"를 견디는 동력으로 기능하고 있다. 진호의 감정이 현옥이 생각하는 동지적 결합의 경계를 넘어서고 있는 지점은 바로 여기이다.

하지만 진호는 현옥에게 자신의 속마음을 전하지 못한다. 오직 한 사람, 사랑하는 연인에 대한 실망은 겉으로 표출되지 못하고 진호의 내면에서 맴돌 뿐이다. 표면적으로는 자신의 진심을 더 이상 현옥에게 납득시킬수 없다는 절망 때문이지만, 보다 근본적인 이유는 진호가 자기 자신의 양심에 떳떳하지 못했기 때문이다.

---

14) 현옥에게 진호는 보통 명사로서의 남성 일반의 이미지를 크게 벗어나지 않는다. 이 작품에서 현옥이 차지하는 비중이 그리 크지 않은 이유도 이와 무관하지 않다. 현옥은 지금까지 북한소설이 보여준 여성 인물의 틀, 즉 남성(진호, 명식)에 의존하는 수동적인 모습, 자신의 잘못을 뒤늦게 깨닫고 주동 인물을 뒤에서 후원하는 모습 등에서 크게 벗어나지 않고 있다.

그러나 정작 제철소로 가는것이 결정되자 그는 어떤 불안에 휩싸이지 않을수 없었다. 당초의 희망이고 간절한 소원이긴 했으나 그리로 가게 된것이 애초의 지향때문이라기보다 사고를 낸 책임으로하여 가야 하는 처지에 놓이게 되었기때문이었다.

그때마다 속으로는 (뭘 차라리 잘됐지, 되려 바라던 일을 할수 있게 됐으니까.) 하고 위안하군했으나 그것이 한갓 자기를 기만하는 감정에 지나지 않는다는것을 그자신도 모르지 않았다. (중략)

실패로 인한 책임과 애초의 희망! 공교롭게도 기쁨과 치욕이 하나로 얽혀있는 이 사태를 그가 과연 어떻게 리해하고 받아들일것인가! 모르긴 해도 현옥이가 어떻게 나오는가 하는 이 하나의 결론에 따라 바야흐로 싹이 트기 시작한 자기들의 사랑도 결정되리라고 생각해온 진호였다. 그런데 현옥이가 고맙게도 자기의 진정을 이처럼 깊이 리해하고있는것이 아닌가!

(누가 뭐라든 이제야 무슨 상관이란말인가! 현옥이가 나를 믿어주는데야.)

─『청춘송가』, 9쪽.

사실 진호는 자신이 제철소로 가겠다고 말한 것에 대해 확신을 가지고 있지 못한 상태이다. 위의 글에서 보듯, 그는 "애초의 지향"과 "사고를 낸 책임으로하여 가야 하는 처지"(현실) 사이에서 갈피를 잡지 못하고 있다. "바라던 일"을 할 수 있게 되었으니 잘 되었다는 "위안"이 "자기를 기만하는 감정"에 지나지 않는다는 사실을 감지하고 있기 때문이다.[15]

---

15) 북한 소설에서 등장인물의 내면적 갈등이 이처럼 섬세하게 드러나는 경우는 드물다. 이는 과오로 인하여 황해 제철소로 내려가게 된 작가의 체험과 연관이 있는 것으로 보인다. 작가는 상황이야 어떻든 자신의 과오를 받아들여야만 북의 체제에서 살아남을 수 있었을 것이다. 하지만 마음 한구석에는 그러한 상황에 대한 반발심 또한 존재했을 법하다. 이렇게 본다면 자신의 과오를 인정하는 태도와 그렇지 않은 태도가 『청춘송가』 속에서는 "애초의 지향"과 "사고를 낸 책임으로 가야 하는 처지"로 변주된 것으로 볼 수 있다. 그렇다면 이 작품 속에 드러난 진호의 내면에 대한 섬세한 묘사는 작가의 내밀한 체험에서 비롯된 것이라 할 수 있다.

같이 가겠다는 현옥의 말에 큰 감동을 받은 이유도 여기에 있다. 진호의 내면에는 '지금의 현실'에서 도피하고자 하는 욕망이 도사리고 있었던 셈이다. 그는 이를 의식적으로 외면하면서 스스로를 위안하고자 했고, 이 위안의 감정을 현옥의 믿음이 주는 기쁨으로 은폐하고 있었던 것이다.

하지만 특별한 존재라고 여겼던 현옥마저 그의 진심을 의심하는 상황에 이르자 진호는 더욱 큰 절망에 휩싸이게 된다. 이 대목에서 현옥은 "남의 말을 따라" "자기가 사랑해온 사람의 마음도 리해하지 못하는" "나약하고 우유부단한 처녀"가 되며, 진호의 사랑은 "일시적인 충동"으로 전락한다.

하여, 진호는 지금까지 가꾸어 온 현옥과의 사랑을 부정하기에 이른다. 여기에서 유의해야 할 점은 진호의 태도에 이념적 지향과 낭만적 사랑의 감정이 교차하는 복합적 내면이 매개되어 있다는 것이다. 그는 자신의 진심을 이해하지 못하는 현옥에게 실망하면서도 한편으론 "표현 못할 애정의 물결이 가슴을 애타게 흔드는" 감정을 느낀다. 표면적으로는 현옥과의 사랑을 "일시적인 충동"으로 치부하고 있지만, 그 이면에는 현옥과의 사랑을 이어가고 싶은 욕망이 숨 쉬고 있기 때문이다.

> ≪솔직히 말하면 동무 말이 옳소. 내가 제철소로 가는건…그리로 가는건 희망이나 소원이래서가 아니요.≫
> 속으로 미리 준비한 말이였지만 목이 잠겨 말을 이을수가 없었다. 그래서 얼른 기침을 깊었다.
> ≪사실 난 내자신이 어떤 인간인지도 모르면서 동무를 불안과 모험에 찬 길로 유혹하려고 했소. 하지만 이제라도 동무가 눈을 뜨고 똑바로 볼수 있게 된것을, 그리하여 험한 운명을 피할수 있게 된것을 다행으로 생각하오.≫ (중략)
> 그렇게 행동하는것만이 자기들 문제를 손쉽게 아퀴짓는 유일한 방법이라고 믿었기때문이였고 그외의 다른 방법이란 도저히 있을수 없다는것을 깨달았기때문이였다.
> — 『청춘송가』, 73~74쪽.

북한소설이 늘 그렇듯 이성은 개인의 욕망을 억누른다. 하지만 이 욕망을 억누르는 이성의 모습이 그들이 가꾸어 온 사랑 자체를 왜곡하는 방식으로 전개되고 있다는 점은 주목을 요한다. 이성이 감정을 억누르고 있는 형국이지만, 이 이성을 비집고 분출되는 발화는 '진정한 사랑'에 대한 웅변도, 그렇다고 자신을 의심하는 현옥에 대한 비난도 아니다. 그것은 의외로 현옥에게 지녔던 자신의 진술한 감정을 부정하는 형태도 드러난다. 이는 '진정한 사랑'에 대한 확신이 더 이상 그들의 갈등을 해결하는 실천적 대안이 될 수 없다는 사실을 스스로 시인하는 모습이라 할 수 있다.

이러한 내면(진심)과 표현(발화) 사이의 어긋남은 『청춘송가』를 지배하는 갈등의 축이자 사랑의 장애물로 기능한다. 만일 진호의 내면이 진술하게 표현되었다면 현옥과의 오해와 갈등은 해결의 실마리를 찾을 수 있었을 것이다. 하지만 갈등의 해결은 현옥이 진호의 진심을 이해하고 함께 제철소로 내려가는 방식으로 귀결될 것이다. 이는 동지적 결합(혁명적 사랑)의 방식이 된다. 이렇게 된다면 진호의 '진심'은 아무런 자의식 없이 체제의 이념과 동일시될 수 있다. 이와는 달리 작가는 진호의 속마음을 전혀 다른 방식으로 표현하고 있다. 이는 이상과 현실 사이에서 고민하고 방황하는 진호의 '진심'을 심문하는 기능을 한다. 이러한 진호의 자의식은 체제의 정당성도 현실화되기 위해서는 심문의 대상이 되어야 한다는 사실로 확장될 수 있다. 이 내면과 발화 사이의 긴장이야말로 남대현 소설이 다다른 한 지점, 즉 주체문예이론의 틀을 벗어나지 않으면서 이를 타자화하는 방식의 하나이다.[16]

---

16) 이는 대학에서 공부하던 중 일련의 과오로 황해 제철소로 내려간 작가의 체험과 연관하여 미묘한 느낌을 불러일으킨다. 혹 자가는 자신의 과오를 반성 혹은 변명하기 위하여 이 소설을 쓴 것은 아닐까 하는 인상을 갖게 한다. 진호를 형상화하는 작가의 태도는 옹호와 비판 사이를 오가고 있다. 작가는 진호의 진심을 알아주지 않는 현실에 안타까워하는 동시에, 열정만 앞세운 진호의 태도 또한 비판적 시각으로 형상화하고 있다. 특히 진호의 '진심'에 대한 비판적 거리감은 북의 문학에서 쉽게 찾

3) 현실과 이상 사이의 긴장

현옥과 이별을 선언한 진호는 제철소로 내려간다. 그는 자신의 열정을 인정해주지 않는 현실에 대해 실망한다. 이러한 현실에 대응하는 진호의 모습은 지극히 주관적인 감정에 지배되고 있다.

> (좋다! 지금은 네 말이 옳다고 하자. 내가 그런 인간이라고 하자. 그러나 똑똑히 지켜봐라! 지금 너에게 말로 다 설명하지 못한 그걸 행동으로 보여줄테니까, 백배의 실천으로 증명할테니까, 기어코 하고야말 테니까.)
>
> ―『청춘송가』, 72~73쪽.

> 그는 이제 와선 오히려 자기앞에 더 큰 난관이 있기를, 자기 힘으로는 도저히 뚫기 어려운 그런 장애가 나타나길 바랐다. 그래야 일을 수행한 다음에 느끼게 될 보람도 클터인데 지금은 그렇지 못한것 같아 자못 유감스럽기까지 했다.
>
> ―『청춘송가』, 125쪽.

> (실컷 원망해라! 맘껏 저주를 퍼부어라! 이 무뢰한놈한테 기만당한 자신을 가슴치며 원통해해라. 그렇지만, 그렇지만……)
>
> ―『청춘송가』, 127쪽.

긍정적 주인공인 진수의 내면이 알몸으로 노출되어 있는 장면들이다. 진호가 생각하는 '진심'이나 '진정한 사랑'은 위의 모습과 같이 원한과 분노에 차 있다. 이는 애초의 지향(이상, 꿈)과 현실적 조건 사이의 거리에서

아보기 어려운 대목인데, 이는 과오를 저지르고 제철소로 내려가게 된 작가의 자의식이 투영된 결과가 아닐까 싶다. 작가의 내밀한 체험, 즉 공적 담론과 길항하는 사적 경험이 투영되어 있기에 인물에 대한 심리묘사가 구체적이며, 그만큼 글쓰기에 대한 자의식이 확보되고 있다고 보여진다.

발생한 것이다. 그는 이러한 거리를 인정하고 그것을 좁히려고 노력하기보다는 자신의 주장을 더욱 고집함으로써 스스로 고립되기에 이른다. 이른바 "자기가 정해 놓은 어떤 기준"에 상대가 이르기를 바랄 뿐이지 자신은 한번도 "상대의 요구"에 비춰보지 않는 "독선주의자"의 태도이다.[17]

이는 진리·양심의 정당성, 혹은 이를 행동으로 보여주어야 한다는 신념만을 강조하는 무모한 열정에 다름 아니다. 이렇듯, 남대현의 『청춘송가』는 "순수한것" 혹은 "깨끗한 량심"으로 대변되는 체제의 이데올로기도 현실화되지 않았을 때는 불완전한 열정에 지나지 않는다는 사실을 보여주고 있다. 문제는 이를 어떻게 현실화하느냐에 있다. 『청춘송가』는 이러한 진리·양심이 행동으로 실현되는 과정을 구체적으로 탐색하고 있는 작품이다.

청춘의 열정만 내세운 나머지 현실적 요건을 고려하지 않은 진호는 거듭 좌절의 과정을 겪는다. 『청춘송가』에서는 이러한 진호의 태도를 바라보는 두 가지 관점을 제시한다. 먼저 관료주의적 태도를 보이는 현옥의 오빠 명식이다. 명식은 진호를 "현실을 추상적으로 대하는 터무니없는 랑만주의자"로 여긴다. 여기에는 진실의 일면이 담겨 있다. 앞에서 살펴보았듯이 진호는 의욕만 앞선 나머지 현실적 요건을 고려하지 못하고 있기 때문이다. 명식은 진호의 이러한 열정이 무모하다고 판단하고 있으며, 그 무모함이 국가에 끼친 손실에 대해 책임을 져야 한다고 본다. 하지만 그는 이상(열정)과 현실 사이에서 고민하고 갈등하는 진호의 복합적인

---

17) 당비서 상범의 지적과 이를 곱씹어보는 진호의 태도는 원한에 차 있는 진호의 심정을 정확하게 보여주고 있다. "알아두오만 동무같은 그런 행동은 한갓 개인영웅주의자의 유치한 공명에 지나지 않소. 자길 수난자로 여기는 패배지의 너절한 추태에 불과하단 말이요! (중략) 오직 자기의 서푼어치 ≪량심≫을 증명해보이려는 그 일념, 그것을 통해 자기를 비난하던 사람들에게 보란듯이 복수해보일 그 일념밖에 뭐가 또 있었단말인가! 그러면서도 그런 비렬한 감정을 기술안을 위한 정열로, 남다른 헌신으로 치부해오지 않았단말인가!"(『청춘송가』, 249~251쪽)

내면을 올바로 파악하지 못하고 있다.[18]

다음으로 진호의 열정이 현실에 뿌리내릴 수 있도록 도와주는 주변 인물들이다.

> 확실히 그에게는 자기가 옳다는것을 대중을 통해 확인하려는 습성이 적었고 그들한테 인정받는 습관이 없었다. 일이 어렵고 힘들수록 그들에게 의지해야 하며 그때라야 진정한 힘이 발휘된다는것을 알지 못하거나 안다 해도 무시하고있는것이었다.
>
> — 『청춘송가』, 200쪽.

> ≪이사람아! 진리가 명백한것이긴 하지만 즉시에 나타나지 않을때도 있는 법이 아닌가! 4년이 아니라 일생이 걸릴수도 있지. 아니, 일생이 걸려서도 못할수도 있지. 한데 문제는 뭔가? 몇년이 걸리던 그 진리가 확증된 다음에 행동한다는건 아무런 가치도 없다는걸세. 진리가 진리로 되기전에 느껴야 할뿐아니라 그렇게 행동까지하는데 보람이 있지. 사람은 바로 그런 재미에 사는게 아니겠나.≫
>
> — 『청춘송가』, 241~242쪽.

"초급당비서 상범"과 "우택로장"이 지적하는 진호의 문제점은 크게 두 가지이다. 먼저 대중성의 문제이다. 진호에게는 "옳다는것"을 대중을 통해 확인하고 인정받으려는 자세가 부족하다는 것이다. 이는 당위성을 강조하는 차원을 넘어 대중과 함께 하는 열정의 의미에 대한 탐색이다. 다음으로는 눈앞에 보이는 결과로 자신을 증명해 보이려는 진호의 조급성이다. 이에 대해 결과보다는 과정을 중요시하는 삶의 태도를 가지라고

---

18) 사실 이 작품에 표면적으로 드러난 관료주의 비판은 여타의 북한소설이 다루어 온 내용과 비교해서 큰 차이가 없다. 이 작품에서 관료주의 비판이 문제적인 것은 명식과 대립되는 진호의 내면이 생동감 있게 형상화되고 있기 때문이다. 다시 말해 자신의 열정을 현실화하기 위한 진호의 내면이 이를 외면하는 관료주의적 태도와 팽팽한 긴장감을 형성하며 입체적으로 드러나고 있다는 것이다.

충고한다. 이는 체제의 이념을 인민들에게 이해시켜야 하는 북한 사회가 당면한 현실적 문제가 아닐 수 없다.

진호는 이들과의 대화를 통해 자신의 문제를 서서히 인식해 나간다.

> 사람은 어떤 얘기를 통해 자기가 깨닫지 못했던 힘을 느낄 때가 있는데 그것을 새롭게 느껴서가 아니라 그 힘이 자기한테 있다는걸 깨우쳐주기때문인것이다. 그가 자기에게 새로운것을 주입시켜서가 아니라 자신이 지니고있는 좋은 점을 깨닫게 해주기때문에 그를 더욱 존경하고 사랑하게 되는 것이다.
>
> 진호는 로장에 대해 바로 그런 감정을 느끼지 않을수 없었다.
>
> 그는 로장의 인격이 암암리에 주는 영향력이 바로 그런 능동적인 힘을 자기한테 불러일으키는데만 있는것이 아니라 어떤 충고나 책망까지도 마음속에서 새로운 의욕을 더욱 강하게 불어넣어주는 그것이라고 생각했다.
>
> — 『청춘송가』, 242~243쪽.

위의 글은 충고나 비판의 깊이를 보여주는 대목인데, 깨달음은 외적인 충격이 내면의 가능성을 일깨울 때만이 가능하다는 사실을 드러낸다. 당위적 신념을 강조하는 차원을 넘어 내면의 대화를 시사하는 대목[19]이다.

> 누구를 탓할것도 없었다. 모두가 제 불찰이고 제 잘못이였다. (중략)
>
> 이제와선 그가 겪는 모든 불행이 다 자기때문인것만 같았다.

---

19) 이러한 내면의 대화는 진호를 비판하는 정아의 태도에서도 드러난다. 정아는 진호의 독선적 사랑관을 언급하면서 "서로의 부족점을 서로가 도와주어 고쳐가는 과정이 곧 진정한 사랑"이라고 충고한다. 이어 정아는 "진호동무에 대해서라기보다 제 자신에게 하는 말이기도 해요. 저 역시…… 저 역시 사랑하는 사람이 있긴 하지만 그렇게 대하지 못하고있으니까요."라고 자신의 진심을 고백한다(『청춘송가』, 301쪽 참조). 상대에 대한 비판의 화살을 자신에게도 적용하는 정아의 태도는 북한문학에서 보기 드문 내면 성찰이라 할 수 있다.

그가 제철소에 내려온것도, 내려와 무리한 시험을 한것도, 그리고 엄청난 사고를 내고 이런 처참한 상태에 처해있는것도 다 자기탓인것 만 같았다. 전에는 그가 자기를 괴롭히고 불행에 빠뜨렸다고 원망했 으나 지금에 와선 자기가 바로 그를 이런 처지에 빠뜨렸다는 생각을 지울길이 없었다.

— 『청춘송가』, 190~191쪽.

자신의 내면을 들여다보는 행위를 통해 진호는 스스로의 열정을 현실 화할 수 있는 길을 발견한다. 남을 의식하여 그들에게 무엇인가를 보여주 어야 한다는 치기어린 생각을 지녔던 진호는 여러 시행착오를 거치면서 절망과 좌절의 나날을 보내다가 주위 사람들의 진심 어린 충고를 통해 다 시 일어난다.

이상에서 살펴보았듯이 진호는 북한문학이 즐겨 다루어 온 전형화된 인물이 아니라 복잡한 내면을 지니고 있는 입체적 인물이다. 남대현은 이 러한 진호의 의식 변모 양상을 통해 북한 사회의 현실과 길항하는 존재의 내면을 섬세하게 포착하고 있다.

지금까지의 북한 소설은 진심(순수, 양심, 진리)이 승리한다는 사실을 일방적으로 선전하는데 급급했다. 하지만 『청춘송가』는 진리가 '어떻게' 승리하는가를 구체적으로 보여주고 있다. 이를 가로 막는 현실의 장벽 또 한 북한이 처한 일상의 모습으로 생생하게 드러나 있다. 문제적인 것은 신념(진리) 그 자체가 절대적이고 이상적인 모습으로 제시된 것이 아니라 현실과 부딪치면서 창조적으로 변형·구체화되는 상대적인 형상으로 표 현되고 있다는 점이다. 이는 북한이 처한 딜레마, 즉 체제의 이념을 어떻 게 현실화할 것인가의 문제를 생생하게 보여주는데 기여한다.[20]

---

20) 이러한 현실과 이상(이념) 사이의 딜레마는 이 작품의 결말 처리 방식에서도 잘 드 러난다. 진호는 "정아의 자리에 현옥이를 세워놓고 여러 가지 일을 상상"해 볼 정 도로, 정아와 현옥의 사이에서 고민한다. 정아 또한 진호에게 "어떤 온당치 못한 감

3. 결론을 대신하여

이상으로 남대현의『청춘송가』를 주인공의 의식 변모 양상을 중심으로 살펴보았다. 작품의 주인공 진호의 내면에 투영된 욕망의 존재 방식은 현실과 이상 사이에서 길항하는 북한소설의 자의식을 유추해보는 기회를 제공하고 있다. 이를 통해 이념을 전경화하고 있는 북한문학의 미세한 균열의 징후를 엿볼 수 있었다.

『청춘송가』에는 북한 사회의 현실이 진실하게 반영되어 있으며 보다 나은 삶을 꿈꾸는 젊은이들의 열정이 투영되어 있다. 여기에는 작가의 내밀한 체험이 음각되어 있는데 이는 문학(소설)과 현실, 욕망과 이념 사이의 팽팽한 긴장감을 유발하는데 기여하고 있다.

『청춘송가』속에 표현된 사랑의 담론은 혁명적 사랑이 개인적 사랑을 억압하는 형국이다. 하지만 구체적으로 발화되지는 않은 상태이지만 "열렬한 충동"이나 "류감" 등으로 표상되는 몸의 욕망이 그려지고 있다는 점은 주목할 만하다. 이념의 울타리는 넘어서는 개인적 사랑의 영역, 즉 공적 담론이 간섭할 수 없는 사적 공간을 암시하면서 혁명적 사랑의 담론과 미묘한 긴장관계를 형성하고 있기 때문이다.

작가는 이러한 개인적 감정이 진술하게 표출되지 못하는 양상을 통해, 이상과 현실 사이에서 고민하고 방황하는 주인공의 '진심'을 성찰하고 있다.

정", 즉 이성으로서의 매력을 느끼는 자신을 더 이상 방임해서는 안 된다고 마음을 다잡는다. 북한문학, 나아가 북한사회가 꿈꾸는 이상적인 사랑은 진호와 정아의 결합일 것이다. 개인적인 감정보다는 이념적 지향으로 맺어질 수 있는 관계이기 때문이다. 하지만 작가는 진호와 현옥, 그리고 정아와 기태의 결합을 암시하며 작품을 마무리한다. 이러한 결말은 이상적(이념적) 사랑이라는 모범답안보다는, 불완전하지만 서로가 가꾸어가는 현실적 사랑을 중시하는 작가의 태도를 암시하는 것이라 볼 수 있다.

이러한 진호의 자의식은 체제의 정당성도 성찰의 대상이 되어야 한다는 사실로 해석할 수 있다.

하여, 남대현의 『청춘송가』는 "순수한것" 혹은 "깨끗한 량심"으로 대변되는 체제의 이데올로기도 실현되지 않았을 때는 불완전한 열정에 지나지 않는다는 사실을 보여주고 있는 작품이라 할 수 있다. 문제는 이를 '어떻게' 구현하느냐에 있다. 이 작품은 이러한 진리 · 양심이 일상에서 실현되는 과정을 등장인물의 의식 변화 양상을 통해 구체적으로 탐색하고 있는 소설이다.

북한의 소설을 검토하면서 결론의 정당성 혹은 이념의 당위성만을 심문하고 이를 거부하는 것은 큰 의미가 없다. 애초부터 결론이 정해져 있는 경우가 많기 때문이다. 이제 결론에 도달해가는 과정에 주의를 집중해야 한다. 『청춘송가』는 주인공의 열정이 현실화되는 과정을 구체적으로 포착하고 있다. 그 과정에서 이념의 틀을 비집고 분출되는 일상의 무늬, 혹은 개인의 내밀한 감정이 섬세하게 드러나고 있다.[21] 이를 통해 우리는

---

21) 이를테면 기철의 동생 인철이나 작업반의 막내둥이 영기를 형상화하는 작가의 날카로운 감수성은 이념의 경직성 너머에 존재하는 북한 주민들의 일상을 생동감 있게 포착하고 있는 예이다. 그 대목을 인용해보면 다음과 같다.
"일은 성실하게 생활은 보람차게! 생활을 위해 일을 희생시켜선 안되지만 일때문에 생활을 즐기지 못하는것도 우둔한노릇이다! (중략) 쇠장대를 거머쥐고 탄화실 앞에서 일할 땐 갈범처럼 날치는 그였지만 목욕을 하고 옷을 척 갈아입고나서면 마치 외국출장을 업으로하는 1등외교관을 련상시키는것이었다. 바로 이런 대조되는 생활의 률조와 랑만을 사랑하는 그였다."(『청춘송가』, 315~316쪽)
"용해공이 된지 두달밖에 되지 않는 그여서 작업분담은 늘 공구관리에 불과했지만 자기도 이젠 어엿한 용해공이라는것을 드러내지 못해 안달아하는 귀염둥이였다. 작업복도 몸에 꼭 맞게 고쳐입었고 모자에 다는 코발트안경까지도 어디서 제일 멋진걸로 구해달고 다녔다. 하지만 지내 새것일경우에는 누가 봐도 첫눈에 햇내기라는것이 알린다는것을 고려하여 불편하지 않게 한쪽 귀때기에 약간 금이 가게 한것은 물론 작업복도 팔굽이나 무릎을 더러 눈게 했는데 얼핏 보면 정말 몇년은 용해장에서 잘 굴러먹은듯한 감이 드는것이었다."(『청춘송가』, 115쪽)

이념의 울타리를 넘어 북한 사회의 일상에 한 걸음 다가갈 수 있다.

『청춘송가』는 진리(양심)가 승리한다는 사실을 일방적으로 선전해 온 기존의 북한소설과는 달리, 과거와 현재, 이념과 욕망 사이에서 다채로운 삶의 무늬를 수놓으며 북한 사회의 집단적 자의식을 성찰하고 있는 소설이다.

북한문학의 내적 변모와 남·북 문학의 소통 가능성

— 남대현의 『통일련가』를 중심으로

1. 서론

'6·15 남북공동선언'(2000) 이후 북한문학은 남한과의 화해를 적극적으로 표방하였다. 하지만 실제 작품에서는 이러한 자의식을 찾아보기 어려워, 그들이 주장하는 화해가 표면적 구호에 불과하지 않나 하는 의문을 갖게 한다. 사실 1994년 이후의 '유훈통치기' 문학을 거쳐 6년간의 '고난의 행군'기 문학, 그리고 2000년 이후 현실적 힘이 된 '선군혁명문학'의 형성과 전개까지 북한의 글쓰기방식은 군대적 상상력의 확장과 상대적으로 유연했던 '주체문학론'의 퇴행으로 귀결된다고 할 수 있다.[1]

비전향장기수들의 삶을 다룬 장편소설 또한 이러한 북한문학의 흐름과 무관하지 않다. '6·15 남북공동선언'의 합의에 의해 2000년 9월 63명의 비전향장기수들이 북으로 송환되었고, 북한 당국은 이들을 대대적으로 환영하였다. 이들이 수십 년간 북한의 체제와 정권에 충성하고 변절하지 않았다는 사실은 북한 체제의 우월성을 선전하는 좋은 사례가 될 수 있었기 때문이다. 하여, 김일성의 죽음과 1990년대 후반의 이른바 '고난의

---

1) 김성수, 「선군과 문학」, 『북한문학의 지형도 2』, 청동거울, 2009, 41쪽 참조.

행군' 시기를 거치며 북한주민의 이탈과 민심의 이반에 위협을 느끼던 북한 정권은 비전향장기수들을 전방위적으로 활용한다.[2]

남대현의 『통일련가』 또한 '6·15 남북공동선언'의 합의에 의해 북으로 송환된 비전향장기수들의 삶을 형상화하라는 당국의 지시에 따라 창작된 장편소설이다.[3] 이 작품은 북한의 정책적 의도에 따라 출간된 소설이지만, 몇 가지 점에서 여타의 북한문학과 구별되는 특징을 보여준다.

먼저, 2003년에 이미 출간되었으나 '6·15공동선언 실천을 위한 민족작가대회(2005)'[4]를 계기로 재판을 찍은 소설이라는 점을 들 수 있다. 이는 남한의 독자들 혹은 문인들을 염두에 두고 있는 작품이라는 사실을 보여준다. 주지하듯, 남대현은 『청춘송가』(1987)를 통해 남·북의 독자들에게 널리 알려진 작가이다. 『청춘송가』에는 북한 청년들의 열정과 사랑이 투영되어 있으며, 남측 사람들이 공감할 수 있는 보편적 삶의 정서가 반영되어 있다. 이제 북쪽의 독자들이 남측의 작품을 읽고, 남쪽의 시민들이 북측의 문학을 감상하는, 한반도 전체를 의식하며 작품을 창작하는

---

2) 이상숙, 「2000년대 북한 시」, 위의 책, 116쪽 참조.

3) 북한에서는 1995년 작가 한웅빈이 북으로 송환된 이인모 옹을 주인공으로 한 단편소설 「93년 3월 19일」을 발표하여 문단에서 주목을 받았으며 2002년 이후 김정일 위원장의 지시로 4·15문학창작단을 중심으로 비전향장기수 문제를 다룬 약 60여 편의 장편소설이 쏟아져 나왔다(박태상, 「『북으로 가는 길』에 담긴 '비전향장기수' 문제」, 『북한문학의 사적 탐구』, 깊은샘, 2006, 257쪽 참조).

4) '6·15공동선언 실천을 위한 민족작가대회'는 2005년 7월 20일에서 25일까지 5박 6일의 일정으로 개최되었다. 본 대회는 평양, '통일문학의 새벽'은 백두산, 친교의 자리는 묘향산에서 진행되었다. 남과 북, 해외에서 참가한 총 문인의 수는 2백여 명이었는데, 비율상 남측 참가자가 많았다. 민족작가대회에서는 '6·15 민족문학인 협회' 구성, 문예지인 『통일문학』 발간, '6·15 통일문학상' 제정에 전격적으로 합의했다. 대회 이듬해 10월 금강산에서 '6·15 민족문학인 협회'가 구성되었으며, 2008년 1월 『통일문학』이 창간되어 2회까지 발간되었다. 소수 대표자들의 회담이 아닌 일반 작가들 사이의 집단적 대화로 전개되었다는 점에서 문화적 내면의 소통이었다고 할 수 있다.

시대가 다가오고 있다.5)『청춘송가』,『통일련가』등을 비롯한 남대현의 소설들은 이러한 징후를 예감케 하는 작품이다.6) 이는 작가의 독특한 삶의 여정이 작품 속에 투영되어 있다는 점과 무관하지 않다.7) 남한과 일본

---

5) 남대현과 더불어 남한의 문학에 적지 않은 영향을 끼치고 있는 작가로『황진이』의 홍석중을 들 수 있다.『황진이』는 2004년 북한의 원본이 남한에 수입되어 배포되면서 독자들로부터 긍정적인 평가를 받았고, 급기야는 제19회 만해문학상 수상자로 홍석중이 선정되기에 이르렀다. 이는 북한 작가의 작품도 남한 독자들에게 대중적으로 읽힐 수 있다는 또 하나의 사례로 기억된다. 홍석중의『황진이』이후 김호성의『주몽』이 남한에서 출판되었고, 김혜성의『군바바』가 출간되었다. 이들 소설이 대부분 역사 소설이라는 점도 눈길을 끈다.『황진이』등은 남과 북이 분단되기 이전에 공유했던 공통의 역사를 소설 속에서 재확인하게 해 준다. 넓은 의미의 문화적 통합에 문학이 어떤 식으로 기여할 수 있는지를 보여주는 예인 것이다(오창은, 「'북한 문학'이 변하고 있다」,『북한문학의 지형도』, 이화여자대학교출판부, 2008, 17쪽 참조).

6) 분단 이후 남한문학의 북한 소개나 북한문학의 남한 소개는 연구자들의 관심에 따라 취사선택되어 부분적 · 파편적으로 진행되어 왔다. 남한에서 북한문학은 아직 이적표현물에 해당하거나 특수 자료로 취급되어 일반인의 접근이 제한적이기에, 소수 편저 형태의 책이나 단편선집, 혹은 장편소설을 통해서만 가능하다. 한편, 북한 출판사에서는 남한 작품의 내용을 중심으로 사회주의 체제에 해악을 끼치지 않는 선에서 취사선택하여 출판하거나 원고를 게재한다. 평양에서 발행되는 계간지『통일문학』은 1989년 창간호부터 '남조선 문학작품'란을 통해 남한의 문학작품을 소개해 왔다. 대체로 80년대 민족민중문학의 대표작이거나 통일 열망, 반미 · 항일의식, 체제저항, 생태 환경 등의 문제를 다룬 글들이 취사선택되어 실리고 있다(오태호,「남북 문학 교류의 현실과 미래적 지향」,『문학사상』380호, 2004, 77~78쪽 참조). 이념 중심의 북한문학과 미적 자율성을 강조하는 남한문학이 교류의 장을 마련해야 한다는 사실에는 재론의 여지가 없다. 서로의 이해와 요구에 따라 일방적 · 제한적으로 이루어지는 교류의 외연을 확장함과 동시에 문학적 통합의 기반을 마련해야 할 것이다. 김정일 · 김일성을 고무 · 찬양하는 표현상의 문제 때문에 역사소설 분야에 한정되어 있긴 하지만, 북한과 저작권 계약을 맺은 작품이 남한에 공식적으로 출간되고 있다는 점은 매우 고무적인 현상이다. 서로에게 민감한 체제나 이념이 차이를 성급하게 봉합하려 하기보다는, 문학(민족문학의 동일성 회복으로서의 언어)이라는 매개항을 충분히 살리는 방향에서 논의가 진행되어야 할 것이다. 이러한 점에서 체제의 이념을 일방적으로 선전하는 심정적 · 감정적 구호의 차원을 벗어나 서로의 차이를 존중하고 그 차이를 인정하면서 상대를 설득하려는 남대현의『통일련가』는 남 · 북 문학의 소통 가능성과 관련하여 시사하는 바가 크다.

7) 남대현은 1947년 경상북도 안동에서 태어나 서울에서 초등학교를 졸업하고, 1960

그리고 북한을 두루 경험한 남대현의 이력은 남한과 북한의 현실을 비교적 객관적으로 형상화하는 데 기여하고 있다. 특히, 이념과 일상 사이에서 갈등하는 인물의 내면을 섬세하게 포착한 점, 비전향/전향의 논리를 생생하게 제시한 점, 혁명적 사랑과 낭만적 사랑의 담론을 대화적 관계로 형상화한 점 등은 남한의 현실을 적극적으로 이해하려는 의지의 발현으로 여겨지는데, 이는 북한소설에서 보기 드문 공감과 소통의 문학적 풍경을 연출하는 데 기여하고 있다.

다음으로, 작품의 형식적 측면과 연관된 글쓰기에 대한 자의식8)을 들 수 있다. 『통일련가』는 남과 북, 과거와 현재, 취재대상과 취재자를 교차시키며 대화하는 구조로 구성되어 있다. 이는 단순한 사실을 기록한다는 차원을 넘어 비전향장기수 고광의 삶을 문학 형식으로 재구성하는 과정을 보여줌으로써 글쓰기에 대한 자의식을 부각시키는데 기여하고 있다. 화자와 은옥경은 취재대상인 고광의 삶을 끊임없이 분석, 해석, 재구성함으로써 현재적으로 전용하고 있으며, 고광 또한 이들과 대화하면서 자신의 삶을 새롭게 인식하는 계기를 마련한다. 취재자와 취재대상, 과거와

년 아버지가 있는 일본으로 건너가 수학하다가 17세에 북한으로 입국한다. 그의 삶은 '유년/남한→ 청소년/일본→ 청·장년/북한'이라는 궤적을 그리고 있다. 이러한 삶의 여정은 그의 작품에 일정한 영향을 미치고 있는 것으로 보인다. 『통일련가』편집후기에는 다음과 같이 기록되어 있다. "남조선과 일본, 공화국북반부에서 살아온 그의 생활이 말해주는것처럼 『청춘송가』는 공화국북반부생활을, 『태양찬가』는 일본에 있는 재일동포생활을, 그리고 이번에 쓴 『통일련가』는 남조선생활을 무대로 하고있다."

8) 북한소설에서 글쓰기에 대한 내밀한 자의식을 찾아보기란 쉽지 않다. 당의 정책적 지시에 따라 작품이 생산되기 때문이다. 『통일련가』 또한 작품의 서두에서 "최근 경애하는 김정일장군님께서 비전향장기수 매 사람의 투쟁을 내용으로 한 소설을 쓸데 대한 과업"을 작가들에게 주었다는 점을 밝히고 있다. 하지만 이 작품에서는 이러한 표면적 창작 이유와 더불어 글쓰기에 대한 작가의 개인적 욕망이 드러나고 있어 주목을 요한다. 이러한 작가의 내밀한 욕망은 당의 정책과 길항(拮抗)하며 북한문학의 집단적 자의식을 심문하는 동시에, 개인과 집단, 이념과 욕망, 사실과 허구 사이를 오가며 남북 문학과 소통할 수 있는 계기를 마련하고 있다.

현재, 남과 북의 삶이 상호침투하며 서로의 영역을 확장하고 있는 것이다.9) 『통일련가』는 고광의 삶을 극적으로 재구성하는 동시에 그 중간 중간에 작가/취재자(은옥경)가 개입하는 액자구성을 취하고 있다. 이러한 액자 형식은 과거와 현재, 수기와 픽션, 남과 북의 긴장을 통해 글쓰기에 대한 자의식을 드러내는데 기여하고 있다.10)

이렇듯, 남대현의 『통일련가』는 북의 정책적 요구에 의해 창작된 작품이지만, 남한의 독자들을 염두에 둔 대화적 상상력과 이로 인한 공감과 소통의 문학적 풍경, 체제의 이데올로기와 길항抗하는 글쓰기에 대한 자의식 등을 통해 남한 문학과 소통할 수 있는 한 가능성을 시사한다.

본고에서는 작품의 본 이야기라 할 수 있는 고광의 삶을 내면의식 변모 양상과 대화적 상상력을 중심으로 살펴보고, 이를 텍스트화하는 작가(취재자)의 의식 변화 양상을 탐색함으로써 남ㆍ북 문학의 소통가능성을 타진해보기로 한다.

---

9) 이러한 대화적 관계에 착안하여 『통일련가』를 남한의 텍스트들과 교차하며 분석한 연구가 있다. '고인환, 「남쪽 문학과 겹쳐 있는 북녘의 소설 – 남대현의 『통일련가』론」, 『비평과 전망』 9호, 2005' 참조.

10) 북한소설은 '현재→과거→현재'의 액자구성을 즐겨 사용한다. 이는 북한 사회가 당면한 현실을 보여주는 하나의 예가 될 수 있는데, 과거를 통해 현재의 위기를 극복하려는 의지를 반영하기 때문이다. 이러한 작품들은 유독 현재보다는 과거에 악센트를 두곤 하는데, '영웅적 인물의 절대적 과거'를 교훈 삼아 '현실 생활의 문제'를 해결하려고 하기 때문이다. 현재가 과거에 종속된 북한문학의 전형적인 모습이라 할 수 있다. 하지만 『통일련가』에서 드러나는 액자형식은 이러한 북한소설의 전반적인 서사 구조와 일정 부분 차이를 보인다. 먼저 작품의 각 장마다 현재와 과거가 교차되는 구성을 지니고 있다는 점을 들 수 있는데, 이는 현재의 상황이 끊임없이 과거에 개입하여 영향을 미치는 양상으로 이해할 수 있다. 다음으로 하나의 텍스트가 완결되는 과정이 액자구성을 통해 생생하게 포착된다는 점이다. 이는 취재대상의 과거의 삶이 현재적으로 전용되는 모습을 구체적으로 드러내는데 기여한다. 이렇듯 『통일련가』의 액자구성은 절대적 과거에 고착된 기존의 서사 구조에서 벗어나 과거와 현재가 대화적 관계를 형성하는데 기여하고 있다.

2. 본론

1) 주인공의 내면의식 변모 양상을 통해 본 대화적 상상력

『통일련가』에서 고광의 삶은 '서장'과 '종장'을 제외하고 총 6장으로 구성되어 있다. 각 장의 내용을 요약하면 다음과 같다.

서장 : 취재의 동기 및 기대감
1장 : 고광의 소년시절
2장 : 빨찌산 생활(체포되기까지의 과정)
3장 : 감옥생활 1(희애의 전향)
4장 : 감옥생활 2(전향/비전향에 대한 내면적 갈등)
5장 : 출옥 후의 남한(서울) 생활과 북으로 송환되는 과정
6장 : 북에서의 생활
종장 : 행복한 미래에 대한 희망11)

이 작품에서는 고광의 삶이 진술되는 각 장의 서두나 말미 혹은 중간 중간에 작가(취재자)의 개입이 이루어져 대화적 관계를 형성하고 있다.
작가가 정리하는 고광의 삶은 단순하다. 어린 시절 이데올로기 대립의 와중에서 아버지를 잃고 "빨찌산"으로 입산한 고광은 21살에 체포되어 투옥된다.

마침내 그는 21살부터 54살이라는 33년간의 기나긴 반생의 옥고
를 신념과 의지로 꿋꿋이 이겨냈을뿐아니라 그것으로 하여 자기가

---

11) 작품에는 소제목 없이 장만 표시되어 있다. 각 장의 중심 내용은 필자가 요약한 것임.

사람임을 그것도 가장 깨끗한 인간임을 온 세상에 자랑차게 시위했던것이다.

　　　　－ 남대현, 『통일련가』, 문학예술출판사, 2005, 162쪽, 이하 작품과
　　　　　　　　　　　　　　　　　　　　　　　쪽수만 표기.

　하지만 이러한 고광의 삶을 제시하는 작가의 서술 방식은 결코 단순하지 않다. 작가는 희애와의 사랑을 중심으로 고광의 삶을 역동적으로 형상화하고 있는데, 여기에는 신념과 사랑, 이념과 현실, 비전향과 전향 등의 논리가 팽팽하게 맞서 있다. 고광의 순결한 양심과 의지를 바탕에 깔고 있지만, 이러한 신념과 이념을 지키기 위해 고뇌하는 인물의 내면을 생생하게 재현하고 있는 것이다.

　먼저 고광과 희애의 사랑이 싹트는 장면을 살펴보자.

　　《보지마!》

　　어느새 봉긋한 가슴우에 두손을 포개얹은 그가 이쪽을 힐끔 돌아보며 되알진 소리로 웨쳤다. 하얀 등살이며 밋밋한 허리가 눈부리를 화끈하게 지지는 바람에 광이는 얼른 바위뒤에 가붙었다. (중략)

　　《쥐가…… 다리에 쥐가 오른거……》

　　《쥐가? 어디?》

　　하지만 광이는 그만 굳어지지 않을수 없었다. 그제야 자기가 몸에 실오리 하나 걸치지 않은 희애를 안고있다는것을 알았기때문이였다. 파아란 물결속에서 일렁이는 처녀의 젖가슴이며 백옥같이 하얀 살결을 내려다보는 순간 정신이 휘―도는것 같았다. 매끌매끌한 알몸뚱이를 안고있는 손이 불에 덴것처럼 점점 달아오르기만 하는데 버둥질하는 처녀를 놓으려 해도 어쩐지 두팔이 전기에 감전된듯 풀어지지 않았다.

　　어쨌든 그날 광이는 손에 자개바람이 일 때까지 희애의 종아리를 문질러댔다……

그때부터 그들은 마치 자기들이 오누이라도 되는듯 한 친밀감, 아니 한순간에 소년, 소녀시절을 뒤에 남기고 갑자기 어른으로 성장한듯 한 감을 느끼게 되였던것이다.

－『통일련가』, 42~43쪽.

"봉긋한 가슴", "하얀 등살이며 밋밋한 허리", "몸에 실오리 하나 걸치지 않은", "파아란 물결속에서 일렁이는 처녀의 젖가슴", "매끌매끌한 알몸뚱이" 등 선정적이라 할 수 있을 정도의 표현이 전경화된 인용 대목에는, "빨찌산 시절" 희애의 "알몸"을 매개로 '성性'에 눈뜨게 되는 광이의 내면이 섬세하게 드러나 있다. 주목할 점은 희애를 바라보는 광이의 시선이 '몸'의 욕망에 충실하다는 사실이다. "눈부리를 화끈하게 지지는", "정신이 휘－도는것 같았다", "손이 불에 덴것처럼 점점 달아오르기만 하는데", "두팔이 전기에 감전된듯 풀어지지 않았다" 등으로 포착된 광이의 내면은, 이들의 사랑을 북한문학에서 흔히 다루어 온 "오누이라도 되는듯 한 친밀감"(동지적 결합)에 가두지 않고 "소년, 소녀시절을 뒤에 남기고 갑자기 어른으로 성장한듯 한 감", 즉 낭만적 사랑의 감정으로 확장시키는데 기여하고 있다. 하여 광이는 희애의 몸에서 넘쳐나는 생기와 활력이 어느새 자기 몸에 옮겨지는 것 같은 충만한 사랑의 감정을 경험할 수 있게 된다.

이렇게 싹튼 사랑은 "빨찌산" 생활의 와중에서 생긴 시련을 통해 한층 여물어간다. 몸이 아픈 삼진이(광이)를 보다 못한 희애가 동지들이 비축해둔 식량에 몰래 손을 댄 것이다. 이를 안 삼진이는 희애를 무섭게 질책한다. 이러한 시련을 이겨내고 서로의 마음을 이해한 젊은 연인은 "온몸"으로 하나가 된다.

고개를 까닥이던 희애가 광이의 가슴에 얼굴을 묻었다. 광이 역시 저도 모르게 한팔로 희애의 어깨를 감싸안았다. 저절로 후두둑 하고 가슴이 뛰면서 이상한 소용돌이가 전류처럼 온몸을 누볐다. 여태껏 한번도 경험해보지 못한 그런 류다른 격정이 명치끝을 치받는 동시에 어떤 공포가 온몸을 엄습하는것이었다.

문득 언젠가 보았던 희애의 그 순부신 알몸이 눈앞에 새겨지면서 목이 타오르고 입안이 말라들었다. 쿵쿵 하는 심장의 박동만이 점점 더 귀를 멍하게 할뿐이었다. 분명 자기가 더는 넘어서지 말아야할 한 계선에 이르고있다는것을 직감했으나 그러면 그럴수록 어쩐지 그 리성에 반발하듯 온몸은 불덩이처럼 달아올랐다.

≪아……≫

애처롭게 내뿜는 희애의 흐느낌이 불꽃처럼 목언저리를 태우는 순간 광이는 저도 모르게 전률했다. 사람의 행동이란 리성을 뛰여넘는 특별한 리치를 가지고있는 법인지, 그 순간부터 그는 아무것도 듣지도 보지도 못했다. 활활 타번지기 시작한 불길이 공포에 굳어진 자기의 온몸과 마비상태에 빠져있는 자기의 넋을 무섭게 태우기 시작했던 것이다.

……얼마나 시간이 흘렀는지 광이는 희애가 울고있다는것을 알았다. 차분히 내리덮인 긴 속눈섭밑에서 솟구쳐오른 눈물이 눈귀로 소리없이 흘러내리고있었다. 모르긴 해도 광이는 희애의 이 눈물이 분명 아까처럼 자기 잘못에 대한 속죄로 하여 흘리는 눈물이 아니라 새로운 희애로 갱신되면서 새롭게 알게 된 기쁨과 함께 앞으로 자기가 바쳐야 할 진정한 사랑에 대한 무한한 동경으로 하여 흘리는 눈물이라는 짐작이 들었다.

≪난…… 난 이젠 삼진이거라여.≫

갈린 목소리로 되뇌인 희애는 속삭이듯 뒤를 이었다.

≪이제부터 살아도 삼진이 하고 살고 죽어도 삼진이하고 죽을것이여. 좋지?≫

대답대신 광이는 다시금 희애를 가슴에 꼭 그러안았다.

―『통일련가』, 65~67쪽.

이러한 희애와 광이의 사랑은 혁명적 지향과 이를 뛰어넘는 "류다른 격정" 사이에 걸쳐 있다. "넘어서지 말아야할 한계선에 이르고있다는" "리성"에 반발하듯 광이의 "온몸은 불덩이처럼 달아오른다." 희애 또한 "자기 잘못에 대한 속죄"(이성적 판단)를 넘어선 "눈물"을 통해 새로운 자아로 거듭나면서 "진정한 사랑"에 대한 "무한한 동경"을 품는다. 작가는 이성에 반발하는 몸의 형상을 통해 이들의 사랑을 생동감 넘치게 제시하고 있다.

이렇게 맺어진 사랑도 그들이 체포·투옥된 이후 희애의 전향으로 새로운 국면을 맞이한다. 광이는 앞날을 약속한 처녀한테서의 배반으로 절망에 빠진다. 하지만 희애와의 추억은 쉽게 잊혀지지 않는다. 이성과 이를 넘어서는 지점(몸) 사이에서 점화된 사랑이었기에 늘 "터지기를 기다리는 지뢰가 되어 가슴속 깊은 곳"에 잠복되어 있었던 것이다. 그러던 중 광이는 기태에게서 "자네를 위하자고 전향한것이 오히려 자네를 괴롭히는 것으로 되었다면서 나를 붙들고 통곡"하더란 희애의 이야기를 듣는다.

이를 통해 광이의 희애에 대한 감정은 "저주와 분노"에서 "동정과 련민"으로 바뀐다. 그녀가 이해될뿐 아니라 용서해주고 싶은 마음까지 생긴다. 거기에 더해 전향한 사실에 대한 죄책감으로 그녀가 10여 년 동안 "수도원"에서 지내며 자신의 출소를 기다리고 있다는 소식을 접하고, "자기 역시 희애를 속으로는 더없이 그러마지 않았다는것을, 그래서 자기들은 이미부터 달리 될래야 될수 없는 운명"을 타고 났다고 생각한다.

하지만 이렇게 다시 불타오른 사랑도 이내 새로운 고통으로 몸을 바꾼다. 그가 꿈꾸는 희애와의 단란한 가정은 지금까지 애써 지켜온 "신념과 량심"을 저버리는 전향에의 유혹으로 다가오기 때문이다.

그 즈음 희애가 혼인신고서(전향서)를 가지고 광이를 방문한다.

≪난 그저 내가 지켜온 량심과 신념이 단란한 가정과 량립될수 없다는것인데 그게 결국은……≫

(중략)

≪과연…… 과연 당신도 인간이예요? 피가 있고 정이 있는 인간인가말이예요!≫

나직하게 웨치는 소리였으나 그것은 마치 피를 토하는것 같은 통절한 부르짖음이였다.

≪당신도 인간이예요?≫

희애가 남긴 이 마지막말은 시퍼런 도끼가 되여 광이의 정수리를 사정없이 내려찍었다. 아니 그의 가슴에 깊숙이 박혀 도저히 뽑을래야 뽑을수가 없는 화살로 되여버렸다.

－『통일련가』, 159쪽.

광이와 희애의 사랑은 여기에서 종지부를 찍는다. 희애는 "단란한 가정"을, 광이는 "량심과 신념"을 중시한 탓이다. 희애는 인석과 결혼하여 행복한 가정을 이루고, 광이는 이러한 희애 부부의 사랑을 인정하고 축복해준다. 물론 광이의 "량심과 신념"은 희애와 인석을 연결해주는 디딤돌의 역할을 한다. 하지만 광이가 이들의 사랑을 이해한다는 점에서 작가는 두 가지 방식의 사랑을 동시에 수용하고 있다고 볼 수 있다.

이렇듯, 고광의 내면의식은 치밀하게 구조화되고 있는데, 여기에는 "혁명적 지향"과 "류다른 격정", "리성"과 "몸", "저주/분노"와 "동정/련민" "량심/신념"과 "단란한 가정" 사이의 팽팽한 긴장이 스며들어 있다.

이와 더불어 고광의 삶과 반대편에 선 인물들의 태도를 개연성 있게 제시하고 있는 점 또한 주목할 만하다. 작가는 "빨찌산 투쟁" 시기 계속 싸울 것인가 아니면 현실과 타협할 것인가의 기로에서, 산을 내려가 투항한 기태를 다시 불러와, 광이에게 전향을 유도하는 역할을 맡긴다.

≪세상은 우리가 산에서 싸울 때와는 달라졌어. 우리가 총을 들고 나선다고 해서 겨레가 바라는 통일이 이루어지는것도 아니고 누구나 평등하게 사는 세상이 오는것도 아니라는거네. 알겠나? 더욱이 우리 한반도의 운명이 몇몇 빨찌산들은 물론 이남사람들의 의지에 의해 변화되기는커녕 보다 막강한 외세의 힘에 따라 좌우지되고있다는 엄연한 사실도 알게 됐지. 어떻게 해야겠나? 어느 길을 택해야겠나?

첨엔 고민도 없지 않았네. 산에서 싸우던 때와는 전혀 다른 번민에 사로잡혔기때문이지. 하지만 나는 곧 하나의 결론을 찾았네. 그건 바로 내가 여태 너무 외곬이었다는, 가망성이 없는 목적에 희망을 걸고 헛된 길을 걸어왔다는 자신에 대한 회오였네. 말하자면 내가 생각하던 길이 큰길이 아니라 만사람이 따를수밖에 없는 큰길이 따로 있다는것이였네.

그때부터 내 좌우명이 어떻게 바뀐지 아나? <군자대로> 대신 <군자도 종시속>이라는것이네. 아무리 대장부라 해도 시국을 따를수밖에 없고 그게 바로 어쩔수 없는 인생의 리치라는거네.≫

— 『통일련가』, 119~120쪽.

문제는 기태의 논리가 설득력 있게 제시되고 있다는 점이다. "통일" 혹은 "누구나 평등하게 사는 세상"은 몇몇 사람들의 의지에 의해 이루어지는 것이 아니라는 점, 한반도의 운명은 "막강한 외세의 힘"에 따라 좌우되고 있다는 사실, "가망성이 없는 목적에 희망을 걸고 헛된 길을 걸어왔다는 자신에 대한 회오", "아무리 대장부라 해도 시국을 따를수밖에 없고 그게 바로 어쩔수 없는 인생의 리치"라는 점 등은 '비전향의 논리'에 맞서는 '전향의 논리'로 손색이 없을 정도이다. 전향의 논리는 이렇듯 현실성 있는 모습으로 제시된다.12)

---

12) 북한문학을 이해할 때 체제의 정당성 그 자체를 심문하는 것보다는 그러한 정당성을 도출하기까지의 과정을 탐색하는 작업이 요긴해 보인다. 북한 사회의 특성상 체제의 정당성을 부정하는 작품은 창작되기 어렵기 때문이다. 하여 주어진 결론(체제의 정당성)에 도달하기까지의 과정에서 소통의 실마리를 찾을 수밖에 없는

나아가 "주의(이념)"에 대한 상대주의적 태도는 비전향의 논리를 압도할 정도의 "인간적인" 형상으로 드러난다.

> ≪전에도 말했지만 난 당신이 주장하는 주의에 대해서는 생각이 달라요. 그 주의라는것도 결국은 인간이 살아가는 한가지 방법이 아니겠어요. 그런데 자신이 죽은 다음에 무슨 주의든지간에 필요가 뭔가 하는거죠.
> 난 당신이 민주주의를 따르라는 말은 안해요. 단지 이번 기회에 그 폐쇄된 굴레에서 벗어나 한번이라도 자기만 아니라 부모나 형제들도 생각할줄 아는 인도주의자가 돼보라는거예요. 최소한의 인간적인 도리쯤은 지킬줄 알라는걸 호소하는거예요. 네.≫
>
> – 『통일련가』, 145쪽.

 이념도 결국은 "인간이 살아가는 한가지 방법"이라는 점, "자신이 죽은 다음"에 이념이 무슨 소용이 있느냐는 반문, 적대적 이념(민주주의)을 따르라는 것이 아니라 "부모나 형제들도 생각할줄 아는 인도주의자", 즉 "최소한의 인간적인 도리"를 지킬 줄 아는 사람이 되라는 충고 등은 양심과 신념을 끝까지 고수하려는 고광의 내면을 뒤흔들기에 부족함이 없다.

 고광 또한 전향을 유도하는 자의 논리를 무조건적으로 배격하는 것이 아니라 스스로의 내면을 들여다보는 계기로 삼고 있다.[13] 이를테면 양자의 논리가 대화적 관계를 형성하고 있다는 것이다. "담당관"의 말을 통해 광이는 "여태껏 자기를 괴롭히던것"이 무엇인지 깨닫게 된다. "희애와의

것이 지금의 북한문학 연구의 현실이다. 이러한 점에서 상대의 논리를 객관적으로 제시하는 대화적 관계를 통해 자신의 주장을 정당화하는 남대현의 소설은 남북문학의 소통을 위한 중요한 시사점을 제공한다고 볼 수 있다.

[13] 물론 고광은 표면적으로는 이러한 전향의 논리에 대해 거부의 입장을 취하고 있다. 하지만 상대방의 말(논리)을 통해 자신의 내면을 곱씹어보고 있다는 사실은, 표면적 거부 너머 지점에서의 소통을 시사하는 대목이라 할 수 있다.

앞으로의 생활", 즉 "애타게 기다려왔던것만큼 더욱 간절해지는 그 천추의 숙원이 바로 자기 감정을 흔드는 요소라는것을 인정하지 않을수 없"었던 것이다.

이처럼 『통일련가』에서는 광의의 내면적 갈등을 축으로, 희애의 전향 요구나 전향자들의 논리가 팽팽하게 맞서 있다. 심지어 전향을 요구하는 자들의 논리가 설득력 있게 다가오는 경우도 있을 정도이다.[14] 이처럼 『통일련가』에서는 북한에서 주장하는 삶의 양식과 이와는 이질적인 삶의 태도가 비교적 균형 잡힌 시각으로 제시되어 있다. 이 작품에서 작가는 체제의 정당성을 심정적 · 감정적 구호의 차원으로 제시하는 기존의 방식을 넘어 남과 북이 소통할 수 있는 구체적 방법을 탐색하고 있는 셈이다.

2) 체제의 이념과 공명(共鳴)하는 글쓰기의 자의식

남대현은 『통일련가』를 통해 고광이 살아온 삶 속에 등장하는 인물들의 대화적 관계뿐만 아니라, 고광의 삶(남한)과 소통하는 작가(북한)의 자의식 또한 섬세하게 포착하고 있다. 고광의 삶을 바라보는 작가의 태도를 작품의 흐름을 따라 살펴보기로 하자.

서장에서 작가는 고광을 처음 만난 느낌과 취재의 동기를 제시하고 있다. 이 장은 작품의 도입부에 해당하는 대목으로 취재대상의 특성과 그의 삶에 대한 호기심이 드러나 있다.

이어지는 1장은 고광의 소년시절로 채워져 있는데 해방과 전쟁에 이르는

---

14) 북한 소설을 읽으며 그들의 이데올로기와 적대적인 태도에 공감할 수 있다는 사실은 매우 이례적이다. 이는 작품 속에서 남한 현실 혹은 남한의 논리가 객관적으로 제시되고 있음을 의미하며, 북한의 논리와 대화적 관계를 유지하고 있음을 보여주는 예라 할 수 있다. 북의 문학에서 적대적 논리는 그들의 신념에 의해 자의적으로 왜곡되어 편파적으로 제시되기 일쑤이기 때문이다.

격동의 현대사와 맞물려 있다. 이를 취재한 작가는 "아직도 남녘에 계실 그의 어머니며 가족들 그후 일들에 대해 알고싶은것이 많았으나" 더 묻기를 삼가고, "래일의 취재에 대한 흐뭇한 기대를 안고 황혼이 깃든 창광거리"를 힘차게 걸어가는 것으로 장을 마무리하고 있다.

2장은 고광의 "빨찌산 생활"을 다루고 있는데, 이 지점부터 취재자의 개입이 본격적으로 이루어져 글쓰기에 대한 자의식이 구체적으로 드러나기 시작한다. 2장에는 고광의 "빨찌산" 이야기 앞뒤로 취재에 얽힌 짧은 에피소드가 배치되어 있다. 이 장에서부터 갑작스럽게 한 인물이 취재에 끼어드는데, "청년출판사"에 근무하는 기자 은옥경이다. 그녀는 취재를 함께 하게 되면서 작가의 삶, 작품, 그리고 고광의 삶에 지속적인 영향을 미치게 된다. 은옥경이 작품의 초반부에 등장하면서 "비전향장기수" 중 유일하게 "소년빨찌산출신"이라는 고광의 특이한 이력이 강조됨과 동시에 '취재/소설'의 의미가 구체적으로 부각된다.

무엇보다 2장에서 주목할 부분은 은옥경을 대하는 작가의 미묘한 심리이다.

> 용모에 대한 인상은 감정에 따라 좌우되기마련인지 곱살하던 처녀에 대한 인상이 대번에 흐려졌다. 글을 쓰는 사람의 공통된 심성은 자기의 취재대상이 다른 사람에게 침해당할 때에는 마치 약속을 한 련인앞에 제3자가 끼어드는것처럼 불만스럽게 느껴지는 법이다.
>
> ─『통일련가』, 28~29쪽.

취재대상에 대한 작가의 애착이 잘 드러난 부분이다. "꽤 짭짤한 서정시들과 색갈이 있는 가사들"을 발표한 문인이라면 더욱이 미리 약속된 "취재대상을 앞질러 마주"하는 예의에 어긋나는 행동을 하지 말아야 한다. 하여 작가는 "소년빨찌산생활"에 대한 이야기가 끝나자 다음의 이야기는

"래일, 처녀가 없을 때 혼자 조용히" 듣고 싶어 한다. 그는 이러한 생각이 "점잖치 못한 생각이라는것은 알면서도" 연인 혹은 보물 같은 취재대상을 "독차지하고싶은 유혹"만은 떨치지 못한다. 북한소설에서는 찾아보기 어려운 글쓰기에 대한 자의식이 구체적으로 표출된 대목이다. 작가로서의 자의식이 취재에 대한 대의를 앞지르고 있는 형국이다.

3장과 4장에서는 고광의 감옥생활이 펼쳐지고 있다. 특히 3장에서는 취재에 얽힌 이야기(현재)와 고광의 이야기(과거)가 뚜렷한 구분 없이 교차로 진행된다. 고광의 삶을 서술하는 중심 서사에 취재자의 자의식이 투영된 외부 이야기가 스며든 형세이다. 이는 2장에서 표출된 작가와 은옥경 사이의 내밀한 갈등을 해소하는 장치로 기능하는데, 고광의 삶을 서술하는 취재자의 위치가 '기록자'에서 '참여자'로 변모하고 있음을 보여준다. 이들은 고광의 이야기에 등장하는 "운명에 타협한 사람들의 삶의 종착점"이 무엇인지에 대해 호기심을 느낀다. 작가는 고광의 삶을 취재하면서 그와 "대조되는 사람들의 운명"에 대한 "창작적 흥분" 때문에 가슴이 달아오른다. 은옥경도 동일한 관심을 표명하자 "얄밉게도 자기 기사의 종자를 옳게 잡았다는 판단"으로 그녀가 "쾌씸은 하면서도 한편으로는 못내 대견"하다는 생각을 한다. 이러한 은옥경의 모습을 보고 작가는 "글감을 놓고 다른 사람에게 양보하지 않으려는 속심을 드러낸 속물로 보인듯싶어" 속이 꼬인다.

> 사실 그때까지만 해도 나의 취재에 끼여들었던 이 은옥경이가 차차 나의 생활, 나의 작품속에까지 뛰여들어 커다란 자리를 차지하게 되리라는것을 나는 미처 알지도 못했고 또 알수도 없었던것이다.
> — 『통일련가』, 86~87쪽.

이러한 과정을 통해 화자는 은옥경이 없었다면 취재가 얼마나 따분했을까 하는 생각을 하기에 이른다. 고광의 삶을 취재하는 과정에서 "대화"의 예술, 즉 취재자와 취재대상 사이의 "주고받는 마음의 정서"를 그녀가 충분히 보충해주고 있다고 느꼈기 때문이다. 이러한 화해를 바탕으로 화자와 은옥경은 한마음으로 고광에게 "감옥에서 겪은 일"을 독촉한다. 이어지는 4장은 이들의 개입 없이 오로지 고광의 이야기로만 채워진다.

5장에는 출옥 후 고광의 남한(서울) 생활과 북으로 오게 된 과정이 그려져 있는데, 3장에서와 마찬가지로 취재자의 심리가 이야기 중간 중간에 개입하는 서사 구조로 전개된다. 여기에서는 취재대상의 삶에 흥미(호기심)를 느끼고 이를 분석·평가하는 단계에 머물러 있던 작가의 모습이, 앞으로 전개될 이야기를 상상해보는 능동적인 태도로 변모하게 된다. 특히 작가가 취재대상의 삶을 통해 의식의 각성을 하게 되는 장면은 인상적이다. 이는 남과 북, 취재대상과 취재자, 수기와 소설, 과거와 현재 등이 대화하는 장면이기도 하다.

일반적으로 글을 쓰는 사람들의 고약한 버릇은 처음엔 주인공의 발자취를 고분고분 따라가다가도 어느 정도에 이르면 그때부터는 주인공의 운명을 앞질러가면서 제가 바라는대로 생활과 사건들을 꾸미게 되는것이다. 엄연한 의미에서는 탈선으로 보아야 하겠지만 그것을 도리여 허구나 과장이라는 자기 직분이 준 특전으로 타당화하게 되는데 그땐 벌써 술에 취해 기분이 들뜬 사람처럼 제나름의 창작적 희열에 흥분돼있기마련인것이다. 나도 바로 그런 상태에 있었다.

가정은 꾸몄지만 희애의 가슴속에는 선생에 대한 사랑이 마냥 사라지지 않고 일렁인다. 가정생활에 대한 불만이 쌓여갈수록 그 불길은 점점 더 세차게 타오른다. 안해의 이런 번민을 함께 사는 남편이 모를 리 없다. 이윽고 부부사이에는 균열이 생기기 시작하는데 바로 그때 선생이 출옥한다. 인위적인 생활에 대한 환멸을 더 이상 참아내지 못한 희애가 마침내 못다 이룬 사랑을 구가해 선생을 찾아간다. 나이가 무슨 상관이고 체면이 무슨 상관이랴.

그러나 선생은 이번 역시 희애의 사랑을 받아들일수 없다. 이번에는 신념때문이 아니라 한가정을 파괴해야 하는 인간적인 괴로움때문인것이다. 본의는 아니라 해도 희애의 청춘을 유린했던 자기가 그에게 행복은 고사하고 도리어 또다시 불행을 안겨야 하는 스스로의 처지를 결코 용납할수가 없는것이다.

일생 주인공에 대한 사랑으로 하여 수난만 겪는 한 녀인의 운명과 그 사랑을 그대로 받아들일수 없는 주인공의 곡절이 어딘가 신파극의 한 장면 같기도 했으나 나로서는 그렇게 상상의 나래를 펼치고있었다. 그런데는 그것이 바로 불공정한 세상에서 사는 진실한 인간들의 피치못할 운명이라는 진리를 예술적으로 확증할수 있을것 같았기 때문이고 더우기는 그런 세상에 대한 환멸로 괴로운 나날을 보내던 주인공이 북으로 들어오는것으로 되여야 작품의 대단원도 그럴듯 하게 마무리될것 같아서였다.

— 『통일련가』, 167∼168쪽.

인용문에서 작가가 펼치는 "상상의 나래"는 사실의 형식(수기)에 허구적 상상력(소설)이 개입하는 양상을 보여준다. 허구의 개입은 북의 삶의 양식을 고광의 삶(남한의 삶)에 적용하는 방식으로 전개된다. "신파극의 한 장면" 같은 작가의 상상은, "불공정한 세상에서 사는 진실한 인간들의 피치못할 운명이라는 진리를 예술적으로 확증"할 수 있는 수단, 나아가 "그런 세상에 대한 환멸로 괴로운 나날을 보내던 주인공이 북으로 들어오는것으로 되여야 작품의 대단원도 그럴듯 하게 마무리될것"이라는 욕망에 기인하고 있다. 즉, 북한 체제의 이데올로기가 반영된 작가로서의 욕망을 이들의 삶(남한)에 투영히는 방식인 셈이다. 이러한 삭가의 상상은 고광이 살아온 실제 삶에 의해 무참히 붕괴된다. 화자는 수난자로서 불우한 운명에 처해 있어야 할 희애가 도리어 남편과 화목하게 살고 있다는 사실에 놀란다. "행복이나 불행은 다 제나름의 법칙이 있어 그 단계를 뛰여넘을수도 피할수도 없는 법"이라 여기던 작가의 세계관은 고광이 진술하는 삶을 통해 타자화된다. 화자는 이러한 "머릿속에 그리던 생활과는 너무나도 반대되는 사실"을 북에서 살아온 작가로서의 삶을 성찰하는 계기로 삼는다.

> 이번에는 뒤통수를 한방망이 되게 얻어 맞은것 같았다. 내가 머릿속에 그리던 생활과는 너무나도 반대되는 사실이였다. 희애와 선생과의 관계를 다 알고있을뿐아니라 그런 과거사를 리해했다는 남편, 그러고 보면 희애와 남편사이에는 분명 일반부부로서는 리해하기 어려운 류다는 사연이 있는것 같았다.
>
> 그들사이에 있을수 있는 일들을 머리속에 그려보며 그것들을 선생과 련결시켜보려고 했으나 도저히 그럴수가 없었다. 다만 여태껏 내가 공식처럼 여겨오던 생활의 법칙과 률조들이 일시에 삼거웃처럼 복잡하게 엉켜 돌아가면서 머리를 어지럽힐뿐이였다.
>
> 그와 동시에 나는 얼굴이 달아오르는것을 어쩔수 없었다. 선생은 오랜 감옥살이로 하여 이방인처럼 돼버렸다고 하지만 난 어째서 이 사실이 이토록 놀랍고 기이한것인가? 선생을 세상과 갈라놓은건 감옥철창이라면 나는 무엇으로 하여 그런 생활을 리해조차 할수 없단 말인가?
>
> 남녘생활에 대한 무지, 그곳 인간들을 제대로 리해하지 못하면서 선생의 작품을 쓰겠다고 나선것이 못내 부끄럽기만 했다. 문득 이방인이라는 말이 새로운 의미로 가슴에 파고들었다. 그러고 보면 남북에 갈라져 사는 우리들이야말로 한피줄을 잇고 한지맥에서 살면서도 이젠 생활도 감정도 정서도 리해하기 어렵게 된 딴 세상의 이방인들이 아닌가!
>
> ―『통일련가』, 171쪽.

희애와 인석의 사랑이 "공식처럼 여겨오던 생활의 법칙과 률조들"을 "일시에 삼거웃처럼 복잡하게" 엉키게 하여 머리를 어지럽힌다는 진술에는, 이들의 사랑이 비록 북쪽에서 생각하는 '혁명적 결합'은 아니지만, "남녀생활"에서 제기되는 감정과 정서를 반영하는 사랑임을 인정하는 태도가 깔려 있다. "남녀생활"에 무지한 스스로를 "이방인"이라 질타하는 화자의 태도는, 남과 북의 삶의 양식이 상호 침투하며 서로의 영역을 새롭게 생성해 가는 역동적인 과정을 보여준다. 이러한 사실과 상상, 남과 북, 취재대상과 취재자 사이의 내면적 소통은 남과 북의 사랑 담론이 대화적 관계를 형성하는데 기여한다.

6장에서는 북에서의 생활이 드러나는데, 고광의 삶에 있어서 "앞으로의 희망찬 계획과 실천에 대한 문제들"이 제기된다. 은옥경과 고광의 사랑이 맺어지는 대목이기도 하며,[15] 남녘의 사랑과 북녘의 사랑이 대화를 나누는 장면이기도 하다.

≪내가 아는데 의하면 사랑이란 상대방을 위해 그 어떤것도 책임을 질수 있는 능력이며 의지입니다. 그리고 더 중요한건 아무리 다정한 부부라 해도 주는것만큼 받게 되고 받는것만치 주게 되는게 사랑이에요. 내가 상대를 책임질수도 없는데다가 더우기는 아무것도 줄것도 없는데 어떻게 받겠다고 하겠습니까? 천만에요! 절대로 안됩니다. 만약 그것을 받아들인다면… 그렇다면… 나야말로 사람이 아니지요. 인간이 아니란 말입니다.≫(중략)

---

15) 소설 속의 은옥경은 고광의 인품과 이념적 순결성에 매료되어 그와 결혼하기에 이르는데, 작품의 실제 모델인 고광인 씨는 자신을 취재했던 여성 소설가 정은옥(작품 속에서는 은옥경으로 드러난다) 씨와 결혼해서 현재 평양에 살고 있다(김성수, 「남대현론: 남대현, 코리아 문학 통합의 시금석」, 『북한 문학의 지형도』, 이화여자대학교출판부, 2008, 294쪽 참조).

≪그건 우리의 사랑과는 다릅니다. 우리 시대의 사랑은 주고받는 량의 크기로만 이루어지는것이 아닙니다. 결코 그렇지 않습니다. 받는것이 아니라 바치는것이 사랑이고 향유가 아니라 창조가 행복으로 바탕으로 된다는것을 아서야 합니다. 오직 우리나라에서만 있을수 있는 우리 식 사랑이지요.≫ (중략)

≪인간이 아니라구요? 천만의 말씀입니다. 그건 바로 남쪽에 있을 때 선생님이 새긴 인생체험입니다. 그러나 이젠 북에서 우리와 함께 사십니다. 혁명에 가장 충실한 인간, 그래서 가장 훌륭한 인간만이 받을수 있는 가장 진정한 사랑이란 말입니다.≫

– 『통일련가』, 235~236쪽.

남녘의 사랑과 북녘의 사랑은 그 존재방식이 다르다. 고광이 생각하는 사랑은 "상대방을 위해 그 어떤것도 책임을 질수 있는 능력이며 의지"이다. 즉, "주는것만큼 받게 되고 받는것만치 주게 되는" 사랑이다. 사적 개인을 전제한 사랑인 것이다. 하지만, 화자가 주장하는 사랑은 다르다. 그에 의하면 "받는것이 아니라 바치는것이 사랑"이기에, 사랑은 "혁명에 가장 충실한 인간, 그래서 가장 훌륭한 인간만이 받을수 있는" 숭고한 가치가 되는 것이다. 오직 북측에서만 있을 수 있는 '주체 식 사랑'인 것이다.

화자는 이러한 차이점을 부각시키면서 고광을 설득한다. 우리는 그 설득의 논리에 주목할 필요가 있는데, 고광의 생각을 전면적으로 부정하는 방식이 아니라, 그것을 수용하면서 자신의 주장을 펼치고 있기 때문이다. 고광이 남쪽에 있을 때 새긴 "인생체험"에 바탕한 사랑관을 작가는 거부할 수 없다. 만약 그것이 전면적으로 거부되었을 때, 신념과 양심을 끝까지 지켜온 고광의 남측에서의 삶이 일부 부정되는 것은 물론, 광이와 희애 그리고 희애와 인석의 사랑 등이 온전한 의미를 부여받을 수 없기 때문이다.

이러한 화자의 논리는 이제 "북에서 우리와 함께" 살게 되었으니, 우리의 방식에 따라야 한다는 태도로 표상된다. 고광과 같이 송환된 비전향장기수들은 그쪽의 체제를 선택했기에 북쪽의 삶을 전적으로 내면화할 수 있다. 따라서 "우리 식 사랑"을 따라야 한다는 화자의 논리는 정당성을 지닌다. 하지만 남쪽에서 통일운동에 몸담고 있는 승옥이나 희애/인석 부부에게 북쪽 삶의 방식은 조금 다르게 인식될 것이다. 그리고 남녘의 보통 사람들에게는 또 다르게 다가올 것이다. 이렇듯, 『통일련가』의 저자 남대현은 남녘의 모든 동포에게 "우리 식 사랑"을 따르라고 강요하지 않는다.[16] 종장은 "첫 통일부부"로 탄생한 고광과 은옥경의 행복한 미래가 암시되며 마무리된다.

이상으로 고광의 삶에 개입하는 작가의 자의식을 과거와 현재, 남과 북, 사실(수기)과 상상(소설) 등의 긴장관계를 중심으로 살펴보았다. 고광의 삶을 취재하는 작가의 의식은 '공감→상상→성찰→대화'의 궤적을 그리고 있는데, 서사가 진행됨에 따라 취재대상의 삶에 개입하는 작가의 비중이 점차로 증가하고 있음을 알 수 있다. 이러한 작가의 개입은 고광, 희애/인석, 기태 등으로 대변되는 남한의 다양한 인물 군상들의 삶과 적극적으로 대화하려는 의지로 표출되고 있다. 특히, 북의 관점에서 "남녘 생활"을 규정하려 했던 자신의 태도를 반성하며 스스로를 "이방인"이라 지칭하며 대화적 관계로 나아가는 장면은 남한 사회를 적극적으로 이해하려는 작가의 문학적 자의식을 상징적으로 드러내는 대목이라 할 만하다.

---

16) 고인환, 앞의 글, 337~338쪽 참조.

3. 결론

　지금까지 북한문학에 대한 연구는 그 자체의 중요성을 인정하더라도, 연구 현장에서는 많은 한계를 노정해왔다. 특히, 북측의 문예정책에 기초하여 작품을 이해하는 방식이나, 혹은 북한문학의 미학적 가능성을 애써 차단하려는 태도는 여전히 심각한 문제로 제기된다. 이제 남북의 문학이 대등한 지평에서 서로 접촉하는, 그야말로 열린 문학 논의의 장을 마련해야 한다. 남북의 문학 연구자들은 공히 감정적 구호의 차원을 넘어, 잃어버린 반쪽을 찾는 심정으로 어떻게 서로와 대화할 수 있을 것인가에 대해 구체적으로 고민해야 할 때이다.17) 이에 총론과 각론이, 통시적 흐름과 공시적 현상이 융합되는 지점을 탐색할 필요가 있다. 특히, 작품 자체에 대한 섬세한 분석을 통해 북한문학의 변모 양상을 고찰하는 귀납적 방식이 요구되는 시점에 이르렀다고 할 수 있다.

　본고는 이러한 문제의식에서 출발하여 등장인물의 내면의식 변모 양상과 이를 텍스트화 하는 작가의 자의식을 중심으로 남대현의 『통일련가』에 나타난 대화적 상상력을 고찰하였다.

　남대현은 『통일련가』에서 비전향장기수 고광의 삶을 사랑의 담론을 중심으로 형상화하고 있다. 작가는 고광과 희애의 사랑이 싹트는 장면에서부터 시련/고난을 겪으며 한층 여물어가는 단계를 거쳐, 서로의 처지를 이해하며 각자의 사랑을 인정하는 대화적 관계에 이르기까지의 과정을, 고광의 내면의식 변모 양상을 통해 생생하게 포착하고 있다. 특히, 고광의 삶과 반대편에 선 인물들의 태도, 즉 전향을 유도하는 자들의 논리까지 사실적으로 재현하고 있는 점은 주목할 만하다.

　이와 더불어 고광의 삶(남한)과 소통하는 작가(북한)의 자의식 또한 섬세

---

17) 김종회 외, 『작품으로 읽는 북한문학의 변화와 전망』, 역락, 2007, 머리말 참조.

하게 포착하고 있다. 『통일련가』는 남과 북, 과거와 현재, 취재대상과 취재자를 교차시키며 대화하는 구조로 구성되어 있다. 이는 단순한 사실을 기록한다는 차원을 넘어 비전향장기수 고광의 삶을 문학 형식으로 재구성하는 과정을 보여줌으로써 글쓰기에 대한 자의식을 부각시키는데 기여하고 있다. 화자와 은옥경은 취재대상인 고광의 삶을 끊임없이 분석, 해석, 재구성함으로써 현재적으로 전용하고 있으며, 고광 또한 이들과 대화하면서 자신의 삶을 새롭게 인식하는 계기를 마련한다. 취재자와 취재대상, 과거와 현재, 남과 북의 삶이 상호침투하며 서로의 영역을 확장하고 있는 것이다.

타자의 거울에 비친 자신의 모습을 응시하는 성찰적 시선을 통해 남과 북의 내면적 소통이 이루어질 수 있다는 사실을 받아들인다면, 남대현의 『통일련가』는 이를 위한 북한문학의 내적 변화 양상과 남북 문학의 대화 가능성을 탐색하는데 주요한 시사점을 제공하는 작품이라 할 수 있다.

주체 소설에 나타난 미세한 균열

— 백남룡의 『60년 후』와 『벗』을 중심으로

1. 머리말

초기의 북한문학 연구는 당의 문예정책에 기초하여 작품을 이해함으로써, 북한의 자체 평가를 그대로 수용하는 방식이었다. 이는 북한체제의 특성(사회주의적 성격)을 작품 분석의 설대적 기준으로 적용하는 방식에 머물러 있었다. 그러나 연구가 심화되면서, 구체적인 텍스트 분석을 통해 북한 문학과 문예정책의 상관관계를 탐색하고 그 허와 실을 비판하는 관점이 제기되었다. 이는 남한의 문학을 염두에 두고 북한문학을 이해하려는 태도에서 비롯된 것이다.[1]

---

[1] 북한문학 연구가 시작된 것은 월북 작가들에 대한 해금조치가 내려진 1980년대 후반부터다. 1990년대에 이르면서 사회적·경제적 우위를 바탕으로 체제 경쟁적 차원에서 벗어나 북한을 객관적 차원에서 접근하려는 분위기가 형성되었다. 북한 사회의 특수성을 인정하고 북한의 입장에서 접근하려는 논의가 시작된 것이다. 북한 문학을 남한이나 북한 중심이 아닌 태도로 이해하려는 시도는 2000년 이후 북한 문학 연구에서 발견할 수 있는 가장 큰 특징이다. 특히 김정일 시대 혹은 선군혁명문학에 대한 연구가 진행되면서 북한 사회의 변화와 북한 문학 연구의 시차가 해소되었다는 점은, 북한 문학에 대한 종합적 평가를 가능하게 하는 바탕이 되고 있다. 자세한 북한 문학 연구 현황에 대해서는 '전영선, 「북한문학 연구의 현황과 쟁점-북한문학 연구의 비판적 고찰과 문제제기를 중심으로」, 『현대북한연구』 7권 3호, 경

1980년대 후반 동구 사회주의권의 붕괴는 한반도에 미묘한 파장을 일으켰다. 남한의 문학에서는 자본주의의 전지구적 승리에 따른 개인의 욕망이 화려하게 개화했다. 북한의 경우는 사정이 좀 복잡하다. 자본주의 시장경제의 점차적 침투에 따른 개인의 세속적 욕망이 미세하게 반영되는 '사회주의 현실' 주제의 작품들이 제출되었으며, 이와 대비적으로 체제에 대한 위기감의 발현으로 '주체'를 강조한 '우리식' 사회주의 건설의 작품들이 재평가되고 제작되었다. 우리의 관심은 전자에 있다. 문학이 존재와 세계의 팽팽한 긴장을 통해 독자에게 감동을 준다는 사실을 인정한다면, 주체소설은 우리에게 감동을 주기 어렵다. 존재의 내면과 욕망이 의식적으로 거세된 작품들이 주체소설의 주류를 이루어 왔기 때문이다. 따라서 1980년대 이후 개인의 욕망이 북한의 소설 속에 등장했다는 사실은 중요하다. 이는 주체 소설의 미세한 균열을 드러내는 징후로도 볼 수 있다.

1980년대 북한 문학은 크게 두 경향으로 나뉜다.[2] 먼저, 『불멸의 역사총서』로 대표되는, 과거의 역사를 재구성하는 작품들을 들 수 있다. 이 계열의 작품은 항일혁명투쟁의 복원과 사회주의 건설의 당위성을 형상

남대학교 북한대학원, 2005'를 참고할 것.

[2] 김재용은 80년대 북한 문학을 주제별로 구분하였다. 첫째 해방후 혁명투쟁을 형상화한 문학, 둘째, 역사 주제의 문학, 셋째, 조국 통일 주제의 작품, 넷째, 사회주의현실 주제의 작품 등이 그것이다. 그가 주목한 사회주의현실 주제의 북한 소설로는, 최상순의 「나의 교단」(1982), 김봉철의 「나의 동무들」(1982), 백남룡의 「60년 후」(1985)와 「벗」(1988), 김동욱의 「병사의 고향」(1982), 김삼복의 「세대」(1985)와 「향토」(1988), 조의철의 「정든 고향」(1984), 허춘식의 『야금 기지』(1986), 김교섭의 「생활의 언덕」(1984), 남대현의 『청춘송가』(1987), 이희남의 「여덟 시간」(1986) 등이 있다. 김재용, 「80년대 북한 소설문학의 특징과 문제점」, 『창작과 비평』, 1992년 겨울 참조. 이 글에서는 김재용의 분류를 수용하면서, 이전의 작품 경향과 뚜렷하게 구분되지 않는 첫째, 둘째, 셋째 작품군과 80년대 문학의 새로움을 보여주는 넷째 작품군으로 나누어 고찰하려고 한다. 백남룡은 사회주의 현실 주제의 작품 성향을 가장 잘 보여주는 작가 중의 하나이기 때문이다.

화하는데 주력하고 있다. 사회주의 국가인 북한 정책의 일환으로 제작된 것이다.

다음으로 '사회주의 현실'을 다룬 작품들이다. 주체 문예이론에 입각하여 제작된 작품들이 대중성 확보에 실패하자, 절대적 과거에서 벗어나 실제 현실에서 인민들이 느끼는 애환이나 생활을 다룬 작품들이 등장하게된 것이다. 이러한 작품들은 기존의 이념적인 작품 경향에서 완전히 벗어난 내용을 담고 있는 것은 아니지만, 서민들의 실제 삶을 다룬다는 점에서 주체 문예이론에 입각한 기존의 작품들과는 미세한 차이를 보인다.

북한의 1980년대 문학은 비적대적 모순에 바탕한 사회주의 건설의 문학이 주류를 이룬다. 문학 예술의 자율성이 표출되어 주체 문예이론의 한계점이 드러나는 시기이기도 하다. 따라서 1980년대 북한 문학은 주체사상에 순응하는 문학과 개인의 욕망이 표출되는 균열의 문학으로 양분할 수 있다. 직접적이지는 않지만 개인의 세속적 욕망이 표출된다는 점에서 후자는 주체사상과 미묘하게 갈등하는 문학이라 할 수 있다.

백남룡3)은 '사회주의 현실'을 다룬 대표적인 작가라 할 수 있다. 그의 대표작 『60년 후』(1985), 「생명」(1985), 『벗』(1988) 등이 이 시기에 발표되었고 또한 그의 작품들은 1980년대 북한 문학의 새로운 특성을 표출하고 있기 때문이다.

백남룡의 대표작 『60년 후』와 『벗』은 주체소설에 나타난 미묘한 변화의

---

3) 백남룡은 1949년 10월 19일 함경남도 함흥시에서 태어났다. 1964년에 고등학교를 졸업하고, 18세가 되던 1966년부터 10년 동안 장자강 기계공장에서 노동자 생활을 한 후 김일성종합대학을 졸업했다. 1979년 『조선문학』에 단편 「복무자들」을 발표한 이후 20여 편의 중, 단편을 발표하였다. 대표적인 작품으로 『벗』, 『60년 후』, 「생명」 등이 꼽히고 있다. 그 중 「생명」은 1985년 한 해 동안 북에서 창작된 작품들 가운데서 우수한 단편소설 다섯 편 중의 하나로 선정되어 '1985년도 성과작'이라는 표창을 받기도 했다. 백남룡은 등단 이후 '자강도 창작실'에서 창작을 하다가, 현재는 평양에 있는 '4·15 문학창작단'에서 창작활동을 하고 있다.

흐름을 반영하고 있는 작품이다. 1980년대 북한 문학을 이해하는 데 있어서 중요한 점은 표면적으로 드러나지 않는, 아니 드러날 수 없는 개인의 무의식적 '욕망'을 밝히는 일이다. 북한 소설이 소외시켜온 개인의 욕망을 포착하는 일이야말로 주체소설이 가진 경직성(한계)을 완화시킬 수 있다는 판단에서이다. 따라서 『60년 후』와 『벗』에 드러난 실제 북한 주민들의 삶을 통해 그들의 미세한 '욕망'을 밝히는 일은 주체소설의 한계와 가능성을 동시에 보여주는 것이기도 하다.

2. '대가정'에서 '소가정'으로

북한은 수령을 중심으로 하는 '대가정' 사회이다. 주체시대 이후 김일성, 김정일은 당 그 자체이거나 당에 앞서는 절대 존재로 군림하게 된다. 수령은 '어버이'이며, 당은 '어머니'로 표현된다. 따라서 수령의 혁명 역사를 발굴, 복원하는 작업은 중요한 문학적 전범이 된다. 수령—당—인민의 관계는 정치 도덕적 윤리에 기초한 유기체적 생명체(혁명적 가족)로 비유된다. 『불멸의 역사 총서』 계열의 작품들이 보여주는 거대한 서사적 화폭은 이를 잘 보여준다.

그러나 1980년대 이후, 지금까지 주체소설이 보여준 수령의 대가족사 복원과 사회주의 건설을 추동하는 내용은 생활에 밀착된 개인들의 삶을 다룬 이야기에 조금씩 자리를 비켜주고 있다. 이는 주체소설의 요구와 소설의 본질 사이의 미세한 균열을 보여주는 예라 할 수 있다.

이 장에서는 이러한 미묘한 변화를 염두해 두고 백남룡의 『60년 후』와 『벗』을 살펴보고자 한다.

『60년 후』는 퇴직을 앞둔 공장의 지배인 최현필이 겪는 삶의 문제를 다루고 있다. 이 작품에는 가정 생활과 직장 생활 사이의 갈등이 드러난다. 주인공 최현필은 가정보다는 사업(직장생활)을 중요시하는 인물이다. 아들이 '보이라' 사고로 목숨이 위태로울 지경인데도 그는 '보이라' 개조 공사를 미처 끝내지 못한 사실을 더 안타까워하는 인물이다. 이러한 최현필의 태도는 수령을 중심으로 뭉친 대가정인 국가의 사업을 개인의 가정 생활보다 우위에 두는 신념의 발현이다.

> 세월의 흐름과 자신의 늙음을 뚜렷이 인식하고서 마음의 준비를 갖추고 있던 일이였건만 정작 당하고 보니 갑자기 보람차던 생이 끝나버린 듯 서글퍼졌다. 사람이 공기속에서 살듯이 공장에 관한 크고 작은 일들의 련쇄 속에서 살던 그의 머리는 텅 비고 외롭고 쓸쓸한 감정이 가슴을 채웠다. 인제는 공장과 수백명 로동자들 대신 늙은 안해와 아들만을 거느린 단출하고 적적한 생활이 앞에 있는 것이다.
> ― 백남룡, 『60년 후』, 한웅출판, 1992, 18쪽, 이하 작품과 쪽수만 표기

그에게 공장은 생의 전부였다. 최현필은 '늙은 안해와 아들'이 있는 가정의 울타리를 벗어나, '수백명의 로동자들'이 일하는 공장인 더 큰 가정에서 삶의 보람을 느낀다. 이러한 최현필의 사고는 비록 수령의 가족사를 복원하는 『불멸의 역사 총서』 계열의 작품과는 다소 거리가 있지만, 수령과 당을 중심으로 한 대가정인 국가의 사업을 중시한다는 점에서 위의 계열의 연장이라 할 수 있다.

그런데 『벗』의 주인공 정진우 판사는 가정과 사업을 각기 독립적인 영역으로 설정하고, 순희 부부의 갈등을 중개하고 있다. 특히, 그가 리석춘을 비판하는 대목은 주목을 요한다.

그러나 정진우는 채순희의 결함을 허영심이라고 박아놓고 싶지 않았다. 예술인 가수는 로동자와는 달리 직업적 특성으로부터 정신생활에서 허영심이 있을 수 있다. (중략)

그렇다면 순희의 허영심이 과연 질적으로 나쁜 것인가?…… 그 녀자는 남편이 선반공이여서 불평하는 것이 아닌 것 같다. 남편이 십 년 전이나 오늘이나 정신생활에서 변화가 없이 따분하고 구태의연한 생활을 하기 때문이 아니겠는가…… 석춘이의 지성 정도나 리상은 신혼생활 때와 수평이거나 침체되는 것 같다. 그러면서도 생활에 대한 자기 만족에 차서 자존심을 세우고 있다. 거기에다 성실성이라는 울타리를 든든히 둘러치고 안해를 타매한다.…… 바로 이런 마찰에서 순희의 우월감과 절망적인 결심이 생긴 게 아닐까? 분쟁의 초점은 거기 있는 것 같다. (중략)

공장에서의 성실성은 가정에서 화목의 바탕으로 될 수는 있어도 전부로 되지는 못한다. 애정관은 사업 말고도 정신생활영역의 많은 부분에 기초를 두고 있는 것이다.

― 백남룡, 『벗』, 살림터, 1992, 133~134쪽, 이하 작품과 쪽수만 표기

정진우 판사는 십 년 전 선반공 때의 지향과 현재의 지향 사이에 아무런 변화도 없는 석춘을 질타한다. 석춘은 십 년전 프레스공 처녀에 대한 사랑을 그대로 유지하고 있는 인물이다. 그러나 순희는 이제 프레스공이 아니라 이름있는 중음가수로 정신문화적 면에서 크게 발전했다. 과학과 기술, 예술이 발전하였고 사회가 변했는데, 석춘은 시대에 뒤떨어진 목가적 사랑을 붙들고 있다. 이러한 석춘의 지향, 정신생활의 침체가 순희의 허영을 가져왔다는 것이다. 순희와 같은 젊은 여성의 이러한 요구는 높은 정신문명에 대한 갈망에서 나온 필연적인 것이다.

이러한 정진우 판사의 생각은 지금까지의 북한 소설과는 다른 관점이다. 대가정이라는 국가의 이념에 개인의 가정이 종속되는 과거의 주체소설을 넘어, 『벗』에서는 가정이 국가의 개별적 생활단위로 독자적인 영역을

지닌다. 사회의 세포인 가정의 운명과 사회라는 대가정의 공고성은 긴밀한 연관을 갖는다. 이 작품에서는 가정과 사업이 거의 대등한 입장에서 제시되고 있다. 이는 채순희(가정)와 리석춘(사업, 국가)의 갈등이 어느 한쪽으로 투항하는 방식으로 화해되는 것이 아니라, 상호의 문제점을 인정하고 더 나은 미래를 설정하는 방향으로 해소된다는 점에서 드러난다.

『벗』의 채순희는 주체소설의 변화를 보여주는 문제적 인물이다. 그녀의 '낡은 과거가 여기에 무슨 상관이 있어요. 생활은 오늘이고 앞에 있어요.'라는 발언은 북한 체제의 현실적인 어려움을 잘 드러내준다. 이는 『60년 후』와도 사뭇 다른 관점이다. 이러한 순희 부부의 고민은 현실적인 생활에서 부딪치는 살아있는 갈등이다. 이들의 갈등은 구체적 삶의 터전인 가정의 소중함을 새삼 일깨워준다는 점에서 기존의 주체소설과는 다른 지점에 서 있다.

3. '과거'에서 '현재'로

주체소설에서 항일무장투쟁이나, 전쟁시기의 영웅적 투쟁 그리고 전후 복구 사업 등 과거의 역사는 현재진행형으로 그려진다. 이러한 절대적 과거는 현실의 어려움을 극복하는 내부적 힘이 되었으며, 북한 사회를 유지하는 원동력이기도 하다.

그러나 주체형 인간상과 주체형 사회는 인공적으로 새롭게 창조되어야 할 미래형 과제이다. 이러한 새로운 과제는 절대적 과거의 전통을 바탕으로 제기되었다. 새로운 인간상과 새 사회의 이상이 그것에 위배되는 낡은 전통 위에 세워진 것이다. 이러한 상황은 절대적 과거와 사회주의적 미래

사이에 존재하는 현재의 구체적 삶이 소외된 형국이다. 따라서 주체소설에서 바람직한 현실의 모습은 수사의 공간에 존재할 뿐, 구체적 실제성으로부터 이탈되어 있다. 주체소설에서 과거의 규정력이 지닌 한계는 바로 여기에 있다.4)

주체소설을 추동하던 과거의 절대적 규정력은 1980년대 이후 미묘한 변화를 보인다. 이제 일본 제국주의나 전후의 피폐한 현실, 그리고 미제국주의가 인민의 삶을 위협하고 있지 않다. 오히려 일상적 삶에서 발원하는 세속적 욕망이 북한의 체제에 미세한 균열을 내고 있는 것이다.

이 장에서는 주체소설에 드러나는 과거의 규정력이 현실의 문제로 전화해 가는 과정을 『60년 후』와 『벗』을 통해 추적해 보기로 한다.

먼저 『60년 후』를 살펴보도록 하자. 이 작품에 드러나는 세대갈등, 관료주의, 사랑 등의 현실적 모순은 과거의 소중했던 추억, 자연의 아름다움, 어린이의 순수한 동심 등의 계기를 통해 해소된다.

최현필은 나이가 들어 지배인 자리를 은퇴하게 된 자신의 처지를 '푸른 싹이 고목으로 바뀌는 것'에 비유하면서, 이를 '세월과 자연의 법칙'으로 생각한다.

> 솨--솨--아--
> 여울물은 거품을 튕겨올리며 줄기차게 흐른다. 머나먼 산골짜기에서 시작된 간고하고도 환희로운 생의 영원한 노래를 부른다. 60년 후! 누구나 맞이하게 되는 인생말년의 노래를!

---

4) 신형기는 북한 사회에서 과거가 답습될 수 있었던 물질적, 역사적 토대를 다음의 두 가지로 들고 있다. 첫째, 사회 변화의 동력이 될, 계급·집단간의 이해관계가 미분화된 상황에서 전개된 북한의 사회주의 혁명은 과거에 대한 반성적 기회를 차단하는 결과를 낳았다는 것이다. 둘째, 전쟁과 미국의 위협은 내부적 단결을 요구하게 되었고, 이는 내부적 변화를 제약하는 요인으로 작용했다는 것이다(신형기, 『북한소설의 이해』, 실천문학사, 1996, 21쪽 참조).

강변에는 어린 버드나무들이 서 있다. 등이 굽고 껍질이 꺼멓게 터 갈라진 늙은 버드나무한테서 말큰한 잎새와 단단한 줄기, 탄력있는 가지를 물려받은 어린 버드나무들이다. 그것들은 푸르고 싱싱한 모습으로 태양을 향해 서 있다.

—『60년 후』, 263쪽.

위의 인용문은 노세대와 후대의 조화를 '늙은 버드나무'에게서 잎새와 줄기, 그리고 가지를 물려받은 '어린 버드나무'로 비유함으로써 세대 갈등을 해소하고 세대교체의 필연성을 드러낸다. 이러한 자연에 동화된 삶은 순수한 어린이의 모습에 대한 동경으로 변주된다. 아버지의 건강을 염려해 '제1호 보이라 공사'를 포기하려는 아들에게 모질게 질책을 하고 공장으로 돌아오는 최현필의 복잡한 마음은 부기사장의 아들 은철이와 기관장의 딸 순애를 만나며 맑아진다. '아이들의 티없이 천진한 웃음소리'는 그의 머리를 괴롭히던 잡념을 씻은 듯이 사라지게 한다.

이러한 자연의 순수함과 어린이의 천진난만함은 세대 갈등, 사업과 가족의 문제 등 현실적 어려움을 극복하는 계기로 그려진다. 또한 자연친화적이고 과거지향적인 태도는 작품 속에서 아름다운 서정성을 표출하는데 기여하고 있다. 하지만, 현실의 구체적 갈등을 해소하기에는 미흡하다. 이러한 서정성은 미래지향적인 듯이 보이는 주체소설이 실제로는 과거에 고착되어 있음을 보여준다.

과거지향적인 태도나 자연친화적인 태도가 『벗』에서도 드러난다. 그러나 이 작품에서는 고통스럽지만 이러한 절대적 과거로부터 벗어나려는 인물들의 무의식적 욕망이 표출된다. 이는 주체소설이 소외시킨 고통스러운 현실을 직시하려는 의지로 볼 수 있다.

남편과의 이혼을 결심한 순희는 '천진한 유년시절, 꿈 많은 소녀시절, 수줍음과 청초함이 꽃처럼 피던 처녀시절'의 고향집 '락수물 소리'를 회상

한다. 어린 순희에게 락수물은 우주를 담은 조그만 물방울들의 생명체로 여겨졌다. 그러나 현재의 락수물 소리는 '번뇌와 절망에 싸여 있는 순희에게 어떤 가혹한 운명의 예고'를 하는 듯 느껴진다. 사람에게 차별을 모르는 자연도 지금에 와선 순희를 불행에서 헤어나오지 못하게 위협하는 듯 느껴지는 것이다.

> "어머니……"
> 어데선가 울리는 귀익은 부름소리는 머나먼 어린 시절의 공상세계에서 헤매는 순희의 옷자락을 끌어당긴다.
> "어머니?……"
> 순희는 모지름(모질음)을 쓰면서 소꿉놀이 친구들과 헤여져 추억의 안개를 헤치고 현실세계로 내려온다.
> "자나?"
> "응?……"
> 순희는 몸을 부르르 떨었다. 아들 호남이다. 어린 아들은 웃방과 아랫방 사이의 반쯤 열어놓은 미닫이 옆에 앉아 있다. 어슴푸레한 방안의 어둠 속에서 베개를 안고 웅크리고 앉은 아들애의 모습이 보인다. 륜곽으로서보다 어머니의 육감으로 본다. 아들애는 이 밤 웃방에 누운 제 아버지한테 갈지…… 어머니한테 갈지…… 결정을 내리지 못하고 망설이며 중간에 앉아 있다. 불을 끈지도 시간이 퍽 흘렀겠는데 그냥 앉아 있는 것을 보면 어덴가 제 아버지의 성미를 적지 않게 닮았다. 그것을 느끼면서도 순희는 어머니로서의 강렬한 애정을 누를 수 없었다.
>
> ─『벗』, 110~111쪽.

순희의 회상 자체는 이제 더 이상 현실의 문제를 해결해주지 못한다. 머나먼 어린 시절의 공상에서 그를 부르는 아들의 목소리(현실)에 그녀는 고통스럽게 몸을 부르르 떨며 깨어난다. 순희의 심정을 대변하는 현재의 거친 빗줄기는 '추억의 세계에서 소중하고 아름다운 모든 것을 먼지처럼 씻어버리려고 끈덕지게 흘러 내'린다.

이러한 과거와 현재의 길항은 정진우 판사의 삶에서도 드러난다. 그는 리석춘과 채순희의 가정불화를 중개하면서 자신의 삶을 반성적으로 사유하는 개방적 인물로 설정되어 있다.

> "좀 힘들긴 하지만…… 그리고 가끔 불만스럽고 짜증나는 적도 있었지만…… 보람있는 생활이였소. 결혼 생활의 리상이…… 지향과 목표가 한걸음, 한걸음 이루어지는 것이 난 기쁘오. 연약한 당신이 그 참다운 연구생활에서…… 기나긴 탐구의 길에서 머리에 서리가 내리면서도 물러서지 않는 걸 보는 게 내게는 행복이요. 솔직히 말해서 지난날에는 이런 진실하고 깨끗한 동지적 감정을 품지 못했더랬소. 젊었을 땐 당신이 사랑스러워서 뒤바라지를 했고 다음엔 그저 남편이니 안해를 도와주어야 한다는 의무감이 앞섰더랬소. 그러다보니 남들의 아늑한 정상적인 가정생활을 부러워했고 목가적인 순수한 가정적 행복을 바란 적도 있었소."
>
> ─『벗』, 208쪽.

정진우는 당의 법률사상을 옹호 관철하는 사업과 아파트 3층에 꾸린 온실관리와 주부의 몫인 가사일까지 하면서, '가정생활의 리상으로써가 아니라 현실적인 몸'으로 늙어 온 자신의 삶을 되돌아 본다. 고향 연수덕에 '남새'를 재배하려는 아내 은옥의 열정에 적극적으로 동조한 결혼시절의 언약과 의리는 생활의 현실적인 모습을 미처 고려하지 못한 태도였다. 오히려 그는 이러한 현실적인 어려움은 과거의 언약과 의리를 회상하고 되새기는 차원에서 해소되는 것이 아니라, 결혼시절의 지향과 목표를 현실 속에서 '한걸음, 한걸음' 실현하는 과정에서 해결된다는 점을 깨닫게 된다. 이는 과거의 절대적 원칙이 현실의 구체적 생활 속에서 실현되고 있다는 점에서 주체소설의 관심이 '절대적 과거'에서 '일상적 현실'로 옮아가고 있음을 보여준다. 과거의 추억과 자연의 순수함이 현실 속에서 능동적으로 기능하고 있는 것이다.

4. '혁명적 사랑'에서 '개인적 사랑'으로

사랑은 인간의 생물학적, 유희적 본능을 규정하는 중요한 요소로, 누구도 침범할 수 없는 개인의 가장 내밀한 욕망이다. 따라서 주체소설에 드러난 사랑을 통해 우리는 지금까지 북한의 문학이 소홀히 해온 '욕망'의 한 단면을 살펴볼 수 있을 것이다.

1970년대 이후 주체소설이 추구해온 '주체형 공산주의자'는 정치적 생명(이성)을 육체적 생명(감성, 본능)보다 중시하는 인간형이다. 이들의 사랑은 '우리식 사회주의 건설'이라는 대의(정치적 과제)를 개인의 욕망보다 우위에 두고 형상화되어 왔다는 점에서 '혁명적 사랑'이라 지칭할 수 있다. 혁명적 사랑은 구체적인 개인의 욕망을 억압한다.

따라서 1980년대 이후 주체소설에서 애정의 문제가 중심 소재로 채택되기 시작했다는 점은 중요한 의미를 지닌다. 이는 억압된 개인의 내밀한 욕망을 표면화하고 있다는 점에서 주체소설의 변화를 보여주는 징후이다.

이 장에서는 『60년 후』에 나타나는 정민과 진옥의 사랑, 『벗』에서의 석춘과 순희의 사랑을 비교, 고찰해보고자 한다. 이들 작품에는 북한 젊은이들의 사랑 방식과 그들이 겪고 있는 사회 현실의 미묘한 변화 과정이 보다 구체적으로 드러나 있다.

진옥과 정민은 어린 시절 고향에서 함께 오누이처럼 자란 친구였다. 학창

시절이 끝나고 정민은 북방의 새 탄광개발지로 떠났다. 그리고 대학에 추천되어 열공학부를 졸업하고 '보이라' 기사로 배치되어 유치원 선생이 된 진옥과 다시 만난다. 이들의 사랑을 이어주는 끈은 '어린시절의 추억 속에 있는' 우정이다. '다정다감한 고향도시의 잊지 못할 추억을 한품에 안고 있는 진옥'을 정민은 사랑하는 것이다.

'보이라' 개조 공사를 하던 중 사고로 다쳐 누워있는 정민을 떠올리며 진옥은 동정과 연민, 공포의 감정에 휩싸인다. 목숨을 잃지 않은 것을 다행으로 여긴 첫 감정은 정민의 상처가 던지는 그늘로 하여 야릇한 공포를 불러일으킨 것이다. 이 공포의 감정은 진옥의 내면적 욕망을 진솔하게 드러낸 것이다. 불구가 될지도 모르는 청년과 한 평생을 살지도 모른다는 불안감의 다른 표현인 것이다.

오빠인 마진호가 정민과의 결혼을 반대하자 진옥은 거기에 적극적으로 대응하지 못한다. 정민에 대한 미지근한 사랑과 이기적인 순종감 때문이었다. 진옥은 오빠인 마진호가 막는 병문안을 가면서 '아버지의 친구에 대한 의리로서, 동무로서 찾아간다고' 스스로에게 위안을 한다. 이러한 진옥의 감정은 '머나먼 산골짜기에서 시작된 애린 물줄기'라는 정민의 말을 떠올리며 고쳐진다.

> 자기 몸의 상처를 두려워하지 않는 사람, 당에서 바라는 것을 위해서라면 목숨을 바쳐서라도 해낼 각오가 있는 사람!… 얼마나 훌륭하고 고상한 정신세계를 소유한 청년인가. 육체적 불구는 되어도 정신적 불구가 되지 않으려는 그 깨끗하고 충성스런 마음을 보지 않고 나는 무엇을 고민했던가. 진정한 사랑이 무엇인지도 모르고 사랑을 했었지.
>
> 진옥은 부끄러웠다. 어서 정민을 만나 동정과 의리심으로 찾아오던 속된 자기를 까밝히고 사죄하고 싶었다.
>
> ─『60년 후』, 123쪽.

병원에서 정민은 투약 봉투를 모아 풀로 붙여서 도면을 만들어 '보이라' 공사일을 계속하는 열의를 보여준다. 이러한 소식을 간호원처녀에게 듣고 진옥은 자신의 잘못을 뉘우치고 진정한 사랑의 감정을 느낀다.

이처럼 진옥의 내면적 갈등은 과거의 아름다운 추억과 정민의 당에 대한 헌신적 노력을 통해 극복된다. 진옥은 사랑하기 때문에 한 남성을 선택하는 것이 아니라, 충성스럽고 믿음직하기에 어쩔 수 없이 받아들이는 수동적인 태도를 보여준다.

『벗』에 드러나는 리석춘과 채순희의 사랑은, 『60년 후』의 정민과 진옥의 사랑이 결실을 맺은 후 겪게 되는 보다 현실적인 갈등이라 할 수 있다.

도 예술단의 성악배우이자 중음가수인 채순희는 시 인민재판소에 찾아와 이혼을 청구한다. 이유는 남편과 '생활리듬'이 맞지 않는다는 것이다. 강안기계공장 선반공인 남편 리석춘이 십년 전이나 오늘이나 정신생활 면에서 변화가 없이 따분하고 구태의연한 생활을 하고 있기 때문이다. 채순희는 진옥과는 달리 진취적이고 적극적으로 자신의 주장을 펼친다.

> "저는 남편에 대한 의무엔 충실했어요. 선반기 돌리는 걸 지구덩이를 돌리는 것만치 큰 일로 아는 그 사람의 뒤바라지(뒷바라지)를 고분고분 했고…… 5년씩이나 걸린 창안을 위해서 모든 걸 바쳤어요. 그 사람이 로임(노임)을 못 들어오건, 집을 돌보지 않건…… 다 참고 생활을 했어요. 하지만 남은 건 모욕과 허무감이고 고통뿐이에요. 제가 더 참고 견디면서 산다면 재판소에 안 올 수도 있을 거예요…… 아니, 아니…… 그럴 수 없어요! 인젠 더는 못 견디겠어요. 저는 가수예요. 노래를 사랑하고 관중을 사랑해요. 남편의 고통스러운 생활 때문에…… 저의 리상을…… 앞날을 희생할 수는 없어요."
>
> "로임은 왜 제대로 들어오지 못했소?"
>
> "창안을 하면서 숱한 오작을 내고 공장재산에 손해를 끼쳤지요. 정직한 남편이니 변상을 한 거예요."

녀인은 쓸쓸히 웃었다. 태연하고 어딘가 경멸에 가까운 표정이였다. 리혼소송의 본질적 주장이 금액상 문제가 있기나 한 것처럼 이야기가 번져진 것을 부정한다는 속대사가 충분히 짐작되였다.

－『벗』, 20쪽.

파경 직전까지 간 순희 부부의 갈등을 좀더 살펴보자. 순희는 남들보다 더 번듯이 남편을 내세우고 싶어한다. 그녀는 과거에 머물기보다는 새로운 감정, 정서와 이상을 펼치면서 변화 발전하는 세계를 지향한다. 이는 '문화정서적' 욕구로 표출된다. 순희의 사고방식은 남편인 석춘에 의해 비판받는다. 석춘이 보기에 이러한 순희의 지향은 순박하지 못한 여성적 자존심, 직업에서 생긴 허영심에서 발원한 것이다.

이러한 순희와 석춘의 갈등은 세속적 욕망과 혁명적 지향 사이의 갈등이며, 신세대와 구세대의 갈등이기도 하다. 특히, 세대갈등이 부부사이의 갈등(수평적 관계)으로 제시되고 있다는 점은, 새로운 세대의 생활적 요구가 '혁명적 사랑'의 이상과 대등할 정도로 심각하게 부각되고 있음을 보여준다.

이들의 갈등은 부부간의 의리를 처음 맺어주던 깨끗하고 순박한 사랑을 보존하면서, 그 위에 현실의 정신생활이 낳은 새로운 감정들로 사랑의 탑을 쌓아가야 한다는 점을 인식하면서 해소된다. 하지만 이러한 순희부부의 재결합은 '혁명적 사랑'에서 '개인적 사랑'으로 변모해 가는 주체소설의 변화까지를 숨기지는 못하고 있다.

5. 맺음말

지금까지 백남룡의 『60년 후』와 『벗』을 주체소설의 변모양상과 관련하여 살펴보았다. 이 작품들에 드러나는 가족문제, 현실과 생활의 문제, 남녀간의 애정문제 등은 주체소설의 미세한 균열을 드러내는 하나의 징후로 이해할 수 있다. 물론 이를 주체소설 전반의 변화라고 단정하기는 어렵다. 그러나 개인의 욕망을 억압한 주체소설이 어느덧 스스로를 되돌아보는 자리에 서게 되었다는 사실은 부인할 수 없다. 이러한 욕망의 다양한 표출은 개인과 집단의 새로운 관계 정립이라는 과제를 주체소설에게 던진다.

1967년 이후 등장한 주체문학은 '과거의 영광'을 되돌아보는 회고적인 문학이다. 이러한 경향은 1980년대 들어 조금씩 변모하기 시작한다. 가장 두드러진 점은 '과거의 영광'에서 '현실 생활의 문제'로 소설의 창작공간이 이동하고 있다는 점이다. 백남룡은 이를 대표적으로 보여주는 작가이다. 그의 작품 『벗』은 남·북의 독자들에게 동시에 사랑받았다. 북에서는 인민들의 실제적인 관심과 현실적인 욕망을 표현했다는 점에서, 남에서는 주체소설의 경직성을 탈피한 사랑(이혼)의 문제를 본격적으로 다루었다는 점에서이다.

개인의 욕망과 집단의 이익이 일치될 때 가장 행복한 문학이 탄생한다. 그러나 남한의 문학과 북한의 문학은 모두 그렇지 못하다. 남쪽에서는 개인의 욕망이 중시되고, 북쪽에서는 집단의 이익이 강조된다. 남·북한 문학의 의사소통 가능성은 서로의 '타자'인 개인과 집단에 대한 새로운 인식에서 열릴 수 있을 것이다.

제 3 부

한국문학과 경계의 상상력

한국소설 속의 아프리카

— 『인샬라』, 『아프리카의 별』, 『아프리카의 뿔』을 중심으로

1. 문제제기: 한국소설의 아프리카 수용 양상

저개발과 빈곤의 대륙이며 약소국들이 밀집한 아프리카에는 항상 영향력을 행사하는 외부 세력이 있었다. 북아프리카를 속주로 지배했던 로마, 이슬람교 탄생 이후 강성해진 아랍인, 대항해시대 이후의 유럽, 동서 냉전시대 미국과 소련이 바로 그런 세력들이다. 현재의 아프리카 역학 구도는 압도적이던 미국과 유럽의 지위를 중국, 인도, 러시아, 브라질 같은 신흥 경제국, 즉 비서구 국가들이 잠식하고 있다.[1] 한국 또한 2000년대 이후 아프리카에 대해 지속적인 관심을 보이고 있다. 2012년 현재 한국은 아프리카 대륙 내 54개국과 공식적인 외교관계를 맺고 있다. 이들 중 22개국에 상주 공관이 있다. 한국의 아프리카 지역연구 또한 눈에 띄게 증가했다. 특히 2000년대 들어 학술논문의 수는 양적으로 크게 증가했다. 경제 분야에 대한 연구 업적이 전체 연구 업적의 37%로 가장 많았으며, 다음으로 정치와 정책 분야에 대한 연구 업적(28%)이었다.[2] 이러한

---

1) 윤상욱, 『아프리카에는 아프리카가 없다』, 시공사, 2012, 344~345쪽 참조.
2) 조원빈, 「한국의 아프리카 연구 동향」, 『아시아리뷰』, 제2권 2호, 서울대학교 아시

관심에도 불구하고 아프리카는 여전히 공감의 대상이 아니라 관찰의 대상이다. 그래서 '향상되었다'느니 '구원받았다'느니 따위의 말들이 범람하고 있는 것이다.[3]

20세기 초 우리에게 아프리카 대륙은 서구에 유린당한 그들의 상황을 거울로 삼아 국치의 위기에 놓인 절박한 조선의 현실을 냉철하게 인식해야 한다는 관점으로 수용되었다.[4] 1920~30년대 아프리카는 작은 자연재해에도 큰 피해를 입는 열악한 현실, 종교적·풍속적 특이지대, 혹은 코끼리와 상아의 대륙으로 받아들여졌다.[5] 이처럼 개화기와 일제강점기 아프리카 대륙이 저항과 해방을 환기하는 상징 혹은 특이한 풍속과 열악한 현실의 이미지로 호명되었다면, 해방 공간과 한국 전쟁 이후에는 서구 근대성에 대한 비판적 인식을 지닌 '제3세계'라는 구도 속에서 받아들여졌다.[6] 특히 한국문학 담론에서 아프리카는 '제3세계 문학'의 관점에서 수용되었다. 이는 주로 아시아—아프리카 작가들의 국제적 연대의 움직임을 소개하거나 서구에서 활동하는 아프리카 출신 흑인 작가들의 텍스트를 소개하는 차원에서 이루어졌다.[7]

한편, 1990년대 이후 탈식민주의 담론에 대한 논의와 더불어 아프리카 문학에 대한 관심이 고조되기 시작했다. 아프리카의 삶을 다룬 서구 작가

아연구소, 2012, 139쪽 참조.

3) 리처드 J. 리드, 이석호 역, 『현대 아프리카의 역사』, 2013, 삼천리, 560쪽 참조.

4) 『대한매일신보』, 1907년 11월 19일; 『해조신문』, 1908년 3월 17일; 『국민보』, 1914년 4월 8일 등 참조.

5) 허혜정, 「한국현대문학과 아프리카문학에 대한 인식공간」, 『동서비교문학저널』, 제20호, 한국동서비교문학학회, 2009, 292~293쪽 참조.

6) 허혜정, 위의 논문, 304쪽 참조.

7) 대표적인 논의를 소개하면 다음과 같다. 김종철, 「제3세계의 문학과 리얼리즘」, 『한국문학의 현단계』, 창작과비평사, 1982; 일본 아시아 아프리카 작가회의 편, 신경림 역, 『민중문화와 제3세계—AALA문화회의 기록』, 창작과비평사, 1983; 구중서, 「문학과 세계관의 문제」, 『한국문학의 현단계』, 창작과비평사, 1982; 박태순, 「문학의 세계와 제3세계문학」, 『한국문학의 현단계 3』, 창작과비평사, 1984.

들의 작품은 물론, 아프리카 출신 작가들의 작품이 활발하게 번역·소개 되었으며, 아프리카 문인들과의 교류도 추진되었다. 이를 바탕으로 한국 문단 일각에서는 비서구문학(Non-Western Literature)의 소통과 연대에 대한 움직임이 새롭게 싹트고 있다. 비서구문학의 연대와 가치를 지향하 는 문예지들이 발간되어 아프리카 문학이 집중적으로 다루어지고 있으 며,8) 아프리카 작가들을 포함한 비서구 작가들의 소통과 토론의 장이 꾸 준히 이어지고 있다.9) 특히 동시대 아프리카 작가들과 직접 소통하면서 문학적 연대의 가능성을 모색하고 있다는 점은 주목을 요한다. 이는 비 서구문학의 소통과 연대를 통해 온전한 세계문학의 생태계를 복원하기 위한 노력의 일환이자, 구미 중심주의 담론이 주도면밀하게 은폐한 비서 구적 가치를 재조명함으로써 온전한 지구문학을 건설하기 위한 시도라 할 수 있다.10)

본고에서는 이러한 흐름을 염두에 두고 한국 소설 속의 아프리카 수용 양상을 고찰하고자 한다. 아프리카에 대한 관심의 증가에도 불구하고 아 프리카의 구체적 현실이 문학 텍스트 속에 직접적으로 수용된 경우는 극 히 드물었기 때문이다.

---

8) 2013년 2월 비서구문학의 연대를 기치로 창간된 『바리마』는 창간호에서 아프리 카의 작가 코피 아니도호의 글과 마다가스카르 문학을 소개하는 글을, 2호에서는 나이지리아의 작가 콜레 오모토소의 산문과 시에라리온 시인 실 체니 코커의 시를, 3호에서는 남아공 작가 메그 사무엘슨의 산문과 소말리아 출신 작가 누르딘 파라 의 소설을 소개하고 있다. 같은 해 창간된 『지구적 세계문학』 또한 창간호부터 4호 에 이르기까지 아프리카 문학을 집중적으로 소개·분석하고 있다. 이 문예지에서 소개되고 있는 아프리카 작가로는 누르딘 파라, 은고지 아디치에(창간호), 다이아 나 퍼러스, 치누아 아체베(2호), 산디웨 마고나, 베씨 헤드(3호), 하리 가루바(4호) 등이 있다.
9) '2007 전주 아시아·아프리카 문학 페스티벌'과 '인천 아시아·아프리카·라틴 아 메리카 문학 포럼' 등이 대표적인 예이다.
10) 고인환, 「이성의 붕괴와 안주의 불가능성」, 『정공법의 문학』, 자음과모음, 2014, 132 쪽 참조.

소설 작품 속에 아프리카가 드러난 몇몇 양상을 살펴보면 다음과 같다. 이병주는 「소설 · 알렉산드리아」(『세대』, 1965. 7)에서 이집트의 알렉산드리아를 '이슬람 문명과 헤브라이 문명, 그리고 헬레닉 문명을 종합 · 흡수해서 배양'한 '유럽 정신 · 유럽문명의 요람'으로 인식한다. 이 때 알렉산드리아는 박정희 독재정권에 의해 감옥에 투옥된 작중 인물이 현실의 금기를 넘어서기 위해 창조한 상상적 공간으로 기능한다. 작가는 자신을 감옥에 가둔 부정한 정치현실에 맞설 이데올로기가 필요했던 것이며, 알렉산드리아는 정치권력의 폭력과 일정한 거리를 유지하며 스스로의 처지를 변호할 적절한 공간이었던 셈이다. 이 작품에서 알렉산드리아는 아프리카의 삶을 드러내는 구체적인 장소라기보다는, 동양과 서양, 헬레니즘과 헤브라이즘 나아가 고대 그리스에서 예루살렘, 프랑스, 영국, 스페인 등의 문화를 망라하는 이상적 문명 도시에 가깝다. 작가의 상상력이 창조한 가상의 공간인 것이다.

신생 독립한 아프리카의 한 가상 국가를 배경으로 독재자의 뒤틀린 권력욕을 음각하고 있는 고원정의 「거인의 잠」(『거인의 잠』, 현암사, 1988)은 1980년대 한국의 독재 정치 상황을 알레고리하고 있는 단편이다. 그의 또 다른 작품 「잘 있어라, 아프리카」(『소설문학』, 1985년 3월)는 벗어나고 싶은 일상의 늪을 상징하는 장치로 아프리카 이미지를 수용하고 있으며, 정한아의 「아프리카」(『나를 위해 웃다』, 문학동네, 2009)는 '아프리카'를 주머니에 넣고 다니며 위안을 얻고 있는 소외된 인물을 통해 우리 시대의 피폐한 현실을 드러내고 있다. 정소성의 「혼혈의 땅」(『혼혈의 땅』, 도서출판 친우, 1990)은 에티오피아 난민의 비참한 현실과 그곳에서 봉사활동을 하는 한 의사의 삶을 기자의 시선으로 추적하고 있는 작품이다. 권리의 『눈 오는 아프리카』(씨네21북스, 2009)는 '눈 오는 아프리카'라는 역설적 제목이 시사하듯, 주제의식을 상징적으로 드러내는 장치로 아프리카를 수용하고 있다. 다만, 에티오피아, 케냐, 탄자니아 등을 여행한 경험을 성장서사의 구조로 녹여내고 있다는 점은 주목할 만하다.

정도상의 「얼룩말」(『찔레꽃』, 창비, 2008)은 <동물의 왕국>을 즐겨 시청하는 한 탈북 소년의 시선을 통해 아프리카 이미지를 현실의 공간으로 끌어들이고 있다. 작가는 탈북자들의 험난한 여정을 쎄렝게티를 향한 얼룩말들의 '마라강 건너기'와 포개놓고 있다. T.V. 다큐멘터리가 제공하는 이국적이고 낯선 아프리카의 풍경을 탈북자들의 절박한 현실과 연결시키고 있다는 점에서 주목을 요하는 작품이다.

이상에서 한국 소설은 아프리카를 소재적 차원의 단편적 이미지, 주제의식을 드러내는 상징적 장치, 우리의 현실을 알레고리하는 장치 등으로 수용하고 있다. 우리의 기준으로, 우리의 필요에 따라 아프리카를 일방적으로 호출하였기에 그들의 주체적 목소리는 포착되기 어려웠다.

2. 분단현실을 심문하는 아프리카의 눈: 『인샬라』

권현숙의 『인샬라』는 '정치적 격랑에 휩쓸려 있는 1988년부터 1994년까지의 알제리를 배경으로' 남북 청춘 남녀의 '금지된 사랑'을 다루고 있는 작품이다. 우리 문학에 아프리카가 본격적으로 수용된 최초의 사례이자 분단문학의 영역을 아프리카까지 확장한 문제적인 경우라 할 수 있다. 이 작품에서 알제리는 소재적 차원의 이국적 풍경 혹은 우리의 현실을 유추하는 상징적 알레고리 차원을 넘어 남북의 현실을 구체적으로 비추는 거울의 기능을 하고 있다. 작가의 말에 따르면, 알제리는 '이념의 첨예한 대립과 동시에 이념을 초월할 수도 있는 특유의 공간'을 제공하고 있다. 이 작품은 "한반도의 남과 북에서 남남으로 살다가 각각 다른 일, 다른 시간에 출발하여 지구를 몇 바퀴씩이나 돌고 돌아 무수한 도시들을 거치고 수천 킬로미터의 다른 도로를 달려와 마침내 땅끝 사하라의 한 점에서 부딪친"(『인샬라 하』, 73~74쪽) 두 청춘남녀의 기구한 사랑이야기를 담고 있다. 따라서 『인샬라』는 '지도에는 나와 있지도 않은 사막의 오지', 알제리의 '타만라셋'을 무대로 분단된 한반도의 통합을 염원하는 소설이자, 이념으로 인해 좌절한 남과 북의 연인들이 사랑의 가능성을 타진하는 작품이라 할 수 있다.

먼저, 남한 국적의 미국 유학생, 이향에게 아프리카가 어떤 의미로 다가오는지 살펴보자. 그녀에게 사하라는 막연한 동경의 대상이었다. 고등학교 1학년 때 방에 걸려 있던 사하라 사진은 그녀를 매혹시켰다. 사막은 '너무나 순수하고 너무나 황폐하여 보는 이의 영혼을 메마르게 하고 견디기 어렵게 들볶는 악마적인 아름다움'을 품고 있었다. 사하라를 까맣게 잊고 유학생활을 하던 그녀에게 '너 아직도 사막에 가고 싶니? 튀니지에 와.'라는 언니의 편지가 도착한다. 그녀는 스터디 멤버들을 설득해 사하라로 떠난다. 그녀 일행은 튀니지 사하라를 여행하다가 길을 잃고 우연히 알제리로 들어오게 된다.[11]

사회주의 국가 알제리에서 경험한 사막은 더 이상 동경의 대상도 '악마적 아름다움'의 대상도 아니다. 냉혹한 현실의 공간일 뿐이다. 알제리 경찰은 사하라에서 '조난당한 외국 관광객'들에게 '밀수꾼'이라는 오명을 씌운다.

이향이 맞이하는 알제리의 구체적 상황은 대한민국이라는 나라의 존재 자체를 무의미하게 만든다. 미국, 프랑스, 일본 국적의 동료들은 당당

---

11) 낯선 공간의 '처연한 외경심'에 이끌려 그곳을 방문하게 된다는 설정은 우리에게 익숙한 여행서사의 한 형식이다. 이전까지 우리 소설의 아프리카 수용은 이 단계에 머물러 있었다고 해도 과언이 아니다.

하게 자국 대사를 호출한다. 그들의 대사는 자국 국민들에게 프랑스행 비행기표를 마련해준다. 하지만 한국인 이향의 것은 없었다. '수교조차 없는 사회주의 국가' 알제리는 '친북한계'여서 한국인에게는 절대 비자를 내주지 않는다고 한다. 낯선 땅에 내동댕이쳐진 그녀에게 '이 세상 그 무엇보다도 가장 무섭고 결코 상종해서는 안 될 북한 정부요원' 승엽이 등장한다. '이때가 되어서야' 이향은 자신이 처한 상황이 '여행 중의 가벼운 에피소드가 아니라 국가와 국가 간의 문제, 남과 북의 이념문제, 두 정부의 첨예한 정치문제에 연루되어 있다는 사실'을 깨닫는다.

'금지된 세계의 사람들'이 '알제리'에서 만난 것이다. 청춘남녀는 곧 서로에게 끌린다. 승엽은 '공화국과 남조선'의 구별을 대수롭지 않게 여기는 알제리의 상황을 이용하여 이향의 알제리 탈출을 도와주려 한다. 이들이 각자의 안전지대로 돌아가기 위해서는 거짓된 서류와 이방인 같은 몸짓으로 서로에게 등을 돌리고 북으로, 남으로 그들이 왔던 길을 되돌아가야 한다.

알제리의 현지 상황 때문에 비행기표를 기다리는 날들이 길어지고 이향은 기약 없이 현지에 머물러야 하는 상황에 처한다. 그녀의 눈에 비친 '타만라셋'은 '파스텔로 문질러 그린 흐릿'하고 메마른 '풍경화'를 연상시킨다. 그녀가 보기에 이곳 사람들은 '아무 할 일도 없고 투쟁할 대상도 없고 힘들여 이룩할 목표도 없이' 그저 '혹독한' '사막의 태양'을 견디고 있을 따름이다. '사막 한가운데 홀로 떠 있는 섬'에 갇혀 한 치 앞도 내다볼 수 없는 절망적 상황에 처한 그녀와, '싫증나도록 널려 있는 현재'만이 존재하는 '타만라셋'의 황량한 풍경은 절묘한 조화를 이룬다. 불안한 이방인의 시선은 현지의 삶에 스며들지 못하고 메마른 풍경의 주위를 맴돌고 있을 뿐이다.

하지만 이곳에도 거리가 있고 집이 있고 사람들이 살고 있다. 가지고 있던 돈과 팔 수 있는 물건이 떨어진 이향은 더 이상 호텔에 머무를 수 없게 된다. 그녀는 승엽의 소개로 알게 된 모하멧의 도움으로 투아레그족의 후예인 마노의 집에 머물게 된다. 그들과 함께 생활하게 되면서 점차 현지인의 삶을 이해하게 된다. 맷돌을 돌려 곡식을 빻는 투아레그족 여인의 모습에서 외할머니의 모습, 즉 '우리네 옛 여인의 몸짓'을 발견하기도 하고, '사막을 건디고 사막에 순응하여 마침내 사막에 가깝게 되어 버린' 투아레그족 어머니의 손에서 인류 보편의 어머니를 떠올리기도 한다. 이향은 담장 안에서 가장 행복해 보이는 마노 동생 부부의 방을 바라보면서 승엽과의 달콤한 부부 생활을 상상해보기도 한다.

> 사랑하는 이의 밥상을 차리기 위하여 남이니 북이니 하는 체제논쟁은 불필요하다. 사랑하는 사람끼리 한 담장 안에 살기 위하여 민주니 공산이니 이념 투쟁은 더욱 불필요하다.
> 머리가 뜨겁도록 쏟아져내리는 햇살과 정신이 몽롱해지는 야생의 향기 속에서 문득, 내가 찾아 헤매는 행복이라는 게 그 이상 아무것도 아니라는 생각이 들었다. 몇 장의 서류, 종이 위에 표시된 인위적인 국경선, '주의' 광신자들의 우매한 흑백논리가 삶을 지배하도록 허용하는 소위 문명세계라는 것이야말로 얼마나 야만적인 사회인가.
> – 권현숙, 『인샬라 상』, 한겨레신문사, 1995, 197~198쪽, 이하 작품과 쪽수만 표기.

이향은 현지인의 소박한 일상적 삶의 행복을 통해 이념적 체제논쟁에 빠져 있는 한반도의 현실, 나아가 흑백논리가 지배하는 문명세계의 야만성을 되짚어보고 있다. 그녀에게 아프리카는 '낭만적 동경의 대상→ 분단 현실을 체감케 하는 장치→ 일상의 행복(사랑)을 환기하는 매개체'로 기능하고 있다.

다음으로 알제리 경찰에게 이향의 비행기표를 부탁하고 떠난 승엽의 모습을 살펴보자. 그는 북한의 엘리트 가문에서 태어나 소련 군사아카데미 유학을 마친 군관이다. 당과 대중과 국가만을 생각하는 아버지와 달리, 시와 학문에 심취하고 개인의 발전과 삶의 질에 가치를 두는 인물이다. 승엽은 총을 든 군인인 동시에 그 군인의 총칼에 수없이 쓰러졌던 시인이기도 한 모순된 정체성을 지녔다. 소련 유학파 소장 군관들의 체제 전복 음모에 가담하고 이 일의 여파로 알제리에 급파된 인물이다. 아버지의 보이지 않는 손이 그의 목숨을 구해준 것이다.

작가는 북한의 현실과 알제리의 역사를 포개어놓음으로써 한반도의 분단현실을 곱씹어보고 있다. 알제리는 프랑스 제국주의자들에 맞서 7여 년간의 전쟁을 거쳐 독립을 쟁취하였다. 그리고 사회주의 체제를 선택했다. 독립 이후 알제리는 재정 압박과 외화 부족, 생필품과 원자재의 부족으로 끊임없이 폭동이 일어나고 있다.12)

> 폭동의 원인은 단순했다. 재정 압박과 외화 부족으로 생필품과 원자재의 수입이 대폭 줄었다. 식료품과 생필품의 품귀 사태가 일어났다. 모든 공장은 원자재 부족으로 조업이 중단됐다. 알제에서 시작된 시민폭동은 순식간에 전국으로 퍼져나갔다. 시민폭동은 이제 대규모 민중폭동으로 발전했다. 전국이 유혈 사태로 치달았다. 이번 폭동에서 배고픈 인민 176명이 죽고 2천여 명의 배고픈 인민이 부상당했다.
>
> 인간을 움직이는 것은 거창한 구호가 아니다. 이데올로기는 더욱 아니다. 인간을, 그것도 배고픈 인민을 움직이는 것은 한 조각의 빵이다. 박해도 참고 굴욕도 견디지만 인민은 배고픔만은 참지 못한다.
>
> ─『인샬라 하』, 52쪽.

---

12) 작품의 배경이 되는 1980년대 후반 북한 사회는 동구 사회주의권의 붕괴와 사회 내부에 침투하는 자본주의적 요소 때문에 심각한 위기 상황에 놓였다. 알제리의 상황은 이러한 북한의 현실을 성찰하는 계기가 되고 있다.

승엽은 '별빛 아래 아무도 없는 사막'을 걸으면서 '사상, 역사의 진보, 계급투쟁, 조국, 진실, 사회주의 혁명, 정의' 등 '목숨까지도 바칠 수 있었던 모든 가치가 손톱 하나 깊이도 채 안 되는 모래 위의 발자국이나 다를 것이 없'다'는 생각을 한다. '머나먼 이국 땅' '알제리'에 와서야 '조국의 현실을 관념이 아닌 피부'로 느끼게 된 셈이다.

타만라셋으로 돌아온 승엽은 이향과 함께 '밀수차'를 타고 알제리를 탈출한다. 남조선 대사관이 있는 니제르의 수도 니아메까지 동행하기로 한 것이다. 사막에서 강도를 만나 둘만 남게 된 청춘 남녀는 사하라 사막에서 뜨거운 사랑을 나누며 한반도의 분단 현실을 심문한다.

> 이 황폐한 사막이 아니고서는 두 개의 조선은 합치될 수 없는가. 좌절한 젊은 세대들의 통일은 오로지 사막에서만 가능한가. 서로를 적대시하고 서로에게 총부리를 겨누고 있는 한반도의 현실이야말로 사막이 아닌가.
>
> ─『인샬라 하』, 186쪽.

사막에서 극적으로 구조된 이향과 승엽은 남으로 북으로 서로가 왔던 길로 되돌아간다. 사하라에 '청춘'을 묻은 이향은 이후 육년 동안 '거칠고 낯선 나라' 알제리를 한 순간도 잊지 않고 그곳으로 돌아가기 위해 노력한다. 그러던 중 사하라에서 편지 한 장이 도착한다. 모하멧이 보낸 것이다.

> 무슈 한 왜 당신은 마드모아젤에게 편지하지 않습니까? 난 혁명가도 못 된다 그것이 무슨 말입니까? 혁명가는 못 되어도 여인에게 좋은 연인은 될 수 있습니다 한참을 가만있다가 갑자기 무슈 한이 말합니다 (중략) 아버지의 공산주의는 허위임이 드러났다 나의 사회주의도 무너져버렸다 나는 군복을 벗었다 실패한 내가 숨쉴 곳은 이곳뿐이다 (중략) 모든 희망이 내게서 사라졌다 (중략) 마드모아젤 내 눈에 그는

날개 꺾인 독수리와 같았습니다 (중략) 조선 대사관 외교관으로 알제에 살고 있습니다 사랑을 잃은 그의 가슴은 텅 빈 석류와 같고 그의 눈은 광채를 잃고 공허합니다 왜 당신들의 나라는 사랑하는 사람들을 갈라놓습니까? 왜 당신들의 나라는 사랑하는 사람들의 소식조차 가로막아 버립니까?

─『인샬라 하』, 210~212쪽.

사회주의에 대한 신념이 붕괴된 승엽은 군복을 벗고 '날개 꺾인 독수리'가 되어 조선 대사관 알제리 외교관으로 돌아와 있다. 이 편지를 받은 이향이 알제리에 도착하는 것으로 작품은 마무리된다. 이처럼 『인샬라』는 남북의 청춘 남녀가 분단현실을 가로지르며 서로에 대한 사랑을 확인한다는 주제의식을 담고 있다. 이들의 사랑은 이념을 넘어선 사랑, 분단체제를 딛고 일어서는 사랑이라 할 수 있다.

이렇듯, 작가는 아프리카 현지인의 목소리로 우리의 분단현실을 심문하고 있는데, 이는 아프리카를 타자화하기보다는 오히려 알제리의 현실을 매개로 우리의 현실을 성찰하려는 의도를 담고 있다.

3. 자본주의적 탐욕의 실체를 응시하는 본연의 목소리: 『아프리카의 별』

권현숙의 『인샬라』가 알제리 현지의 목소리로 한반도의 특수한 상황, 즉 분단현실을 심문하고 있다면, 정미경의 『아프리카의 별』은 '검은 황홀의 땅'(모로코)을 떠도는 다양한 인물 군상들을 통해 한국(서울)과 아프리카(자마 알프나)를 가로지르는 자본주의적 탐욕의 실체를 성찰하고 있다.

모로코의 '메디나'는 '세상의 다른 어떤 지역과도 닮지 않은' 고유의 장소인 동시에 '삶의 모든 국면이 뒤엉켜 있는' 보편적 공간이다. 작가는 이러한 북아프리카 고유의 풍경을 우리 소설의 영역으로 끌어들여 한국 문학의 영역을 확장하는 데 기여하고 있다. 작품 속에 드러난 아프리카의 이미지를 따라가 보자.

먼저, 경제적 관점으로 본 아프리카이다. 자본가의 눈에 비친 아프리카는 투자 가치가 있는 지역일 뿐이다.

> 자그마치 60개 국이나 되지. 만년설과 사막을 동시에 품고 있는, 얼룩말과 펭귄이 어울려 사는, 무수한 스펙트럼의 피부색이 공존하는, 수많은 언어가 통용되는 용광로 같은 곳이야. 기후도 인종도 언어도 취향도 너무나 다양하지만 공통점은 하나 있어. (중략)
> 생필품의 블랙홀이라는 거지. 생각해봐. 그곳에선 하루 다섯 번 시간 맞춰 기도를 하러 가야 하는데, 제조업이란 가능하지가 않아. 그러면서도 거기 사람들은 막 문명의 편리함과 화려함에 중독되기 시작했지. 피부색 외엔 모든 게 너무 빨리 바뀌고 있어. 이제 아프리카에서 옷을 벗고 사는 종족을 찾으려면 헬기를 타고 오지로 들어가야 해 유선전화 시대를 건너뛰고 사막 한가운데서도 휴대폰이 터져. 휴대폰부터 때수건까지, 스낵류부터 의류까지, 새로운 것들을 보면 환각제보다 더 환장을 하고 덤빈다니까.
> K의 말투는 늘 조용했다. 그에게 아프리카는 너무도 익숙해서 지루한 장소인 듯 보였다.
> — 정미경, 『아프리카의 별』, 문학동네, 2010, 187쪽, 이하 작품과
> 쪽수만 표기

한국에서 제조업을 하던 승은 K의 말에 속아 아프리카 사업에 전 재산을 투자하고 빈털터리가 된다. 모든 것을 잃어버린 승은 아내와 K를 찾아 딸과 함께 아프리카로 떠난다. 이런 점에서 『아프리카의 별』은 마그레브 지역

곳곳을 헤매며 K와 아내를 추적하는 승의 이야기라 할 수 있다.

다음으로 로랑이 바라보는 아프리카 이미지가 있다. 북아프리카가 고향인 로랑은 유럽에서 성공한 패션 디자이너이다. 패션쇼를 마치고 나면 '세상으로부터 텅 빈 자신을 감추기 위해' 아프리카로 달려오는 인물이다. 그에게 아프리카는 영원한 안식처이자 예술적 영감의 원천이다. 사하라는 그에게 '색채의 진정한 스펙트럼'과 '가장 아름다운 선'을 제공하는 원천이다. 사하라의 젊은이들이 '최신 유행의 유로팝에 광분'할 때, 유럽에서 건너온 로랑은 '베르베르 전통음악'에 집착한다. 하지만 로랑은 그의 고향 아프리카에서 진정한 안식을 얻지 못한다. '아름다움'이라는 이름으로 아프리카의 이미지를 소유하려 하기 때문이다. 그가 아프리카를 전유하는 방식을 살펴보자.

> 백인 남자의 집. 그건 사하라 북쪽에서는 가장 아름다운 정원이라고 사람들이 말하는 곳이었다. 바깥에서는 담 위로 무성한 파피루스 숲의 끝부분만 겨우 볼 수 있는 비밀의 정원. (중략)
> 그의 정원은 붉은 도시의 전설이었다. 사람들은 한 번도 본 적 없는 그의 정원에 대해 끊임없이 이야기를 만들어갔다. 그 정원의 무성한 나무들 아래서 하늘을 올려다보면 여기가 사막이라는 걸 까맣게 잊게 된다고 했다. 그의 옷들은 그 나뭇잎들 사이로 부서져내리는 햇살의 무늬에서 영감을 받아 만든 것이라고도 했다. 그곳엔 쉬임 없이 물을 내뿜는 분수가 있어서 그 아래 서면 무지개를 볼 수 있다 했다. 무지개를 한 번도 본 적이 없는 사람들은 천공에 펼쳐진 일곱 색깔의 반원을 상상해보려 했으나 그곳이 노을과 어떻게 다른지 알지 못했다. 정원의 가장 깊숙한 곳에는 푸르게 칠해진 집이 있고 그곳엔 고귀한 것들이 가득 모여 있다 했다. 그리고 그곳엔 오직 그 남자만이 들어갈 수 있다고, 사람들이 말하곤 했다. 누구도 본 적이 없기에 그 정원의 모습은 신화 속 풍경처럼 점점 완전해졌다.
> ― 『아프리카의 별』, 28~29쪽.

로랑의 아프리카는 타인의 접근이 차단된 그만의 '비밀의 정원'에 갇혀 있다. 그의 정원은 사람들의 상상 속에 존재하는 '붉은 도시의 전설'이다. 그의 옷들은 그곳이 '사막이라는 걸 까맣게 잊'게 하는 이 정원의 무성한 '나뭇잎들 사이로 부서져내리는 햇살의 무늬에서 영감을 받아 만든 것'이다. 이러한 방식으로 아프리카를 전유하는 모습은 로랑을 아프리카에서 영원한 이방인으로 머물게 한다. 로랑을 중심으로 본 『아프리카의 별』은 아름다움에 대한 맹목적 집착과 이로 인한 파멸의 서사라 할 수 있다.

마지막으로 주인공인 승에게 아프리카는 어떻게 다가오고 있는지 살펴보자. 승은 K와 아내를 찾아 아프리카로 날아왔다. 시간이 날 때마다 카사블랑카나 항구가 있는 세우타 혹은 탕헤르로 달려가 그들의 흔적을 수소문하곤 했다. 현지에서 그가 얻은 직업은 여행 가이드이다. 원주민과 여행자 사이에 있는 이 여행 가이드의 위치는 아프리카의 이면을 엿보는 계기가 된다.

> 기이하고도 황량한 풍경을 카메라에 담느라 사람들은 정신이 없다. 저 사람들의 하루하루가 얼마나 고달플지 조금이라도 헤아린다면 저렇게 함부로 렌즈를 들이대진 못할 텐데. 여행자의 윤리란 여기까지겠지. 너의 고통은 너의 몫. 나는 네게서 내가 보고 싶은 것만 보겠다. 느끼고 싶은 것만 느끼겠다.
>
> ─『아프리카의 별』, 72쪽.

승은 여행자가 카메라에 담느라 정신이 없는 '풍경 너머의 고통'을 응시하고 있으며, '바라보는 자'의 낭만 너머에 비낀 '가혹한 생존의 양식'을 들여다본다. 하지만 시간이 지나면서 점점 돈이 되는 일들을 찾아 헤매고 매달리게 되었다. 사하라 깊숙한 곳에서 등을 찌르는 차가운 새벽기운에 눈을 뜨면 '여기가 거기였다.' 한국에서 속는 자는 아프리카에서도 속았다.

뿌리 없는 자가 할 수 있는 일이란 뻔했다. 여기는 곧 거기였다. 그가 승에게 했듯 빼앗을 수 있을 때 빼앗아와야 했다. 기회가 오면 움켜쥐어야 했다. 옳고 그름, 선과 악, 도리와 의리, 그따위. 돌이켜보면 자신은 그곳과 너무도 닮은 이곳에 아주 빠르게 적응해왔다. 마치 오래도록 달려온 사람이, 움직이는 기차에 유연하게 올라타듯이 처음에 아주 약간 비틀거렸을 뿐, 몸은 빠르게 적응했고 능숙하게 발을 내디뎠다.

— 『아프리카의 별』, 239쪽.

나아가 아프리카에서의 삶은 승에게 '허겁지겁 도망쳐오느라 그곳에선 미처 못 보았던' '삶의 황폐'를 또렷이 되살아나게 한다. 이러한 승에게 아프리카와 한국은 큰 차별성이 없다.[13)]

승과 로랑 앞에 우연히 나타난 '술탄 황실의 권능을 상징하는 두상'은 아프리카에 대한 위의 세 관점을 관통하며 등장인물들의 일상적 삶을 송두리째 뒤흔든다. 쥐의 형상을 한 이 유물은 투자가치가 높은 상품이라는 점에서 아프리카를 경제적 관점에서 접근한 K의 태도와 연결된다. 또한 로랑에게는 아름다움을 향한 집착을 완성시켜 주는 마지막 대상으로 인식된다. 승과 보라에게 이 두상은 고국으로 돌아갈 수 있는 열쇠가 될 수도 있다. 잘 처분한다면 한국에서 진 빚을 모두 갚을 수도 있기 때문이다. 이 두상은 돈과 아름다움의 노예들이 꿈꾸는 인간 탐욕의 유물이다.

우여곡절 끝에 이 두상은 '태어나면서부터 자마 알프나와 살을 부비며'

---

13) 승의 딸 보라 또한 아프리카의 삶에 서서히 적응해 간다. 이 대륙에 오기 전 보라에게 아프리카는 '막연한 이미지 덩어리에 불과했다.' 막상 도착해 보니 '동물의 왕국'에 나오는 그런 아프리카가 아니었다. 마그레브 지역은 '유럽인과 아랍 사람, 베르베르 같은 사막의 원주민과 또 그들 사이의 혼혈과 세계 곳곳에서 몰려온 사람들이 뒤섞여 살고 있는' 복잡한 곳이었다. 보라는 '죽은 자들의 광장', 자마 알프나에서 '타투'를 해주며 푼돈을 번다. '천년이 넘은 시장을 품은' '서울보다 더 복잡하고 소란한' '도시'의 한 구성원이 되어가는 것이다. 보라의 몸은 서서히 이곳에 적응한다. '여기 오면서 슬그머니 멈추었던 생리'가 '거의 일 년 만'에 다시 시작되었다.

자라온 바바의 손에 넘어간다. 그는 '약간 뒤늦었지만' 이 두상을 '원래 주인에게 돌려주'기로 결심한다.

> 신들의 창 앞에 서면 눈을 주신 신에게 감사하게 된다 했지. 햇살과 바닷바람과 시간의 사포질이 빚은 사암의 표면을 쓰다듬으면 울고 싶어진다 했지. 제각기 마음속의 현이 저절로 울려 아름다운 음률이 들려온다 했지. 나를 쳐다보며 활짝 웃던 보라를 보았을 때 난 이미 신에게 감사했는걸. 그렇긴 해도, 보라의 바람처럼 그녀가 떠나온 곳으로 돌아가길 원하는지, 언제까지나 내 가까이 머무르길 원하는지, 나도 내 마음을 알 수 없었어. (중략)
> 어쩌면, 보라가 내 곁에 있던 그곳, 그 목소리를 들을 수 있던 거기가 신들의 창 너머가 아니었나 몰라. 보라, 네 이름은 자카란다꽃 빛깔을 이르는 거라 했지.
> 오, 내게 넌 사헬의 꽃.
>
> ─『아프리카의 별』, 273~274쪽.

두상이 나타나기 전 바바는 행복했다. 보라가 나타난 후 그에게 자마 알프나는 특별한 장소가 되었다. 바바는 어린 시절 어머니에게 들었던 '신들의 창窓'에 술탄 황제의 두상을 돌려주기 위해 사막의 끝으로 떠난다. 사막의 유물을 신들의 품에 되돌리기 위해서이다.

『인샬라』가 모하멧(원주민)의 목소리로 남북의 분단현실을 심문하는 것으로 마무리되듯이, 『아프리카의 별』 또한 바바(원주민)의 목소리로 돈과 아름다움에 중독된 인간의 탐욕을 심문하면서 종결되고 있다.

『아프리카의 별』은 아프리카에서 한국으로 귀향하는 서사, 즉 '서울→모로코(아프리카)→ 서울'의 여행서사가 아니다. 오히려 아프리카 본연의 목소리(바바)로, 아프리카를 왜곡된 방식으로 전유하려 한 인물들(K와 승의 아내, 로랑, 승)의 삶의 태도를 질타하는 성찰의 서사라 할 수 있다.

4. '그들'의 목소리, 혹은 '바라보는 자'의 시선 너머: 『아프리카의 뿔』

하상훈의 『아프리카의 뿔』은 소말리아 해병대(Somali Marines) 소속의 한 청년을 초점화자로 내세워 소말리아 해적들의 선박 납치 과정을 다루고 있는 작품이다. 앞에서 살펴본 두 작품이 현지인의 목소리를 통해 아프리카를 둘러싼 다양한 시선을 심문하고 있다면, 이 작품은 소말리아인들의 목소리를 전경화함으로써 그들의 실상을 생생하게 포착하는데 주력하고 있다.

본고에서는 주요 등장인물들의 목소리를 통해 작가가 소말리아의 현실을 어떻게 드러내고 있는지를 고찰하고자 한다. 작가는 소말리아 해병대 내부의 다양한 인물 군상들을 통해 소말리아의 참담한 현장을 생생하게 전달함과 동시에 신자유주의의 논리가 지배하는 냉혹한 지구촌의 현실을 비판적으로 성찰하고 있다.

소말리아 해병대 소속 10명의 '전사들'은 한국의 원양어선을 납치하고, 이를 모선으로 미국의 석유회사 유조선을 탈취한다. 그들의 공식적인 목소리는 다음과 같다.

> "우리는 소말리아 해병대다. 너희는 우리나라의 바다에서 어업을 했기 때문에 우리에게 붙잡히게 되었다. 소말리아 해병대로부터 어업 허가를 받지 않고 이 바다에서 어업을 한 어선은 대가를 치러야만 한다. 이봐, 선장. 허가증은 갖고 있나?" (중략)
> "이봐, 너희들은 정말 큰 실수를 했군. 소말리아 과도정부는 우리를 대표하지 않는다. 그건 미국놈들과 에티오피아 겁쟁이들이 만든 허깨비 집단일 뿐이야. 과도정부가 헐값으로 팔아넘긴 저따위 종이는 우리에게 아무런 의미도 없어. 이봐, 알아들었나?"
> — 하상훈, 『아프리카의 뿔』, 문학동네, 2012, 19~20쪽, 이하 작품과 쪽수만 표기.

소말리아는 오늘날 세계에서 가장 '실패한 국가'로 손꼽힌다.14) 소말리아 전체 국민을 대표하는 정부가 없다. 그런 나라의 해역海域에 다른 나라들의 선박들이 자유롭게 드나들고 있다. 경제가 붕괴된 소말리아에서는 이를 노리는 해적 행위가 경제의 한 축이 되고 있다. 그들의 관점에서 해적 행위는 생존의 한 방편일 수 있다. 또한 그들이 인정할 수 없는 과도정부에 대한 저항이자 자국의 해역을 지키기 위한 활동의 하나일 수 있다.15)

하지만 이러한 소말리아 해병대의 공식적인 입장 이면에는 구성원 개개인의 다양한 목소리들이 길항하고 있다. 인용 대목은 소말리아 해병대의 우두머리 부르하안 아부디 소위의 발언이다. 하지만 그의 속셈은 따로 있다. 소위는 해적 행위로 돈을 모아 가족들과 함께 스위스로 망명하고자 한다. 이미 소말리아 과도정부에 여권을 신청해 놓은 상태다. 이번 일만 끝나면 소말리아를 떠날 계획이다. 소말리아 해병대 본부는 물론 자신의 부하들까지 기만하고 있으며 심지어 적대 세력인 소말리아 과도정부와 뒷거래를 하고 있는 인물이다.

그렇다면 예수(백인)와 알라(아랍인)로 대변되는 '외래의 신'에게 바다를 빼앗겨버린 어민들의 모습을 어떠할까?

---

14) 그 이유는 나라 전체가 폭력으로 물들어 있으며 정부가 국민의 기본적 생존마저 보장해주지 못하기 때문이다. 1991년 이래 20년간 지속된 내전으로 약 40만 명이 사망하고, 140여만 명의 피난민이 발생하는가 하면, 70만 명에 가까운 사람들이 소말리아를 떠나 외국으로 피신해 있는 상태다. 국제 사회가 지원하는 중앙정부의 통치는 수도인 모가디슈에 한정되어 있을 뿐이고, 전국이 군벌과 반군 세력으로 찢겨져 있다. 말 그대로 무정부 상태인 것이다(윤상욱, 앞의 책, 205~206쪽 참조).
15) 소말리아 사람들을 해적질로 내모는 더 강한 동기는 외세의 착취에 대한 팽배한 불만이다. 소말리아인들 사이에는 외세로부터 착취를 당한다는 피해의식이 만연해 있고, 이는 외국 화물선 약탈을 정당화하는 구실로 이용되고 있다(피터 아이흐스테드, 강혜정 역, 『해적국가』, 미지북스, 2011, 102쪽 참조).

"지금 세상은 백인들의 신이 지배하고 있어. 그 뭐야, 예수라던가, 그 자식 있잖아. 그놈을 믿는 백인들이 이 세상을 지 맘대로 주무르고 있다고. 아랍인들이 믿는 알라도 나쁘지 않아. 걔들한테는 적어도 석유라도 줬잖아. 우리도 이슬람을 믿지만 우리한테 돌아오는 건 뭐야. 물 한 방울 없는 사막이랑 총알뿐이야. 그게 왜인 줄 알아? 그건 알라가 아랍인들의 신이기 때문이야. 선지자 모하메드가 어디 아프리카 사람인가. 아랍놈이지. 난 백인들의 신보다 알라가 더 싫다고. 소말리아의 신을 알라가 죽여버렸거든. 깜둥이 신이 없으니까 우리를 아무도 지켜주지 않는 거야. 제기랄, 우린 심지어 깜둥이 신이 누군지도 잊어먹어버렸다고. (중략) 이제 우리가 믿을 건 AK-47뿐이야."

— 『아프리카의 뿔』, 178~179쪽.

아프리카에서 원주민들은 제대로 된 주인인 적이 없었다. 그들은 아랍과 유럽의 노예로서, 독재자들의 총칼에 휘둘리는 헐벗은 민중으로 살아왔다. 인용 대목은 외세와 독재자들에게 농락당한 소말리아의 비참한 역사가 드러난 장면이다.[16] 그들의 눈에 비친 동양인(한국인)은 백인들과 다를 바 없다.

지금 우리에게 잡힌 놈들이 동양인이라 해서 다를 줄 알아? 저들은 우리 바다에서 고기를 잡던 놈들이야. 왜 여기까지 온 줄 알아? 우린 힘이 없는 나라라서 우리 바다를 지키지 못하기 때문이야. 저들은 우리 바다의 물고기들을 제 것처럼 다 쓸어가는 도둑놈들이야. 썩을 대로 썩은 과도정부놈들한테 헐값으로 종이 딱지 하나를 사고 그거면 된다고 생각하는 거지.

— 『아프리카의 뿔』, 79쪽.

---

16) 소말리아인들은 유럽인에 의해 이산가족처럼 되어버렸다. 이들은 식민지 이전에 중앙 정부만 없었을 뿐, 다수의 부족 집단이 비교적 끈끈한 공동체 의식을 갖고 있었다. 그러나 소말리아인들은 식민지시대에 영국, 프랑스, 이탈리아, 에티오피아 4개국에 의해 찢어져버렸고, 독립 이후에는 케냐, 에티오피아, 소말리랜드, 소말리아, 지부티 등 5개 지역으로 흩어져버렸다(윤상욱, 앞의 책, 236쪽 참조).

소말리아인들은 그들의 눈으로 한국인의 모습을 관찰하고 있다. 이러한 서술 방식은 우리에게 낯설다. 지금까지는 우리의 눈으로 타자(이방인)를 관찰하고 우리의 방식으로 그들의 삶을 전유해 왔기 때문이다. 그들의 목소리로 우리의 삶을 되돌아보고 있는 『아프리카의 뿔』의 문제의식은 바로 여기에 있다.

한편, 소말리아에 이주한 아랍인의 논리를 대변하는 인물은 압드라만이다. 그는 이사크 족의 명문 가문에서 태어났다. 그의 가족은 압드라만이 네 살 때 케냐로 이주했다. 지식의 힘으로 소말리아를 바꿀 수 있다고 여긴 압드라만은 고향 마을로 돌아오다가 모가디슈 검문소 군인들에게 가지고 있던 모든 것을 빼앗긴다. 그가 소말리아에서 할 수 있는 일은 없었다. 소말리아엔 먹을 것도 물도 일자리도 희망도 없었다. 하루하루를 힘겹게 연명하던 압드라만은 자신도 모르는 사이에 총을 들고 해적이 되었다. 독실한 이슬람 신자이자 교육 받은 엘리트 계층인 압드라만은 미국의 음모를 폭로하는 데 기여하고 있다.

> "이건 철저하게 미국의 관점에서 봐야 하네. 헬기가 폭파되고 진압 과정에서 자기네 인질 여섯 명이 죽었어. 여기까지는 맹백한 미군의 진압 작전 실패고 그들의 과실이야. 그런데 만일 소말리아 해적들이 한국 어선을 통째로 폭파시키고 거기에 타고 있던 한국, 중국, 베트남, 인도, 이라크, 거기에 유조선의 선장과 미국 고급 선원 1명, 총 서른여섯 명의 인질을 죽였다고 하면 어떻겠나. 여기서부터는 미군의 작전 실패 차원을 넘는 걸세. 아프가니스탄을 생각해보게. 미군의 전쟁을 촉발시킨 직접적인 계기는 9·11테러나 아니겠나. 그제의 일이 9·11테러보다 못하다고 보는가. 사망자 수와 미국의 경제적 손실은 그보다 적겠지만 다양한 국적의 사람들이 일거에 죽지 않았는가. 어쩌면 이 일로 소말리아에 국제 연합군의 선전 포고가 있을지 모르는 일이란 말일세!"
>
> —『아프리카의 뿔』, 236쪽.

진압 작전에 실패한 미군은 여러 국적의 인질들이 타고 있던 한국 어선을 폭파시키고 이를 해적의 소행으로 발표한다. 여기에는 '국제 해적으로 악명 높은' '소말리아'를 제물로 '범이슬람 테러 조직'을 일거에 소탕하려는 정치적 의도가 깔려 있다. 위기의식을 느낀 소말리아 해병대 본부 측은 해적들을 외면한다. 거대 권력의 음모 앞에서 나약한 개인들의 삶이 무참히 짓밟히고 있는 셈이다.

작가는 바다에 처음 나온 소말리아 청년 모하메드 이브라힘을 초점화자로 내세워 소말리아 해병대 내부의 다양한 목소리들을 조율하고 있다. 그의 이야기는 '머나먼 소말리아 해적단의 이야기'일 뿐만 아니라 '역사와 거대 권력의 모략 앞에서 무참히 짓밟힐 수밖에 없는 나약한 개인의 이야기'이기도 하며, 나아가 '주변국 정세에 휘둘리고 강대국의 논리에 좌우되는 우리나라의 이야기'인 동시에 그 곳에서 살아가는 '우리들의 이야기'이기도 하다.[17]

『아프리카의 뿔』에서 소말리아 해적들의 행위가 정당한지 그렇지 않은지를 따지는 일은 중요하지 않다. 작가는 그들의 이야기에 귀를 기울이고 그들이 처한 상황을 생생하게 포착하고 있을 따름이다. 작가는 소말리아에 대한 자료들을 바탕으로 소말리아 해적에 대한 왜곡된 이미지에 맞서 그들의 실상을 구체적으로 형상화하는데 주력하고 있다. 이는 '바라보는 자'의 시선으로 아프리카의 현실을 드러내는 차원을 넘어 '그들'의 목소리를 통해 '우리의 삶'을 성찰하려는 문제적인 시도라 할 수 있다.

---

17) 편혜영, 「제1회 문학동네 대학소설상 심사평」, 『아프리카의 뿔』, 문학동네, 2012, 278쪽 참조.

5. 결론을 대신하여: 한국문학의 아프리카 수용을 위하여

아프리카 대륙에 대한 지속적인 관심에도 불구하고 아프리카의 현실이 한국 문학 텍스트 속에 직접적으로 수용된 경우는 극히 드물었다. 지금까지 한국 소설에서 아프리카는 소재적 차원의 단편적 이미지, 주제의식을 드러내는 상징적 장치, 우리의 현실을 알레고리하는 소도구 등 지극히 부분적으로 수용되었다.

본고에서는 아프리카를 본격적으로 수용하면서 한국문학의 영역을 아프리카까지 확장하고 있는 『인샬라』, 『아프리카의 별』, 『아프리카의 뿔』 등을 중심으로 한국 소설의 아프리카 수용 양상을 고찰하였다. 이상의 세 작품은 아프리카의 목소리를 통해 우리의 현실을 성찰함으로써 아프리카를 타자화한 기존의 관점을 넘어서고 있다.

권현숙의 『인샬라』는 "정치적 격랑에 휩쓸려 있는 1988년부터 1994년까지의 알제리를 배경으로" 남북 청춘 남녀의 '금지된 사랑'을 다루고 있는 작품이다. 우리 문학에 아프리카가 본격적으로 수용된 최초의 사례이자 분단문학의 영역을 아프리카까지 확장한 문제적인 경우라 할 수 있다. 이 작품에서 알제리는 소재적 차원의 이국적 풍경 혹은 우리의 현실을 유추하는 상징적 알레고리 차원을 넘어 남북의 현실을 구체적으로 비추는 거울의 기능을 하고 있다. 아프리카 현지의 목소리를 통해 한반도의 특수한 상황, 즉 분단현실을 심문하고 있는 작품이다.

정미경의 『아프리카의 별』은 '검은 황홀의 땅' 모로코를 떠도는 다양한 인물 군상들의 삶을 통해 돈과 아름다움에 중독된 인간의 탐욕을 성찰하고 있다. 아프리카를 한국으로 수렴하는 구심력의 서사이라기보다는, 아프리카 본연의 목소리(바바)를 통해 아프리카를 왜곡된 방식으로 전유하려 한 인물들(K와 승의 아내, 로랑, 승)의 삶의 태도를 질타하는 원심력의 서사라 할 수 있다.

하상훈의 『아프리카의 뿔』은 소말리아 해적단의 한 청년을 초점화자로 내세워 소말리아의 참담한 현장을 생생하게 전달함과 동시에 신자유주의의 논리가 지배하는 냉혹한 지구촌의 현실을 비판적으로 성찰하고 있다. 작가는 소말리아에 대한 자료들을 바탕으로 소말리아 해적에 대한 왜곡된 이미지에 맞서 그들의 실상을 구체적으로 형상화하는데 주력하고 있다. 이는 '바라보는 자'의 시선으로 아프리카의 현실을 드러내는 차원을 넘어 '그들'의 목소리를 통해 '우리의 삶'을 성찰하려는 문제적인 시도라 할 수 있다.

이상의 텍스트들은 아프리카 본연의 목소리를 통해, 왜곡된 방식으로 아프리카를 전유하는 기존의 관점들을 심문하고 있다는 점에서 우리의 현실을 되돌아보는 소중한 기회를 제공하고 있다. 하지만 상대적으로 많이 알려진 마그레브 지역이나 T.V.와 언론을 통해 자주 보도된 소말리아 지역에 한정된 아프리카를 다루고 있다는 점은 아쉬움으로 남는다. 흑아프리카 지역, 즉 사하라 이남 아프리카가 우리 문학 속으로 수용되는 장면을 기대하며 글을 맺는다.

세속과 초월, 문학과 종교의 경계
— 이문구의 『매월당 김시습』에 나타난 불교 이미지를 중심으로

1. 세속에 스며든 불교의 이미지

종교는 일상의 삶과 거룩한 세계가 교섭을 갖는 공간이다. 세속적인 것에서 거룩한 곳으로, 그리고 거룩한 세계에서 속된 현실로 전이를 가능하게 하는 유동적인 장소인 셈이다. 문제는 종교의 지향점이 초월성의 경험을 거친 뒤에 일상으로 되돌아오는 회귀에 놓여 있어야 한다는 것이다. 이러한 회귀는 현실 속에서 현실 너머를 꿈꾸는 문학의 운명과도 닮아 있다. 인간은 초월을 꿈꾸지만 결코 일상을 벗어날 수 없는 모순적 운명을 지녔기 때문이다. 우리 삶의 바닥에 뿌리내리고 있는 불교가 문학과 만나는 지점은 바로 여기이다. 불교는 1,500여 년 동안 우리 정신사의 한 축을 형성하면서 한국 문화의 원형질이 되어 왔다는 점에서 거창한 종교라기보다 구체적이고 일상적인 삶의 이미지로 존재한다. 불교의 초월지향성은 인간의 세속적 삶을 풍요롭게 하는 계기에 다름 아닌 것이다.

다음의 글은 불교와 문학의 관계를 이해하는 데 중요한 시사점을 제공한다.

불교문학에 대해 분명히 말할 수 있는 것은 불교가 가장 아름답게 빛나는 지혜를 통해 추구되는 최상의 가치이며 궁극적인 진리이며 사상이라는 점을 인정한다는 대전제로부터의 출발, 그것이다. 그러나 그런 것들을 살아 숨쉬게 하는 것은 문학적 상상력 또는 문학적 언어이다. 생명이며 힘의 원천인 언어가 무상의 지혜와 궁극적인 진리를 수용하면서 무엇을 말하고 어디에 서도록 하게 만들 것인가 하는 선택의 문제는 전적으로 불교적인 것을 받아들이는 작가의 몫이다. 그런 점에서 불교문학에 관심을 가진 사람(특히 문학 연구자)이 가져야 할 최종의 관심은 외형적인 불교의 사상이 아니라 그것을 수용한 문학적 정신이나 방법에 있다고 해도 무방하다.

– 홍기삼, 『불교문학연구』, 집문당, 1997, 23쪽.

불교는 신성한 세계를 추구하지만, 동시에 세속적 삶에 뿌리를 내리고 있다. 불교의 가르침은 신비와 초월의 세계를 향해 비상하는 것이 아니라 인간의 삶을 향해 하강한다. 이 하강의 지점에서 불교는 문학과 만남의 장을 마련한다. 불교와 문학은 인간을 목적으로 삼고, 언어를 매개로 한다는 점에서 유사점이 있다. '문학적 상상력 또는 문학적 언어'가 불교의 진리나 사상을 살아 숨쉬게 하는 원동력이 되는 것도 이 때문이다.

필자는 불교의 사상을 일상의 삶 속으로 끌어들이고 있는 지점, 즉 세속의 삶에 스며든 불교의 현실적 이미지에 주목하고자 한다. 그래서 문학과 불교(종교)가 서로의 영역을 고집하지 않고 한몸으로 현현하는 장면, 즉 문학적 진성정이 곧 불교(종교)적 사상의 실현이 되는 순간을 포착한 작품이 필요하다고 생각한다. 이문구의 『매월당 김시습』은 이를 잘 보여주는 소설이다.

2. 방외인(方外人), 현실과 현실 너머의 긴장 포착

『매월당 김시습』의 김시습은 방외인方外人이라 할 수 있다. 황종연에 의하면 '방외인方外人'은 '시대의 추세에 영합하지 않고 자기의 도덕적 신념대로 사는 사람'을 지칭한다. 그에 의하면 「백의」의 '절벽이 영감', 「해벽」의 '조등만', 「일락서산」의 '할아버지', 「공산토월」의 '석공', 『매월당 김시습』의 '김시습' 등 이문구 소설 대부분의 주인공이 방외인에 속한다. 그는 방외인의 사회적 의미를, 세상에 쓸모 없는 존재이지만, 세상의 부패하고 추악한 것을 알려주는 사람이라고 정의한다.[1] 이러한 입장을 수용했을 때, 이문구 소설에 나타난 방외인은 세계와의 소통이나 교류를 단념, 혹은 체념한 소극적이고 수동적인 인물로 전락한다.

이에 본고에서는 '방외인方外人'을 이상과 현실, 자아와 세계, 문명과 문화의 결절점을 사는 인물이라는 관점에서 접근한다. 이러한 관점은 임형택과 윤주필의 논의를 수용한 결과이다.

임형택은 매월당을 '방외형方外型'에 속하는 인물로 보았다. 그는 조선조 사대부층을 관료로의 현달을 지향하는 '관인형官人型'과 강호江湖의 은둔을 지향하는 '처사형處士型'으로 구분하고, '방외형'은 관인으로 나아가는 것도 탐탁지 않지만, 처사적인 권위와 규범을 지키는 생활도 바라지 않는 특이한 존재라고 보았다. 즉, '방외형'은 부당한 사회현실에 굴종하거나 체념하지 아니하고 저항적인 자세를 취했다는 것이다. 궁극적으로 중세기적 권위에 순종하기를 거부하고, 인간의 양심 · 자아를 지키려는 몸부림이었다고 할 수 있다. 이러한 매월당의 저항적인 삶의 자세는 공고하게 행사되는 체제하에서 그 자신을 '아웃사이더'로 살아가게 만들었던 것이다.[2]

---

1) 황종연, 「도시화 · 산업화 시대의 방외인」, 『작가세계』, 1992년 겨울, 68~69쪽 참조.
2) 임형택, 「매월당의 방외인적 성격과 사상」, 『한국문학사의 시각』, 창작과비평사, 1984,

윤주필에 의하면 '방외인方外人'은 어떤 문화의 중심권에서 벗어나 있는 공간이라는 의미의 '방외方外'에서 삶을 꾸려간 인물들을 지칭한다. 따라서 '방方'은 유·무형의 테두리 또는 규격이고 '방외方外'는 그것의 언저리 내지 밖을 의미한다. 방외인 문학은 방외인이 주체가 되어 이룩한 문학 활동 내지 문학 작품의 총칭이다. 윤주필은 한국의 방외인 문학을 중세를 주도했던 지식인의 한 문학유파로서 취급해야 한다고 할 때, 조선전기만을 부각시키는 것은 온당치 않다고 본다. 여기서 진일보하여 시대의 고난과 사상의 분열을 극복하고 새로운 사상을 모색하고자 하는 방외의 정신을 한국지성사에서 통시적으로 포착해야 한다는 것이다. 특히 서구의 근대 개념으로부터 파생된 식민지 사관, 개발 독재, 좌우이념 갈등, 물신주의 등을 거부하고 명분과 가능성에 매몰되기 일쑤인 지식인의 한계를 넘어서서 실천적이고 주체적인 근대인의 길을 마련하는 데 방외 정신은 소중한 우리 지성사의 전통으로 작용했다는 것이다. 그에 의하면 방외인은 진실이 증발된 시대를 아파하며 아직은 오지 않은 시대의 가치를 소망하지만 그 무엇도 미리 전제하기를 거부하는 존재들이다.3)

방외인은 현실과 이상, 자아와 세계의 점이지대를 사는 사람들이다. 이들의 의식은 스스로의 내면에서 독백적으로 생성되는 것이 아니라, 세계(타자)와의 경계선에서 발생한다. 경계인의 삶은 타자와의 경계에서 그들의 시선을 통해 스스로의 모습을 드러낸다. 이는 타자의 눈으로 자기를 볼 수 있는 가능성을 열어 놓고 있다는 점에서 억압적인 지배담론(동일성 담론)과 대화적 관계에 놓인다. 방외인은 경계선에서 현실과 이상, 자아와 타자 그리고 안과 밖 사이를 대화적으로 연결하려고 한다.

『매월당 김시습』의 매월당에게 불교는 '방외'(언저리 내지 밖)에 존재

68~69쪽 참조.
3) 윤주필, 『한국의 방외인문학』, 집문당, 1999, 5~12쪽 참조.

하지만, 끊임없이 '방'(유·무형의 테두리 또는 규격)에 간섭하는 이미지로 기능한다. 김시습의 삶은 현실과 이상, 삶과 죽음, 의식과 무의식, 속세와 자연 등의 경계에 마련된다. 이러한 경계인(방외인)의 삶은 '모든 것이 뚜렷하지 않은 달빛을 가는 나그네'에 비유할 수 있다. '모든 것이 뚜렷하지 않은 가운데 그 뚜렷하지 않다는 사실 하나만이 뚜렷한 것', 그것은 아마도 '생명력'일 것이다. 이러한 역동적인 가능성에 의해 존재하는 힘, 홍몽鴻濛, 혼돈混沌이야말로 생명의 잉태이며 생동의 근본이다.

> 가슴을 씻지는 못하더라도 그나마 가슴을 어루만져 주고 다독거려
> 주는 것은, 그것은 성(城)도 아니고 들도 아니고 산이었다. 또 집도 아
> 니고 절도 아니고 길이었다. 울음도 아니고 웃음도 아니고 광기였고,
> 욕도 아니고 잠도 아니고 책이었고, 물도 아니고 차도 아니고 술이었
> 고, 병도 아니고 꿈도 아니고 글이었다.
> — 이문구, 『매월당 김시습』, 문이당, 1992, 63쪽, 이하 작품과
> 쪽수만 표기

김시습에게 이러한 생명력은 성城과 들의 사이인 '산', 집과 절의 사이인 '길', 울음과 웃음의 사이인 '광기', 욕과 잠의 사이인 '책', 물과 차의 사이인 '술', 병과 꿈의 사이인 '글' 등의 공간에서 나온다. 김시습은 '성城', '집', '울음', '욕', '물', '병' 등으로 변주되는 현실의 공간도 뿌리치지 못하고, '들', '절', '웃음', '잠', '차', '꿈' 등의 이상적 공간도 외면하지 못한다. 그는 이 두 문화의 경계선에서 양쪽을 대화적으로 연결하는 데, 이러한 공간은 '사잇길', '에움길', '두름길', '후미길', '벼룻길' 등으로 나타난다. 이 길은 지배 이념에서 배제된 주변으로 가는 길이며, 진보와 퇴보의 상반된 가능성이 내포된 길이기도 하다. 지름길이 있음을 알면서도 먼 길을 가는 길손, '길에서 살면서도 길에서조차 주인일 수가 없었던 덧없는

나그네'가 방외인, 즉 김시습의 초상이다.

　여기에서 불교의 이미지를 표상하는 '절'은 방외에 존재하지만, '집'(방)과의 길항관계에 의해 '길'과 연결된다. 불교는 자신만의 영역을 고집하는 고유한 종교라기보다는 현실과 끊임없이 공명共鳴하는 현실 너머의 의미를 지닌다. 유교적 가치관과 불교적(도교적) 세계관 사이에서 길항하는, 이 현실과 현실 너머의 긴장이야말로 『매월당 김시습』의 진정한 주제의식이다.

3. 부정한 현실 비판, 세속과 신성의 매개

　이문구의 『매월당 김시습』에서 불교는 종교로서의 자의식을 고집하지 않고 끊임없이 현실과 길항拮抗한다. 불교의 종교로서의 이미지는 자연스레 일상의 고뇌와 겹쳐진다. 이 작품에서 불교는 표나게 드러나지 않는다. 김시습의 삶과 사상이 당시의 지배적인 담론인 유교적 가치관에 뿌리내리고 있기 때문이다.

　그렇다면 왜 『매월당 김시습』에서 불교 이미지에 주목해야 하는가? 앞서 필자가 주목한 일상 속에 뿌리 내린 불교의 모습을 환기하고 있기 때문이다. 먼저 김시습의 가치관에 주목할 필요가 있다. 그는 유교적 가치관을 지니고 있다. 다만, 바람직한 유교적 가치관이 실현되고 있지 않는 현실을 문제 삼고 있을 뿐이다. 그렇다면 그가 지향하는 세계는 올바른 유교의 도道가 실현되는 사회일 터이다. 여기서 불교는 부정적 현실을 바람직한 현실로 이끄는 매개체의 기능을 한다. 이 작품에서 불교나 도교의 이미지가 선명하게 드러나지 않는 이유도 바로 여기에 있다.

하지만, 그 이면을 들여다보면 이 작품에서 불교는 결코 무시할 수 없는 중요한 의미를 지닌다. 부정적 현실 너머에 존재하면서 끊임없이 현실과 길항하는, 현실 속에서 현실 너머를 꿈꾸는 운명을 보여주고 있기 때문이다. 불교의 초월지향성이 부정적 현실에 적극적으로 개입하고 있는 형국인 셈이다. 따라서 『매월당 김시습』에 나타난 불교는 유교나 도교, 기독교 등 특정 종교와 구분되는 고유한 의미의 종교라기보다는, 현실과 이상 사이에서 고민하고 갈등하는 보편적 인간의 모습을 표상하는 이미지에 가깝다고 할 수 있다. 여기에서 불교는 문학과 포개진다.

그렇다면 구체적으로 작품에 드러난 불교의 모습을 살펴보기로 하자.

일차적으로, 불교는 김시습의 모습(외양)과 처소에 스며들어 있다.

> 매월당의 행색은 언제나처럼 그 모양 그대로였다.
> 검정색 누더기와 깎은 머리가 자라서 다복솔이 다 된 모습만은 문안에서도 어쩌다가 하나씩 있는 중일 뿐이었다.
>
> ─ 『매월당 김시습』, 39쪽.

> 매월당은 걷는 것을 업으로 하되 만만히 쉬어 가거나 묵어나는 데엔 언제고 절간만한 곳이 없었다.
>
> ─ 『매월당 김시습』, 42쪽.

이렇듯, 불의와 타협할 수 없어 길을 떠난 '방외인'에게 불교는 유일한 벗이 된다. 그렇다면 불교가 부정한 현실에서 할 수 있는 일은 무엇인가? 불의에 희생당한 영혼들을 위무하는 역할이 그 하나이다.

> 심심산천 영월의 어리중천에 외로이 떠도는 상왕의 영현을 해가 가기 전에, 그리고 하늘이 얼어붙기 전에 상왕의 신하들이 임의로이 들

고나며 눈물을 지을 수 있는 동학사의 제단에 모시는 일이었다.

―『매월당 김시습』, 259~260쪽.

그 시주도 아까 산달에서 보신 바 그대로 경황중에 행사(行事 · 제사지냄)조차 미루고 이리 달려왔거니와, 속연(俗緣) 곳 불연(佛緣)의 비롯인고로 이렇듯 시주를 만난 터수이니 이제 무엇을 더 기겠소. 야래(夜來 · 밤사이)에 산달에다가 지하(地下)를 꾸민 혼령은, 꿇을 사람이 서는(즉위하는) 변고로 인하여 엊그제 살신성인하신 승지 성선생 부자분과 참판 박선생, 직제학 이선생, 도총관 유대감께서 신화(神化)합신 자취올시다. 그 시주는 일후에 저 자취를 잃지 않도록 매양 여겨 보신다면 이에서 더한 다행이 없겠소이다.

―『매월당 김시습』, 293쪽.

인용문에서 절(불교)은 왜곡된 유교적 가치관에 희생된 영혼들을 위로하는 역할을 한다. 이는 '형식과 방법'에만 치우쳐서 부처의 '참다운 뜻'을 구현하지 못하는 현실 정치를 비판하는 방향으로 나아간다.

그러면 임금(단종)의 자리를 찬탈한 이는 어떤 사람인가. 위로는 임금을 시역하고 아래로는 충렬한 의사들의 종들까지도 도륙을 했던 이는 과연 누구였던가.

공주의 동학사(東鶴寺) 한구석에 집을 짓게 하여 초혼각(招魂閣)이라 이름한 이는 누구이며, 때려 죽이고 찢어 죽이고 지져 죽이고 베어 죽이고 저며 죽이고 약을 먹여 죽인 의사들의 이름을 그 손으로 비단에 써서 걸게하되, 그 이름이 여덟 폭짜리 비단에 넘치도록 죽인 이는 과연 누구였던가.

그렇게 무지막지한 칼을 휘둘러 피로 물들은 천하를 차지한 다음 중외에 더러운 그림자처럼 끌고 다니는 신미(信眉) · 수미(守眉) · 학열(學悅) · 학조(學祖) · 혜각(慧覺) · 묘각(妙覺) 같은 치의의 무리와, 자장 · 자반 · 자순 · 문양 · 계효 · 과옹 따위를 간경도감이며 내불당과 맺어 놓고 <금강경> <능엄경> 등의 경전을 언문으로 옮기거나 찍어내어 반포하는 일변 부처에게 몸바쳐 복을 빈 이는 누구였던가.

　　　　　　　　　　　　　　　　　　　ㅡ『매월당 김시습』, 177~178쪽.

　매월당은 '혜능惠能'의 '불법은 세간에 있어서 세간의 깨달음을 떠나지 않는 것이며, 세간을 떠나서 보리를 구하는 것은 토끼의 뿔을 구하는 것과 다름이 없다'는 말을 빌어, 부처의 뜻을 거스르는 세태를 비판하고 있다.
　이러한 불교의 의미는 '유가'와 '불가'(선가) 사이의 긴장을 통해 현실을 인식하려는 매월당의 내면에서 잘 드러난다.

　　　그러므로 상왕에 대한 복상은 매월당에게도 유일한 예와 도와 분수
　　　일 터이며, 살면 사는 날까지 생활의 내용이 될 수밖에 없는 운명인 것
　　　이었다. 그렇지만 한결같이 전형성에 구애받는 퇴관들의 복상 형식을
　　　그대로 따르기는 거북한 일이었다. 머리를 깎고 검정옷을 걸치고도
　　　도가의 단약(丹藥)과 단전으로 하는 호흡에 솔깃하여, 왼발은 불가에
　　　젖고 오른발은 도가에 물든 채 유가의 몸통을 가누려고 한 것도, 형식
　　　은 여유이며 육식자(肉食者 · 벼슬아치)들의 사무에 불과하다는 생각
　　　에서 비롯된 것이니만큼, 꼭이 퇴관들과 한 굴레를 쓰고 명분을 나누
　　　는 것만이 최선이라고 할 법은 없는 것이었다.

　　　　　　　　　　　　　　　　　　　ㅡ『매월당 김시습』, 250쪽.

　위의 인용문에는 세조의 '왕위 찬탈'로 인해 죽음을 당한 '단종'의 장례를 치르는 매월당의 심정이 잘 드러나 있다. 그에게 '상왕에 대한 복상'은 '유일한 예와 도와 분수'이며 운명이다. 이러한 김시습의 처지는 '왼발은 불가에 젖고 오른발은 도가에 물든 채 유가의 몸통을 가누려고 하는' 모습에서 적실하게 표출된다. 여기에서 '유가'는 '현실'을 상징하는 기표이고 '불가'나 '도가'는 '현실 너머', 즉 '이상'을 드러내는 지표이다. 따라서 매월당의 모습은 '현실 속에서 현실 너머를 꿈꾸는' 자의 형상이다. '현실

속에 뿌리내리려는 욕망과 타락한 현실을 일탈하려는 욕망 사이의 팽팽한 긴장'이야말로, 방외인으로서의 김시습을 규정하는 '바로미터'이다.

불교(도교) 이미지는 이 작품에서 일차적으로 현실(유가) 너머의 이미지를 상징한다. 이 이미지는 현실(유가)에 끊임없이 영향을 미치고, 이에 따라 현실은 다시 불교(도교)의 이미지를 자신의 영역으로 끌어들인다. 이러한 상호작용이야말로 『매월당 김시습』을 이끌어가는 원동력이다.

김시습의 선택에서 중요한 점은 불佛·도道를 통합적으로 이해하고 유학의 도리를 크게 저촉하지 않는 한도내에서 '물외物外', '산인山人'의 생활형태를 창출해내고자 했다는 사실이다. 김시습은 승려가 되어서도 통합적인 방외적 가치를 실현하는 데 자기 사상의 지향점을 두었다. 말하자면 그는 승려이기 때문에 방외인이 된 것이 아니라 방외인의 길을 택했기에 승려가 된 것이다.4)

이렇듯, 『매월당 김시습』에서 불교는 부정한 현실을 비판하는 기능을 통해 현실과 이상, 세속과 신성의 틈새를 매개한다. 이 틈새에 존재의 집을 지으려는 매월당의 내밀한 욕망은 가벼움과 무거움, 경박함과 초월적 비상 사이에서 아슬아슬한 곡예의 궤적을 그린다. 불교의 이미지는 이러한 과정을 뒷받침하는 든든한 버팀목으로 기능하고 있다.

4. 타자와의 교감, 불교와 문학의 만남

진지한 자기성찰은 존재와 세계, 이상과 현실 사이의 긴장을 유발하기 마련이다. 자의식은 자아와 세계 사이의 긴장에서 표출되기 때문이다. 어느

---

4) 윤주필, 앞의 책, 162쪽 참조.

한쪽을 선택하는 것이 중요한 것이 아니라 양자 사이의 긴장을 포착하는 작업이 중요하다. 이상은 현실 속에서 결실을 맺을 수 있고 현실에 잠재된 여러 가능성은 이상을 통해 실현될 수 있는 힘을 얻는다. 이상과 현실은 서로 분리되어 있는 것이 아니라 수행의 과정 속에서 상호 작용을 하게 된다.5) 이러한 양자의 긴장은 지배적인 가치관에서 일탈하려는 자기 안의 타자와 그것이 불가능하고 생각하는 또 다른 자아 사이의 투쟁에서 기인한다.

> 아까 어떤 사내의 말마따나 이름이 한때를 독차지했던 오세신동은 어디가고, 지금은 초라하고 왜소한 몰골의 웬 췌세옹(贅世翁) 하나가 고작 청려장(靑藜杖)에 의지하여 다들 아무 겨를 없이 바빠하는 거리를 한갓지게 비치적거리고 있는 것이었다.
>
> —『매월당 김시습』, 24쪽.

'오세신동'과 '췌세옹贅世翁' 사이의 거리야말로 가슴 아프지만 인정해야 할 현실이다. 고위 관직에 오른 동학들의 모습을 보며 겉으로는 경멸하고 있지만, 잠재된 의식 속에서는 그들을 부러워하고 혹은 남몰래 시기와 질투를 하고 있을지도 모른다는 뼈아픈 각성은 매월당의 가슴을 후려친다. '왼손은 부지런히 내저어 과거를 되도록 멀리 쫓아버리는데도, 오른손은 급제의 유혹을 뿌리치지 못하여 자꾸 망설'인다. 매월당은 몸은 부질없이 세상 밖으로 떠돌았으나 마음은 속절없이 세상에 두고 다녔고, 상투는 잘랐어도 수염은 기르고, 거문고는 무릎에 놓았어도 목탁은 들지 않았던 것과 같이 검정옷을 걸쳐 모양새는 하릴없는 사문沙門일망정, 얼은 여전히 추로鄒魯, 孔孟에 머물면서 스스로 방학放學을 하지 못하였다. 이러한 '모양새'와 '얼' 사이의 긴장은 정체성에 대한 탐색으로 이어진다.

---

5) 권덕하,『소설의 대화이론』, 소명출판, 2002, 235쪽 참조.

김시습은 절에 머물면서 '중의 냄새'보다는 '사람의 냄새'를 구한다. 여기에서 '사람의 냄새'는 세속과 초월을 연결하는 기능을 한다. '사람의 냄새'를 통해 절(불교)은 일상의 자리로 내려앉기 때문이다. '중의 모습을 한 오세신동' 김시습은 '사람의 냄새'를 통해 자신의 내면을 되새김질하는 계기를 마련한다.

> 매월당은 사내가 돌너덜을 헤집은 것이 아니라 자신의 앙상한 가슴을 파헤치고 있는 것 같은 느낌이 들어서 심기가 그지없이 스산하였다. 사내가 사나운 산짐승의 발톱을 무릅쓰고 산에 들어온 것은, 매월당 자신이 한갓진 물외를 찾아 산에서 산으로 다니는 것과 경위가 같은 것이 아니었다. 사내는 한다하는 포수들도 걸핏하면 머리털이 곤두서는 험산에서 초근목피를 헤집기보다 훨씬 지어먹기 어려운 밭을 피한 것이었고, 산짐승의 발톱보다 한결 날카로운 인간의 손톱을 피한 것이었고, 봄에 한 섬 먹고 가을에 석 섬을 토해야 하는 곡식이 무서워서 피해 온 것을 터이었다.
>
> ─『매월당 김시습』, 64~65쪽.

이렇게 자신의 내면을 되돌아보는 행위와 '사람의 냄새'를 찾는 모습이 겹쳐지는 자리, 즉 절(불교)을 세속으로 끌어내리는 자리에서 시(문학)가 나온다.

매월당의 정체성은 유교적 세계관과 그 너머 사이의 긴장에서 동요한다. 그는 '중원에서 동국으로 건너오기 전부터 낡아버린 형식'인 타락한 유교 이념과 탐관오리의 횡포를 비판하는 선비의 모습으로, 혹은 승려 · 시인의 모습으로 헐벗은 백성과 만난다. '국법을 다시 세워서 나라의 모든 도장을 쪼개고, 나라의 모든 저울대를 꺾어' 백성들의 삶을 풍요롭게 하려던 입신의 의지가 꺾인 매월당에게 시(문학)는 민초들과 만나는 유일한 통로이다. 그는 시를 통해 '부자는 갈수록 더 부자가 되고, 가난뱅이는 갈수록 더 가난해질 수밖에 없'는 현실을 질타한다. 여기에서 시는 현실과 현실 너머를 통합하는 기능을 한다. 매월당의 '울분과 울화'가 시를 통해 '이름 모를 유민의 목소리'와 교감하는 것이다.

> 산에서는 시가 한번 솟기 시작하면 걷잡을 수가 없어서 그때그때 가랑잎에라도 받아썼고, 또 그렇게 가랑잎에다 받아쓴 시는 쓰는 족족 흐르는 물에 던지거나 달리는 바람결에 띄워 보내기를 아무렇지도 않게 되풀이해 온 터였지만, 그러나 지금은 그럴 수가 없었다. 매월당 자신의 회포가 아니라 칡을 캐어 간 그 이름 모를 유민의 목소리인 까닭이었다. 이를테면 시를 짓는 것이 아니라 그 유민의 탄식을 대필하고 있는 폭이었다.
> —『매월당 김시습』, 79쪽.

> 시를 짓는 것은 살림을 하는 일이었다. 시업(詩業)이야말로 가장 구체적으로 숨이 통하고 피가 통하고 얼이 통하는 생활이었던 것이다.
> —『매월당 김시습』, 148쪽.

이를테면, 매월당은 불교가 현실에 어떻게 개입하고 있는가의 여부에 주목하고 있는 것이다. 그는 현실과의 관계를 놓아버린 자족적인 불교의 위상을 끊임없이 현실 쪽으로 끌어내리려고 노력한다. 여기에서 불교(초월의 이미지가 아니라 현실 속으로 내려온 불교)와 문학이 만난다.

> "일을 해보지 않으면 백성의 어려움을 모르게 되고, 백성의 어려움을 모르고 본즉 백성을 아낄 줄 모르게 되고, 백성을 아낄 줄 모르고 본즉 백성을 해롭힐 줄만 알기에 이를 뿐이니, 이러고도 이를 어찌 인도(人道)라고 하겠느냐."
> (중략)
> 그러므로 밥을 먹는 자는 응당 들일을 알아야 옳은 것이요, 특히 장

차 버슬아치가 되어 백성을 다스리고자 하는 자는 직접 그 일에 몸을 적서 보아야 옳다는 것이었다.

　　　　　　　　　　　　　　　　　　 －『매월당 김시습』, 87쪽.

　매월당은 스스로 농사를 지으면서 백성들의 자리로 내려앉는다. 백성들의 삶을 체험함으로써 그들을 이해할 수 있다는 것이다. 이러한 태도는 공부와 노동, 말과 행동을 일치시키려는 선비의 자세라 할 수 있다. 또한 왜곡된 유교적 관습을 바로잡으려는 의지의 표현이기도 하다. 이렇듯, 김시습은 타자, 즉 '사람의 냄새'를 매개로 불교와 문학(시)을 현실 속으로 끌어내리고 있다.

5. 지배적 가치관의 상대화, 불교의 문학적 수용

　세조의 '왕위 찬탈'은 매월당에게 두 가지 의미에서 큰 충격을 준다. 하나는 '의로움의 끝'이다. 의가 밟힌 것은 불의의 발호이며 아울러 치세治世의 종막이며 난세의 개막이라는 것이다. 다른 하나는 '거업의 끝'이다. 이에 과거를 위한 학력은 이제 아무짝에도 필요없게 되었다. 매월당이 '한갓진 물외를 찾아 산에서 산으로' 떠도는 이유도 여기에 있다. 하지만 매월당은 이러한 허무의식을 떨치고 일어선다.

　　그렇지만 그 일의 이룸과 꺾임, 그 뜻의 펴임과 접힘은 운명에 달린 것이라고 해도, 자기 힘으로 할 수 있는 것이라면 모름지기 그 힘이 다하도록 힘써야 옳은 것이며, 그 뜻이 실천할 수 있는 것이라면 모름지기 그 뜻이 굽히지 않도록 애씀이 옳은 것이었다. 그러므로 충신이 되는 도리는 반드시 괴롭게 신하가 되어서 자기 힘으로 할 수 없는 일을 하는 것이 아니라, 신하가 되었기에 신하로서 할 수 있는 일에만 직분을 다함이 있어야 하는 것이었다.

—『매월당 김시습』, 249~250쪽.

'자기 힘으로 할 수 있는 것이라면 모름지기 그 힘이 다하도록 힘써야 옳은 것이며, 그 뜻이 실천할 수 있는 것이라면 모름지기 그 뜻이 굽히지 않도록 애씀이 옳'다는 것이다. 이는 신하로서 할 수 있는 일에 직분을 다하는 자세이며, '벼슬아치나 양반들의 비행을 밝히고 고발하는' 선비의 태도이다.

매월당의 태도는 분명 '근대적인 직분職分 사상'이나 '열정적인 나로드니끼의 측면'을 보이지는 않았다. 그러나 이 때문에 매월당을 '그 자신의 한계와 그가 살아야 했던 시대의 한계'를 넘을 수 없었던 인물이라고 평가[6]하는 것은 문제가 있다. '시대의 한계'를 넘어서느냐 그렇지 못하느냐가 중요한 것이 아니다. 그보다는 시대의 울타리 안에서 자신의 문제의식을 극점으로까지 확장시키는 행위(불교/도교의 이미지는 이를 가능하게 하는 기능을 한다)야말로 새로운 시대를 예고하는 맹아이자 암시적 신호가 될 수 있는 것이다. 매월당은 자신의 삶을 '다 된 미완성', '이룩한 미완성'으로 지칭한다. 존재와 세계의 긴장을 포착하는 문학의 존재 이유도, 바로 미 '다 된 미완성', '이룩한 미완성'의 의미를 되새김질하는 데에 있는 것이다.

매월당은 놓여나고 싶었다. 그리하여 사방 팔방 시방(十方)으로 밑도끝도 없이 놓여난 길에도 몸을 풀어주고 싶은 것이었다. 뜨락의 한뼘 거리도 길이 아닌 것이 없다고는 하지만, 말로는 같은 길이라고 해

---

6) 신형기, 「정치 현실에 대한 윤리적 대응의 한 양상」, 『작가세계』, 1992년 겨울, 102쪽 참조.

도 울안에 갇혀 있는 길보다 들판에 풀려 있는 길에다 몸을 맡겨 보고 싶은 것이었다. 중원에서 동국으로 건너오기 전부터 낡아버린 형식을 버리고 길에다 몸을 숨기되, 기(氣)는 기대로, 질(質)은 질대로, 자유(自由)하고 싶고, 자재(自在)하고 싶고, 자적(自適)하고 싶은 것이었다.
                                                        —『매월당 김시습』, 251쪽.

'놓여나고 싶지만, 결코 놓여날 수 없는 삶'이 바로 '다된 미완성'의 삶, 즉 '방외인'의 삶이다. '울안에 갇혀 있는 길'을 벗어나 '들판에 풀려 있는 길'에다 몸을 맡겨, '기氣는 기대로, 질質은 질대로', '자유自由'·'자재自在'·'자적自適'하면서 일생을 방랑했지만, 결국은 다시 현실로 되돌아올 수밖에 없는 운명을 인정하고 감수해야 하는 매월당의 모순된 삶은 '이룩한 미완성'의 삶이다.

이러한 점에서『매월당 김시습』은 유교적 가치관에서 벗어날 수 있는 방법이 없다는 사실을 시사하고 있기도 하다. 이는 매월당이 살았던 시대에 대한 역사적 평가를 가능하게 하는 초월적인 전망이 그 시대 안에서 확보되기 어렵다는 사실을 보여준다. 그렇지만 작가는 시, 불교, 도교 등의 비공식적이고 원심적인 담론을 통해 매월당이 살았던 시대의 유교적 가치관을 상대화함으로써 다양한 해석의 여지를 남겨 놓는다.[7] '이룩한 미완성'의 삶은 인간을 도구화하는 도그마에 저항한다. 이러한 매월당 김시습의 '방외인'적 삶은 '유교적 전통 속에서 이를 넘어서려는' 의지의 발현이라 할 수 있다.

---

7) '지금 여기'의 불교를 생각해보자. 불교는 매월당이 살았던 조선시대와 마찬가지로, 여전히 현실과 현실 너머 사이에 존재하면서 양자를 대화적으로 연결하려 노력한다. 다만, 김시습이 살았던 시대는 유교적 가치관과 불교(도교)적 가치관이 현실과 현실 너머의 긴장으로 표출되었다면, '지금 여기'에서는 자본의 논리와 근대 너머가 사이의 긴장으로 표상된다. 불교는 자본의 논리 속에서 보다 나은 삶에 대한 전망을 모색하고 있기 때문이다. 이는 세속과 초월의 만남이며, 현실과 현실 너머의 대화이다.

김시습의 울분과 저항은 유교적인 가치관 내에서 이를 비판하는 '비판적인 인사이더'8)의 모습을 보여준다. 이러한 방외인의 비판과 성찰은 바람직한 전통의 현재적 전용에 일조할 수 있다. 작가의 관심 또한 김시습의 생애 복원에 있는 것이 아니라, 매월당을 통해 오늘의 현실을 성찰하려는 데 있기 때문이다.

이처럼 매월당 김시습의 '방외인'적 삶은 현실과 이상, 자아와 세계의 긴장으로 변주되며 문학의 존재 조건과 본질에 대한 탐색으로 이어진다는 점에서 주목을 요한다.

문학 속에 나타난 종교적 심상을 고찰할 때 유의할 점은 '문학'의 울타리를 벗어나지 않아야 한다는 점이다. 우리의 관심이 문학에 있기 때문이다. 이문구의 『매월당 김시습』은 불교적 이미지를 작품 속으로 끌어들여, 유교적 가치관이 지배하는 현실과 팽팽한 긴장감을 유발함으로써, 종교의 문학적 수용에 대한 한 모범을 시사하고 있는 작품이다.

---

8) '비판적인 인사이더(critical insider)'는 사회적 전통 안에 존재하되 비판적으로 존재한다. 물론 이러한 자세는 혼합되지 않은 순수한 전통이라는 개념을 거부하는 동시에, 자신이 처해 있는 입장의 모순을 체제의 문화적 역량 부족이나 지속적인 지배의 증표로 인정하기보다는 창조적인 잠재력의 한 증표로 끌어안음으로써만 취해질 수 있는 것이다. 따라서 이들은 보수주의적 성향을 띠기도 한다. 하지만 이들의 보수주의는 기존의 전통을 창조적으로 전용하고, 현재적으로 부활시킨다는 점에서 '진보적 보수주의'라 할 수 있다. 전통 미학이란 것은 학문 학문적인 쓰임을 통해서 재생 혹은 조율 되는 것이기 때문이다(Ashcroft, B. etc., 이석호 역, 『포스트콜로니얼문학이론』, 민음사, 1996, 197~199쪽 참조).

'기록이자 문학' 혹은 '문학이자 기록'

— 이병주 중 · 단편 소설에 나타난 서사적 자의식을 중심으로

1. 문제제기

이병주는 우리 근 · 현대사의 정치 현실을 전면적으로 형상화한 작가의 하나이다. 그는 일제 말에서 해방과 전쟁 시기, 그리고 4 · 19에서 5 · 16에 이르는 격변의 현대사를 정치권력과 개인의 긴장관계를 중심으로 다루어 왔다. 『관부연락선』에서 『지리산』, 『산하』, 『그해 5월』에 이르는 이른바 '반자전적 소설 혹은 실록 대하소설'[1]은 이병주가 소설의 방식으로 현실 정치에 개입한 대표적인 사례에 해당한다.

---

[1] 정호웅은 사실 그대로를 재현하려는 이러한 작가의 의지를 언급하면서, 그의 작품을 규정하는 반자전적 소설 혹은 실록 대하소설의 개념을 다음과 같이 설명한다. 자전은 개인적 체험의 개별성에 폐쇄되어 일반성의 확보에까지 나아가지 못할 가능성을 크게 지니고 있으며, 실록은 사실(史實)들의 열거에 그쳐 단순한 연보를 벗어나지 못할 가능성을 농후하게 갖고 있다. 그러므로 지난 과거를 개인적 체험의 절실함과 생생함에 근거하면서도 개인적 체험의 폐쇄성에 매몰되지 않고 역사전개의 일반성을 담지해 내려면, 개인적 체험과 역사적 사실의 두 영역이 유기체적 전체의 두 부분이 되어야만 한다. 그러므로 어떤 개인의 실제 체험은 그것보다 훨씬 더 넓고 깊은 것으로 변형되어야만 한다. 반자전의 '반', 실록 대하소설의 '소설'에 담긴 의미는 바로 이것이다(정호웅, 「『지리산』론─1970년대 역사소설의 문제점과 관련하여」, 『1970년대 문학연구』, 문학사와비평연구회 편, 예하, 1994, 107~110쪽 참조).

하지만, 이병주의 소설은 여러 가지 이유로 크게 주목받지 못한 것이 사실이다. 한 연구자는 80여 권의 중 · 장편을 발표하며 '한국의 발자크'라 불릴 만큼 엄청난 집필량을 자랑하는 다산의 작가 이병주에 대한 논의가 인색한 이유를, 한일관계에 대한 이병주의 독특한 시각과 그가 보인 철저한 반공주의적 태도에서 찾고 있다.[2] 그는 이러한 작가의 태도가 비평가들이나 연구자들에게 선입견을 갖게 했을 수도 있다고 추측한다. 이병주는 민족주의라는 당위에 흔들리지 않고 냉정하게 한일관계와 해방 후의 정국을 들여다보려 했는데, 그러한 반성에는 소위 '학병세대'의 자의식이 자리하고 있어서 한일관계에 대한 작가의 서술은 위험스러운 줄타기를 보는 듯 친일과 민족주의의 경계선상에 자리하고 있다는 것이다. 이러한 작가의 태도는 민족주의적 시각에서 보면 '식민사관'의 결과물로 인식될 수 있다. 한편 작품 속에 노골적으로 드러나는 공산당 혹은 공산주의에 대한 비판은 반공 이데올로기에 편승한 관제작가라는 인상을 줄 수도 있다.

더불어 권력 주변에 비친 작가의 그림자가 그의 문학이 지닌 의미를 퇴색시키기도 했다. 이병주는 박정희 이래 역대 대통령과 친교를 유지한 것으로 세간에 알려졌고, 유력 정치인, 고위관료, 부유층 인사들과 맺고 있던 친교관계가 작가로서의 그의 입지를 크게 약화시켰다.[3]

---

2) 강심호, 「이병주 소설연구−학생세대의 내면의식을 중심으로」, 『관악어문연구』, 27집, 서울대 국어국문학과, 2002, 187~188 참조.
3) 이와 더불어 작가로서의 기본적 성실함 또한 작품의 질적 불균형을 초래하게 되었다. 그는 장편, 단편, 에세이, 멜로드라마 등 장르를 가리지 않고 월 평균 1천 매 분량의 저술을 쏟아내었다. 여러 매체에 동시에 연재함으로써 집중력이 분산된 것은 피할 수 없었고, 이중게재, 제목의 변경, 작품의 일부를 별도로 발표하는 등 문단의 확립된 전통과 윤리를 벗어난 출판 행태를 보이기도 했다. 이러한 부주의는 작가로서의 성실성에 치유하기 힘든 상처를 남겼고 그의 작품에 대한 논의를 회피하는 결과를 초래했다(안경환, 「이병주와 그의 시대」, 『2009 이병주 하동국제문학제 자료집』, 이병주기념사업회, 2009, 36쪽 참조).

한편 문단적 관습과 동떨어진 그의 작가적 위치 또한 논의에서 배제된 이유 중 하나이다. 주요 작품의 발표지면을 그 예로 들 수 있다. 이병주의 데뷔작은 「소설 · 알렉산드리아」(『세대』, 1965. 7)이며, 두 번째 작품이 「매화나무의 인과」(『신동아』, 1966. 3), 세 번째 작이 『관부연락선』(『월간중앙』, 1968. 4~1970. 3)이다. 종합대중지 『세대』와 신문사의 종합교양지 『신동아』(동아일보), 『월간중앙』(중앙일보) 등은 『현대문학』, 『문학예술』, 『자유문학』 등의 순수문예잡지와 거리가 멀다. 처음부터 그는 문단문학 바깥의 존재였고, 또 끝내 그 바깥의 글쓰기 장에서 벗어나지 못한 이유는 여기에 있다. 추천자도 없이 홀로 글쓰기에 임한 것이다. 이러한 이유로 이병주는 이른바 '순수문학'의 마당에 끝내 서지 못했다.[4] 그는 당시의 문단과 일정한 거리를 유지하며 자신만의 독특한 문학세계를 구축한 것이다.

이렇듯, 이병주의 문학은 작가의 반공주의적 혹은 보수주의적 정치관, 정치권력 주변에 비친 그의 그림자, 그리고 기존의 문단적 관습과 거리를 유지하고 있었다는 점 등에서, 그 문제적 성격에도 불구하고 크게 주목을 받지 못하였다.

이병주 문학에 대한 기존의 연구는 『관부연락선』과 『지리산』에 치우친 경향이 없지 않다. 먼저 이병주 소설의 형식적 측면에 대한 논의는 사실과 허구의 복합양식인 작가의 창작방법론에 주목하고 있다.[5] 다음으로

---

4) 김윤식, 『일제말기 한국인 학병세대의 체험적 글쓰기론』, 서울대출판부, 2007, 158~159 참조.
5) 송재영, 「이병주론-시대증언의 문학」, 『현대문학의 옹호』, 문학과지성사, 1979, 175쪽; 조남현, 「이데올로그 비판과 담론확대 그리고 주체성」, 『소설 · 알렉산드리아』 해설, 한길사, 2006, 295쪽; 정찬영, 「역사적 사실과 문학적 진실-『지리산』론」, 『문창어문론집』 36집, 문창어문학회, 1999, 12, 304~305쪽; 김종회, 「근대사의 격랑을 읽는 문학의 시각-이병주, 또는 『관부연락선』」, 『위기의 시대와 문학』, 세계사, 1996, 212쪽 참조.

주제의식에 초점을 둔 연구는 역사의 그물로 포획할 수 없는 삶의 진실을 포착하려는 작가의식을 중심으로 진행되었다.[6] 마지막으로 학병세대의 자의식이라는 코드를 통해 이병주 문학을 관통하는 작가의식을 꿰뚫고 있는 김윤식의 논의를 들 수 있다.[7] 이상의 연구들은 이병주 문학의 형식적 측면이나 창작방법, 그리고 주제의식을 단편적이고 부분적인 차원에서 논의하는 수준에 머물러 있다. 특히, 구체적 텍스트 분석을 통해 그의 소설에 나타난 작가의식의 변모 양상을 탐색한 연구는 부족한 실정이다.

본고에서는 선행연구들의 성과를 수용하면서 이병주 문학의 온전한 자리매김을 위한 시도의 일환으로, 그의 중·단편 소설에 나타난 서사적 자의식을 고찰하고자 한다. 이는 구체적인 텍스트 분석을 통해 이병주의 소설관이 형성되는 과정을 귀납적으로 추적하는 작업에 해당하는데, 그의 문학과 삶을 바라보는 편향된 시선, 즉 과도하게 의미를 부여하거나 혹은 의도적으로 외면해온 태도를 지양止揚하고, 그의 작품을 객관적으로 평가해 보자는 의도에서 비롯되었다.

본고에서 다룰 이병주의 중·단편 소설은 그의 정치관, 혹은 세계관을

6) 이광훈, 「역사와 기록과 문학과…」, 『한국현대문학전집48』해설, 삼성출판사, 1979, 437쪽; 「행간에 묻힌 해방공간의 조명」, 『산하』해설, 한길사, 2006, 294쪽; 송하섭, 「사회 의식의 소설적 반영」, 『허구의 양상』, 단국대출판부, 2001, 247쪽; 강심호, 「이병주 소설연구-학생세대의 내면의식을 중심으로」, 『관악어문연구』, 27집, 서울대 국어국문학과, 2002, 200쪽; 김외곤, 「격동기 지식인의 초상-이병주의 『관부연락선』」, 『소설과 사상』, 1995, 9, 281쪽; 이재선, 『한국현대소설사』, 민음사, 1996, 173~182쪽; 김병로, 「다성적 서사담론에 나타나는 현실인식의 확장성 - 「소설 · 알렉산드리아」」, 『역사의 그늘, 문학의 길』, 한길사, 2008, 379~394쪽; 정호웅, 「망명의 사상」, 『마술사』해설, 한길사, 2006, 290~294쪽; 이동재, 「분단시대의 휴머니즘과 문학론-이병주의 『지리산』」, 『현대소설연구』24호, 한국현대소설학회, 2004, 12, 335~344쪽; 이보영, 「역사적 상황과 윤리」, 김윤식 외, 『역사의 그늘, 문학의 길』, 한길사, 2008, 34~51쪽 참조.
7) 김윤식, 「작가 이병주의 작품세계-자유주의 지식인의 사상적 흐름을 대변한 거인 이병주를 애도하며」, 『문학사상』, 1992, 5, 313~314쪽; 『일제말기 한국인 학병세대의 체험적 글쓰기론』, 서울대출판부, 2007 참조.

소설 양식에 대한 자의식으로 구조화하고 있는 대표적인 작품들이다. 「소설·알렉산드리아」에서 「겨울밤-어느 황제의 회상」에 이르는 중·단편소설들은 현실에 응전하는 서사적 자의식을 구체적으로 표출하고 있다. 이는 소설을 통해 소설의 의미를 탐색한 특이한 경우인데, 문학의 본질을 정치 현실과 연관하여 본격적으로 추적한 사례에 해당한다. 이후의 작품들은 이러한 작가의 서사적 자의식이 실현되는 실험의 장場이었다고 해도 과언이 아니다.

2. 소설 양식으로 정치현실에 맞서기 : 「소설·알렉산드리아」

「소설·알렉산드리아」는 이병주의 공식적인 등단작이다.[8] 동생의 목소리(화자)와 형의 편지가 교차되는 구성을 취하고 있는 이 작품에는 이병주 소설을 지배하는 정치적 무의식, 즉 정치 현실과 길항하는 작가의식의 원형질이 투영되어 있다. 작가의 목소리는 형과 아우 사이에서 공명共鳴하는데, 사상과 예술, 서울과 알렉산드리아, 현실과 환각을 매개하려는 의지를 표출하고 있다.

먼저, 이 작품 이전의 글쓰기 방식에 주목할 필요가 있다. 이병주는 부산의 『국제신보』주필, 편집국장, 논설위원 등을 거치면서 수많은 칼럼을 썼던 것으로 알려져 있다. 그는 '철두철미한 자유주의자'의 관점에서

---

8) 이병주는 「소설·알렉산드리아」 이전에 희곡 「유맹-나라를 잃은 사람들」(『문학』, 1959. 11~12)과 『내일 없는 그날』(1957. 8. 1~1958. 2. 28, 『부산일보』 연재)을 발표한 바 있으나, 소품이고 신문연재소설이라는 점 때문에 등단작이라 보기 어렵다. 작가 스스로도 『내일 없는 그날』을 '작가 이전의 모습'을 볼 수 있는 작품이라 평가하고 있으며, 이 소설이 발표된 지 10여년 후에 비로소 소설가로 입신했다고 적고 있다(이병주, 『내일 없는 그날』, 문이당, 1989, 10쪽 참조).

공산주의와 군부 파시즘의 논리를 동시에 비판했다. 이러한 논설은 정치적 글쓰기의 일종이라 할 수 있다. 그는 이 논설로 인한 필화사건으로 10년 형을 선고받고 2년 7개월 만에 풀려났다. 정치권력은 '가치중립적 이데올로기 비판'으로서의 이병주의 현실 논리를 용납하지 않았다. 옥중기 형식으로 쓰여진 「소설 · 알렉산드리아」에 나타난 당시의 정황을 살펴보면 다음과 같다.

> 형은 아마 이천 편 이상의 논설을 썼을 것이다. 그중에서 단죄받은 논설이 두 편이 있다. 그 논설 가운데 다음과 같은 구절이 있었다.
> "조국이 없다. 산하山河가 있을 뿐이다."
> "이북의 이남화가 최선의 통일방식, 이남의 이북화가 최악의 통일방식이라면 중립통일은 차선의 방법은 되는 것이다. 그런데 이것을 사악시하는 사고방식은 중립통일론보다 위험하다."
> "이 이상 한 사람이라도 더 희생을 내서는 안되겠다. 그러면서 어떻게 해서라도 통일은 이룩해야 하겠다. 이것은 분명 딜레마다. 이 딜레마를 성실하게 견디고 해결하려는 노력에서 비로소 활로가 트인다."
> 대강 이상과 같은 구절이 유죄판결의 근거가 되었다. "조국이 없다."라는 말엔 진정하게 사랑할 수 있는 조국이 없으니 그러한 조국을 만들어야 한다는 뜻과 설명이 잇달아 있었지만 그런 것이 통할 리가 없었고 더욱이 중립통일을 주장하지는 않았을망정, 그러한 표현이 위험하다는 것은 틀림이 없는 일이다. 더더구나 어떻게 해서라도 통일을 해야 한다는 대목에 이르러서는 반공국시가 뚜렷한 이 나라에선 용납될 리 만무한 것이다.
> ― 이병주, 「소설 · 알렉산드리아」, 『소설 · 알렉산드리아』, 한길사,
> 2006, 21~22쪽, 이하 작품과 쪽수만 표기

형은 공산주의에 대한 비판을 전제로 한 자유주의자였다. 하지만 반공을 국시로 한 정치 권력은 형의 사상을 용납하지 않았다. 형은 "우리 나라를

스칸디나비아 반도의 여러 나라와 같은 나라로 만들어 보겠다고 응분한 노력을 다한 죄밖에 없다." 그는 부정한 정치 현실에 맞서 자신의 뜻을 펼치다 패배하고 감옥에 투옥되어 있다.

이러한 감옥 체험을 통해 이병주는 작가로 변신한다. 소설은 그에게 상상적 글쓰기의 지평을 열어준 것이다. 이병주는 소설의 논리를 통해 현실 정치의 압력을 극복하고자 한 것이다.[9]

이렇듯, 소설은 논설로서의 글쓰기가 현실의 벽에 부딪혀 좌절되었을 때 감옥에서 싹튼 '환각'의 글쓰기이다. 이 환각의 힘을 통해 이병주는 「소설 · 알렉산드리아」를 탄생시키고, 스스로 고독한 황제의 자리에 오른다. 고독한 황제는 감옥에서 두 개의 자아로 분열된다. 난관에 부딪혀 고통을 느끼는 자기와 고통을 느끼고 있는 자기를 지켜보고 위무하고 격려하는 자기가 그것이다. 전자는 감옥에 투옥된 현실적 자아이고, 후자는 동생과 함께 상상의 여행을 하고 있는 진짜 자아이다. 환각(알렉산드리아)이 현실(감옥으로 표상되는 한국의 정치 상황)을 압도하고 있는 형국이다. 이러한 구도를 통해 형은 "어떠한 고난에 빠져 있더라도 절망하지 않고 인간으로서의 품위와 위신을 지켜나가려는 마음의 이법"인 '지혜'를 얻는데 성공한다. 이러한 유폐된 황제의 사상은 이념의 조작(환각)을 통해 현실의 금기를 넘어서고자 하는 의지의 발현이다.

감옥에 있는 형은, 환각을 통해 황제로 군림하면서 동생의 무의식을 지배하고 있다. 이러한 형을 지켜보는 동생의 태도를 살펴보자. 동생은 허무주의적 예술지상주의의 태도를 지니고 있다. 동생에게 피리(음악)는 세속에서 초탈하기 위한 자위의 수단이다. 그는 사상을 경멸하고 자연

---

9) 작가 스스로도 이 작품을 감옥 체험의 기록이라 말하며, "가슴을 쥐어짜고 통곡을 해도 못다 할 통분을 픽션=허구의 오블라토"로써 싼 소설이라 밝히고 있다(이병주, 「작가의 말–회상과 회한」, 『알렉산드리아』, 책세상, 1988, 10쪽 참조).

그대로 살기를 원한다. 그가 보기에 형의 사상이란 인간을 부자연하게, 그러니까 불행하게 만드는 작용 이상도 이하도 아닌 것이다. 동생은 최후의 순간까지 피리와 피리를 불 수 있는 장소만 있으면 그만이라고 생각한다. 세상과 충돌하였을 때 상하는 건 세상이 아니고 그 사상을 가진 사람이다. 형은 "만인이 불행할 때 나 혼자 행복할 수 없다고 했다." 하지만 동생은 "세계가 멸망하더라도 나 혼자 살아남으면 된다는 것이 인간의 자연스러운 생각"이라고 믿는다.

이러한 동생의 예술지향적 태도는, 현실을 초월하기 위한 수단으로 고안된 형의 '환각'과 연결되면서 새로운 양상을 띠게 된다. 형은 현실에서 그 너머로 상승하고 있고, 동생은 현실너머에서 현실로 하강하고 있다. 그 접점이 '환각'(소설)이고 알렉산드리아이다. 이 환각의 힘을 통해 감옥의 형은 동생의 몸을 빌려 알렉산드리아로 가게 된다. 이 작품에서 소설과 알렉산드리아는 '환각'을 통해 연결되어 있다는 점에서 한 몸이다.

그렇다면 알렉산드리이는 어떤 장소인가?

먼저, 세속과 단절된 동생의 예술적 이상이 실현되는 공간이다. '알렉산드리아의 여왕' '사라 안젤'은 "인간이란 얼마나 아름다울 수 있는가를 보여주는 하나의 극한"으로 그려진다.

> 나는 사라가 되고 사라는 나의 피리가 되었다. 나는 피리를 부는 것
> 이 아니라 사라를 불고 있는 것이었다.
> — 「소설 · 알렉산드리아」, 41~42쪽.

동생은 피리(예술)를 매개로 '사라'와 하나됨을 경험한다. 이렇듯 알렉산드리아는 현실 속에서 현실 너머를 꿈꾸는 예술가의 지향이 실현되는 공간이다.

다음으로, 감옥에 있는 형이 '환각'의 도움으로 부정한 현실(역사)을 단죄하는 공간이기도 하다.

> 이슬람 문명과 헤브라이 문명, 그리고 헬레닉 문명을 종합 흡수해서 배양하고, 유럽 정신 유럽 문명의 요람이 되었던 이곳에서 병든 유럽 문명을 단죄하는 셈이 된다.
>
> — 「소설 · 알렉산드리아」, 104쪽.

알렉산드리아는 사라와 한스 셀러가 히틀러의 만행을 단죄하는 장소이다. 이는 "게르만의 프라이드"를 그대로 간직하고 있는 국수주의자 '엔드레드'를 살해하는 행위로 표출된다. 개인적인 원한 풀기의 방식으로 진행된 사건이지만, 작가는 환각의 힘을 통해 이를 "유럽 문명의 요람"인 알렉산드리아에서 "병든 유럽 문명을 단죄"하는 행위로 확장시킨다. 환각(상상력)을 통한 방식이기에 가능한 일이다. 나아가 작가는 독일의 만행과 우리의 역사를 포갬으로써 감옥에 있는 자신의 처지를 암시적인 방법으로 변호한다. 이는 전도된 질서에 대한 항거이자 일체의 교조에 대한 반대라 할 수 있다. 여기에서 '소설'은 논설(저널리즘)과 대비되는 환각의 양식 그 자체를 의미한다. 알렉산드리아가 현실과 현실 너머가 공존하는 소설(환각)적 공간이 되는 이유도 여기에 있다.

이 작품에서 '환각'은 정치권력에 패배한 황제(형)가 스스로를 위로하면서 논설적 글쓰기와는 다른 방식으로 정치 현실에 개입하기 위한 수단으로 기능한다. 이 '환각'이 현실에 개입하는 방식은, 알렉산드리아라는 시 · 공간이 시사하듯 다분히 추상적이고 관념적이다. '환각(상상력)'을 통해 현실의 벽을 넘어서고자 했기 때문이다. 그는 자신을 감옥에 가둔 부정한 정치현실에 맞설 이데올로기가 필요했던 것이며, '소설'은 정치권력의 폭력과 일정한 거리를 유지하며 스스로의 처지를 변호할 적당한 글쓰기 양식이었던 셈이다. 따라서 「소설 · 알렉산드리아」는 현실정치에 맞서는 양식으로서의 '소설' 그 자체의 의미를 지닌다고 할 수 있다.

3. '환각'의 존재방식 : 「마술사」, 「쥘부채」, 「예낭풍물지」

「소설 · 알렉산드리아」 이후 발표된 「마술사」(1968), 「쥘부채」(1969), 「예낭풍물지」(1972) 등은 '환각'이 현실 정치(역사)에 응전하는 방식을 보여주는 작품들이다. 「소설 · 알렉산드리아」가 소설 양식이라는 관념 그 자체로 정치현실에 반응했다면, 위의 작품들은 환각의 의미 탐색을 통해 현실세계에 한 걸음 다가서고 있다. 이른바 '환각의 존재 방식'을 통해 소설에 대한 자의식을 표출하는 경우이다.

「마술사」는 마술로 변주된 환각(소설)의 절대성을 강조하고 있다는 점에서 「소설 · 알렉산드리아」의 연장선에 있는 작품이다. 이 작품에서 환각(마술)은 현실(역사)을 압도하고 있다. 일제 말 일본 군대에 끌려간 송인규는 중부 버마에 자리잡은 옛 왕성 만달레이에 근무하던 중, 인도인 마술사이자 독립투사인 크란파니를 만난다. 크란파니는 '버마'의 독립을 위해 모든 것을 바치는 투사로 그려진다. 송인규는 그의 숭고한 희생정신에 감복하고 그를 구하기로 결심한다. 크란파니와 함께 탈출한 송인규는 그에게 마술을 가르쳐달라고 부탁한다.

작가는 이 마술을 통해 환각의 존재 방식을 드러낸다. 마술사란 환각을 만들어내는 술사이며 이 환각을 관중들에게 갖게끔 해야 한다. 그러기 위해서는 스스로가 그 환각을 믿어야 한다. 주체와 객체를 무화시키려는 낭만적 초월성(마술)[10]이 현실을 압도하고 있는 형국이다. 송인규가 마술을 배우는 동안 버마도 독립하고, 인도도 독립하고, 조국도 독립을 한다. 시대 현실(역사)을 초월한 마술(환각)의 존재방식을 보여주는 대목이다. 어느 순간 역사(현실)는 사라지고 마술(환각)만 남는다. 하지만 이러한 마술(환각)의 절대성도, 앞으로 어떤 일이 있어도 '인례' 이외의 여자를 알아서는 안 된다는 크란파니와의 약속을 저버리는 순간 쉽게 붕괴되는 나약한 세계일 따름이다. 구체적 현실, 즉 현실적 욕망 앞에서 산산이 부서지는 환각의 세계인 것이다.

「쥘부채」는 낭만적 사랑을 매개로 이념(집념)을 예술적으로 승화시키고 있는 작품이다. 여기에서 환각은 '사람의 집념'을 '기적'으로 전화시키는 기능을 한다. "강덕기 씨의 원소와 신명숙의 원소를 한 마리의 나비로 한 떨기의 꽃으로 결합하는 생명 전생의 기적"을 일으키게 하기 때문이다. 이 작품은 우연히 주운 쥘부채의 의미를 추적해가는 과정과, 삶과 죽음을 넘나드는 운명적 사랑의 잔해를 결합시키는 과정으로 나누어 볼 수 있다. 여기에서 환각은 후자의 경우에 작동하는데, 이 환각을 떠받치는 기둥이라 할 현실인식이 미약하다는 점이 문제이다. 다시 말해 환각이 현실에 개입하는 방식이 추상적이고 관념적이라는 것이다.

「쥘부채」에 드러나는 환각의 존재방식을 살펴보자. 먼저, 순백의 무덤(영웅적인 죽음, 빙화, 죽음으로써 영원한 젊음)에 대한 환상(환각)이

---

10) 정호웅은 이러한 「마술사」의 낭만적 초월성을 불가능한 것을 향한 간절한 꿈으로 보았다. 실재하지 않는 것을 실재하는 것이라 믿고 느낀다는 것은, 다른 세계로 존재 전이하지 않는다면 가능하지 않은 일이기 때문이다. 그런데 자신을 완전 무화시키고 다른 세계로 존재 전이하는 것은 사실상 불가능하다. 그것은 결코 가닿을 수 없는 피안에 이르기와도 같은 것이니 안타까운 꿈일 따름이다. 그럼에도 결코 포기할 수 없는 꿈이니, 불가능의 강을 넘어 가 닿고자 하는 소망은 그래서 더욱 간절하다(정호웅, 앞의 글, 288쪽 참조). 이병주에게 소설(환각)은 이러한 마술의 세계와도 같다. 이 상상력의 세계가 구체적 현실과 접촉하지 않는다면, 인간 존재의 한계도, 비루하고 속악한 삶의 한계도 단숨에 넘어설 수 있기 때문이다.

'산문적 현실'(일상적인 죽음의 비참, 과학적인 설명)과 팽팽한 긴장감을 획득하지 못하고 있다는 점을 들 수 있다. 설악산 조난자들의 실제 죽음을 증언하는 모습 앞에서 화자의 환상은 산산이 부서지고 말기 때문이다.

다음으로, 불란서 희곡 읽기 모임을 예로 들 수 있다. 환각을 지닌 청년들이 모시는 유선생은 누항에 묻혀 사는 은사이다. 그는 현실 정치에 대한 추상적인 관점을 지니고 있다. 그가 말하는 한국 정치의 가능성은 "불란서와 같은 나라를 만들 수도 있고 영국 같은 나라를 만들 수도 있다"는 점에 있다. 유선생이 지닌 환각은 우리의 현실을 고려하지 않은 상태에서 이상적인 국가를 꿈꾸는 것이라 할 수 있다. 마치 신문 칼럼을 쓰던 이병주의 모습을 연상시킨다. "선거 때 표 한 장 던지는 행동 이상의 정치 행동"은 하지 않는 것이 좋다고 생각하면서 불란서와 영국 같은 나라를 꿈꾼다는 것은 모순적이다. 어떻게 그러한 가능성을 현실화할 것인가에 대한 구체적 태도가 드러나지 않기 때문이다.

구체적 현실과 매개되지 않은 환각(환상)은 "우리의 생의 실상에 파고드는 그런" 소설의 자격을 획득하기 어렵다. 이는 화자에게 보낸 최의 편지에 잘 드러나 있다.

> 줄거리가 있는 소설은 낯이 간지러워 쓸 수가 없고, 줄거리가 없는 것은 싱거워서 못 쓰겠다. 형식으로 말하면 줄거리가 없기도 하면서 있기도 한 그런 것이어야 하고, 내용으로 말하면 우리의 생의 실상에 파고드는 그런 것이라야 할 텐데 역부족이 아니라 환경의 탓으로 어쩔 수가 없다. 난 파리에 가야만 소설을 쓸 것 같다. (중략)
> 막대기를 헤아리고, 막걸리를 마셔야만 선거할 줄 아는 우리 동포와 어느 정도의 거리를 두어야만 문학다운 소설이 나올 것만 같다.
> — 이병주, 「쥘부채」, 『소설 · 알렉산드리아』, 한길사, 2006, 181쪽.

이러한 최의 고백은 작가의 그것이라 해도 과언이 아니다.11) 최가 소설을 쓰지 못하는 이유는 개인적인 자질의 문제가 아니라 "막대기를 헤아리고, 막걸리를 마셔야만 선거할 줄 아는" 우리 동포의 '환경' 탓이다.

따라서 「쥘부채」에 드러난 환각은 소설(예술)이 되기 이전의 낭만적 감수성의 발현이라 할 수 있다. 이는 소설을 쓰면서 소설을 쓸 수 없다는 고백에 다름 아닌데, 자신이 원하는 소설을 향한 길찾기의 일환으로 소설을 쓰고 있는 작가의 처지를 반영한다.

「예낭풍물지」는 감옥에서 나온 황제가 현실에 적응하지 못하고 관념의 성(환각) 속에서 살아가는 모습을 그린 작품이다. 그에게 '예낭'은 타인의 지도에선 찾아낼 수 없는, 현실보다 더욱 진실한 공상의 공간, 즉 실재 이상의 실재이다. 여기서는 꿈과 현실, 생자와 사자의 구별조차 없다. 그는 이러한 환각 속에서 살아간다. 어떤 재난도 어떤 권력도 그가 살아 있는 한 빼앗아갈 수 없는, 관념 속의 성이다.

이 관념의 성은 허구(스토리, 소설)의 방식으로 존재한다.

> 나는 눈을 뜨고 파리똥이 군데군데 깔려 있는 천장을 바라보며 겨우 차린 의식으로 경숙이 딴 남자의 품으로 가야만 했던 사연에 관한 스토리에 손질을 하기 시작한다. 그 스토리를 보다 정교하게 보다 진실답게 꾸미기 위해서 디테일을 엮어나간다. 이렇게 해서 나는 내가 꾸며낸 스토리를 사실인 양 믿게 되고 경숙의 행동이 백번 타당하다는 것을 인정하고 나를 용서해달라고 경숙의 환상 앞에 머리를 숙인다.
> — 이병주, 「예낭풍물지」, 『마술사』, 한길사, 2006, 129쪽, 이하
> 작품과 쪽수만 표기.

---

11) 데모를 반대하는 최의 논리가 개인의 자유의지를 희생시키는 그 어떤 이념도 용납하지 않는 작가의 세계관(역사관)을 그대로 보여주고 있기 때문이다.

이러한 환각의 스토리는 딸의 죽음, 아내(경숙)의 불행, 어머니의 죽음이란 현실의 개입으로 붕괴되기에 이른다. 그의 성도 동시에 붕괴된다. 그 순간 예낭도 멸망한다. 그러기에 「예낭풍물지」는 아직 소설이 아니다. 어머니의 죽음과 더불어 끝나야 하는 기록, 이른바 "종언에의 서곡"일 뿐이다. 이 작품에서 환각은 현실과 접속하고 있지만 여전히 현실적인 힘을 얻지 못하고 있다. 권력의 문제에 대한 회피의 방식으로 환각이 도입되고 있기 때문이다.

> 적어도 죽음에의 계기를 가지고 있는 죽음은 권력자나 비력자를 공평하게 대한다. "법 앞에 만인은 평등하다."는 말은 잠꼬대지만 "죽음 앞에 모든 인간은 평등하다."는 말은 진리다. 일체의 불평등을 구원하는 지혜는 죽음에 있다.
>
> — 「예낭풍물지」, 176~177쪽.

일체의 불평등을 구원하는 지혜가 죽음에 있다는 생각은 현실의 부조리를 회피하는 허무주의의 소산일 수 있다. 이는 정치권력에 투항한 환각의 존재방식이라 할 수 있다.

이상으로 현실 정치에 맞서기 위한 방편으로 고안된 환각의 글쓰기(「소설·알렉산드리아」)가, 구체적 현실과 접속하지 못함으로써 서사적 힘을 발휘하지 못하고 다시 정치권력의 힘 앞에 굴복되는 모습을 살펴보았다. 마술로 대변되는 낭만적 초월성의 세계도(「마술사」), 삶과 죽음을 넘나드는 낭만적 사랑의 세계도(「쥘부채」), 관념의 성 속에 쌓아올린 환각의 스토리도(「예낭풍물지」) 구체적 삶과 마주보고 있지 않는 한, 앞으로 쓰여져야 할 소설을 위한 '종언에의 서곡'일 뿐이다.

4. 역사에 대한 변명으로서의 소설 : 「변명」, 「겨울밤」

「변명」(1972)에 이르러 작가가 추구해온 '환각'의 세계가 역사[12]에 대한 '변명'으로 구체화되고 있다. 이는 현실인식의 구체화가 가져온 결실이며 여기에서 비로소 소설의 자리가 마련된다.

화자는 「역사를 위한 변명」을 쓴 마르크 블로크의 삶과 독립운동을 하다 희생된 탁인수의 죽음, 그리고 2차대전 중 일본의 군인 군속으로 끌려가 잔몰한 동포들의 삶을 포개 놓고, 역사의 의미를 심문한다.

먼저 블로크의 삶을 살펴보자. 2차 대전이 발발하자 여섯 아이의 아버지며 53세였던 블로크는 군에 입대, 항독운동에 참가, 레지스탕스의 지도자로 활약하다가 게슈타포에 체포되어 1944년 나치스의 흉탄에 맞고 사망한다. 역사가 가능하자면 그것이 정의의 방향, 진리의 방향으로 움직여가야 한다. 그런데도 눈앞엔 패리의 상황이 펼쳐지고 불의의 방향으로 역사가 전개된다. 블로크는 그러나 그렇지 않다고 외치고 싶었고 그 외침이 「역사를 위한 변명」으로 나타난 것이다. 화자는 그의 책에서 역사를 불신해선 안 된다는 안타까움을 읽는다. 하지만 역사를 신뢰해야 한다는 그의 교훈에 설복되진 않는다. 변명되어야 한다는 것(당위)과 변명할 수 있다는 것(현실)은 다르다. 이병주에게 소설은 이 당위와 현실 사이에서 거리를 재는 행위라 할 수 있다.

다음으로 탁인수의 삶을 바라보는 화자의 태도를 살펴보자. 탁인수는

---

12) 이병주에게 '역사'는 정치적 이데올로기(사상)와 동격이다. 이병주는 '회색의 사상'이라는 가치중립의 미학을 통해 군부 파시즘이나 공산주의라는 이데올로기를 역사의 범수로 끌어들인다. 이데올로기(사상)란, 자기 및 자기 계층의 옹호를 위해 만들어낸 관념의 일종임을 염두에 둔다면 어떤 사상도 중립적일 수 없음이 원칙인데, 이병주는 이를 가치중립의 미학의 지평으로 이해했다(김윤식, 앞의 책, 151~155쪽 참조).

가능하건 그렇지 않건 꼭 독립을 해야 한다고 생각한 투사이다. 그는 자신의 불효를 '역사'가 보상해주리라고 믿으며 기꺼이 죽음을 선택한다. 주인공은 이러한 탁인수의 엄숙한 삶 속에 자신이 끼어들 자리가 없다고 생각한다. 그의 불행을 보상하기 위한 역할이 필요하다고 여기지만 번번이 그 역할을 다하지 못한다. 탁인수를 밀고한 장병중을 고발할 기회가 여러 번 있었으나 스스로의 게으름과 비겁함으로 인해 섭리를 배반하는 결과를 초래한다. 그는 스스로를 장병중과 공범으로 간주하기까지 한다.

마지막으로 일제의 용병으로 죽음을 맞이한 동포들의 삶을 살펴보자. 그들은 살아 일제의 무자비한 마수에 번롱당하고, 가혹한 운명 속에 죽어서 이십 년이란 장장한 세월 동안 창고의 먼지를 뒤집어 쓴 채 보관된 억울하기 짝이 없는 영혼들이다. 화자는 역사를 위한 변명이 가능하자면 이들 전몰자들의 죽음을 보상할 수 있어야 한다고 본다. 작가는 연합국 청년들의 죽음과 일본의 용병으로 끌려가 죽은 동포들 사이의 차이를 부각시키고 있다. 전자의 청년들은 인류를 위한 희생, 조국을 위한 봉사, 어떤 사상 어떤 신념을 위한 순교로 찬사를 받을 수 있다. 하지만 화자를 포함한 동포들은 그 연합국 청년들을 도살하고 세계를 정복하려고 서둔 흉악한 하수인들 편에 서서 총을 들었던 것이다. 여기에 죽은 자에 대한 살아남은 자의 죄책감이 더해진다. 화자는 '카이로 선언'이 있고 난 후에 일본군에 끌려간 비굴한 자이다. 전몰한 동포들 앞에서 행해지는 '변명'은 "무력한 푸념"이 될 수밖에 없다는 사실을 그는 잘 알고 있다.

주인공은 다시 블로크 교수에게 묻는다. "탁인수나 당신 같은 희생자를 한 세대에 수백만명 씩 생산하고 있는 상황 속에 앉아 역사의 합리적 설명이 가능하다고 보십니까?" "그런 상황을 그대로 허용할 수밖에 없다면 역사를 위한 변명이 무슨 소용이 있겠습니까." 이 질문에 대한 해답을 찾는 과정에서 비로소 소설(문학)의 자리가 마련된다.

"서둘지 말아라. 자네는 아직 젊다. 자네는 역사를 변명하기 위해서
　라도 소설을 써라. 역사가 생명을 얻자면 섭리의 힘을 빌릴 것이 아니
　라 소설의 힘, 문학의 힘을 빌려야 된다."
　　　　　　　　　－ 이병주, 「변명」, 『마술사』, 한길사, 2006, 105쪽.

　　소설이란 섭리(당위/이상)와, 이 섭리를 배반하는 현실 사이를 매개하
는 그 어떤 것이다. 여기에서 「변명」은 "탁인수에 대한 변명" 혹은 "그를
송덕하는 비"가 될 수 있으며, 명분이 뚜렷하지 않은 전쟁에 타의로 끌려
들어가 하마터면 노예의 죽음을 맞이할 운명에 놓여 있었던 스스로에 대
한 변명이 될 수 있다. 동포를 팔아넘기고 호의호식하는 장병중과 죽어서
유골로 남은 탁인수 사이의 어느 지점에 치욕적인 학병체험에도 불구하
고 살아남은 화자의 자리가 있다. 이병주의 소설은 대체로 이 지점에 걸
려 있다. 학병세대의 기묘한 원죄의식, 그리고 우리의 불행한 현대사에
대한 변명으로서 씌어진 것이 이병주의 소설들인 것이다.13)

　　「겨울밤－어느 황제의 회상」(1974)은 역사에 대한 변명을 '어떻게' 할
것인가의 문제를 구체적으로 다루고 있다. 「소설 · 알렉산드리아」를 메
타 텍스트로 삼아, 소설가로 전락한 황제가 "무기형에서 감형된 이십 년
의 형기를 꼬박 채우고" 출옥한 '노정필'(황제)과의 대화를 통해 소설(문
학)의 위상을 심문하고 있는 형국이다.14)

　　「겨울밤」에서는 「변명」에서 제기했던 문제가 한층 구체화되고 있다.
「변명」에서 블로크와 탁인수의 삶은 책과 문서를 매개로 한 것이기에 화

---

13) 강심호, 앞의 글, 192~193쪽 참조.
14) 이 작품에서는 「소설 · 알렉산드리아」의 '아우(예술)/형(사상)'의 구도가 '나(소설
　　가)/노정필(사상가)'의 구도로 변주되어 드러난다. 이 작품의 '나'는 「소설 · 알렉산
　　드리아」의 '아우(예술)/형(사상)'의 대립을 발전적으로 지양한 인물이다. 환각(예술)
　　과 사상(기록)의 균형감각(소설)을 통해 노정필의 사상(시대를 착오하면서도 시대
　　를 앞지르고 있는 것)에 맞서고 있기 때문이다.

자와 일정한 거리를 유지하고 있다. 그리고 일제의 용병으로 끌려간 젊은 이들의 죽음 또한 같은 처지에 있었던 화자의 삶을 되돌아보는 계기를 마련해 주는 정도였다. 그렇기에 '역사에 대한 변명'으로서의 '소설(문학)'은 그만한 거리를 두고 제기될 수밖에 없었다.

하지만 「겨울밤―어느 황제의 회상」에서는 상황이 다르다. 우선 작가 스스로 자신의 등단작 「소설ㆍ알렉산드리아」를 문제 삼고 있다는 점이 그러하고, 화자가 대화를 나누고 있는 '노정필'이 "우리 민족의 수난이 만들어낸 수난의 상징"으로 동시대의 현실인식을 반영하는 존재라는 점에서 그렇다.

노정필은 화자의 「알렉산드리아」를 기록자가 쓴 기록이 아니고 시인이 쓴 시라고 본다. 그는 철저한 기록자는 자기 속의 시인을 추방해야 한다고 주장한다. 이러한 주장에 화자는 "기록이 문학으로 가능하자면 시심 또는 시정이 기록의 밑바닥에 지하수처럼 스며 있어야 한다"고 맞선다. 화자는 "기록이자 문학" 혹은 "문학이자 기록"인 것을 노리고 있는 것이다.

화자는 노정필의 삶이 "어떤 주의와 사상으로 잔뜩 무장한 성"인데, 자신이 철저하게 서두르기만 하면 그것이 "돈키호테의 갑옷이며 그 성의 내부는 거미줄로 꽉 찬 폐품창고나 다름없다는 검증을 해낼 수 있을 지도 모른다"고 생각한다. 동시에 어떤 착각을 신념인 양 오인하고 있는 하나의 폐인을 노정필에게서 발견할 지도 모르지만 설혹 그렇다 치더라도 그를 우리 민족의 수난이 만들어낸 수난의 상징으로 보고 소중히 감싸줄 아량을 지니고 있다. 화자가 보기에 노정필 씨의 인간회복은 그가 미워하는 환각을 기르는 일 이외는 달리 도리가 없다. 환각 없이 노정필 씨는 그 가혹한 경험을 인간화할 방도가 없는 것으로 보이기 때문이다.

이러한 화자와 노정필의 대립은, 열두 살 난 중국 소년 사동수의 태도와 인간 그대로의 천진한 모습을 간직한 친구의 삶을 통해 해소된다. 사동수는 일제 말 화자의 중대가 중국에 일시 주둔했던 시절 만났던 소년이다. 물속에 빠진 자신을 구해준 보답으로 화자는 그에게 권총을 구해준다. 도망병을 색출하기 위한 헌병대가 마을을 뒤지는 바람에 사동수의 서랍 속에서 권총이 발견된다. 사동수는 두들겨 맞는 고통 속에서도 화자를 보호해 주며, 오히려 화자가 먼저 권총을 준 사실을 고백하지 않을까 걱정한다. 이러한 열두 살 소년의 야무진 의지력은 화자에게 오랜 감동으로 남는다. 사동수의 삶은 화자의 "엉거주춤한" 생활태도나, 노정필에게 "경멸을 당해 마땅한 사람"으로 전락한 자신의 삶을 비추어 보는 거울이 된다.

한편, '어느 황제의 회상'을 끝낸 직후 '안양의 뒷골목'에서 만난 친구의 모습 또한 화자에게 깊은 인상을 남긴다. 경건한 가톨릭 신자인 친구는 자신의 잘못을 고해할 신부를 찾아 안양까지 온 것이었다. 그는 "사랑을 하고 죄를 느끼고 그리고는 고해를 하고, 고해를 하고도 사랑을 하고 또 죄를 느끼고 고해"하는 식이다. 화자는 "돌이 되어버린 무신론자 노정필과 인간의 천진성을 그대로 지닌 그 친구의 얼굴을 비교"해 본다.

그 친구의 역정이 결코 노정필의 역정에 비해 수월했다고는 말할 수가 없다. 일제 때는 병정에 끌려나가 생사의 고비를 헤맸다. 전범재판에서 하마터면 전범의 누명을 쓰고 처형될 뻔한 아슬아슬한 고비도 있었다. 6 · 25동란 때는 친형을 잃었다. 그리고 2년 전엔 이십 수년을 애지중지해온 부인을 잃었다. 게다가 사형선고나 마찬가지인 병의 선고를 받고 한동안 사경을 방황하던 때도 있었다. 그러나 그는 언제나 활달하려고 애썼고 스스로의 고통 때문에 주위의 사람을 우울하게 하지 않으려고 신경을 썼다. 어떤 중대한 일도 유머러스하게가 아니면 표현을 못하는 수줍은 성격이기도 했다.

　　　－ 이병수, 「겨울밤－어느 황제의 회상」, 『소설 · 알렉산드리아』,
　　　　　　　　　　　　　　　한길사, 2006, 292～293쪽.

중요한 점은 그가 철저한 천주교 신도이면서도 주변 사람들에게 자신의 천주를 강요하지 않는다는 사실이다. 노정필 씨와 이 친구를 비교해서 우열을 가릴 수는 없다. 그러나 화자는 인간은 인간적인 사람을 좋아하게 마련이라고 생각한다. 하여 그는 천주교를 믿을 마음은 없지만 그 친구의 천주만은 믿고 싶은 생각이 든다. 인간이 보다 인간적일 수 있도록 하는 계기가 되는 천주이기 때문이다.

이상에서 작가가 지향하는 글쓰기는 시와 기록의 공존, 즉 '기록이자 문학' 혹은 '문학이자 기록'이라 할 수 있다. 이는 환각과 증언의 균형감각을 통해 경직된 이념(신념)을 타자화하는 것이며, 이념을 인간화하는 방법이기도 하다. 이병주의 문학을 관통하는 지배적인 정서이자 궁극적 지향점은 바로 여기에 있다. 그의 작품은 이러한 서사적 자의식을 실현하기 위한 모색이라 해도 과언이 아니다.

5. 맺음말

이상으로 이병주 중·단편 소설에 나타난 서사적 자의식을 살펴보았다. 「소설·알렉산드리아」에서 「겨울밤」에 이르는 과정은 시대 현실에 응전하는 작가의식의 변모 양상을 보여주는데, 서사에 대한 자의식이 심화되고 구체화되는 모습으로 드러났다. 이를 요약하면 다음과 같다.

「소설·알렉산드리아」에서 '환각'은 소설의 다른 이름이며, 정치권력에 패배한 황제(형)가 스스로를 위로하면서 논설적 글쓰기와는 다른 방식으로 정치 현실에 개입하기 위한 수단으로 기능한다. 이 '환각'이 현실에 개입하는 방식은, 알렉산드리아라는 시·공간이 시사하듯 다분히 추상적이고 관념적이다. 소설(상상력) 양식 자체를 통한 현실 개입이기에 그러하다. 그는 자신을 감옥에 가둔 부정한 정치현실에 맞설 이데올로기가 필요했던 것이며, '소설'은 정치권력의 폭력과 일정한 거리를 유지하며 스스로의 처지를 변호할 적당한 글쓰기 양식이었다. 따라서 「소설 · 알렉산드리아」는 현실정치에 맞서는 양식으로서의 '소설' 그 자체의 의미를 지닌다고 할 수 있다.

「소설 · 알렉산드리아」이후 발표된 「마술사」, 「쥘부채」, 「예낭풍물지」 등은 '환각'이 현실(역사)에 응전하는 방식을 보여주는 작품들이다. 「소설 · 알렉산드리아」가 소설 양식이라는 관념 그 자체로 정치현실에 반응했다면, 위의 작품들은 환각의 의미 탐색을 통해 현실세계에 한 걸음 다가서고 있다. 이른바 '환각의 존재 방식'을 통해 소설에 대한 자의식을 표출한 경우이다. 하지만 현실 정치에 맞서기 위한 방편으로 고안된 환각의 글쓰기가, 구체적 현실과 접속하지 못함으로써 서사적 힘을 발휘하지 못하고 정치권력의 힘 앞에 굴복되는 모습으로 드러났다. 마술로 대변되는 낭만적 초월성의 세계도, 삶과 죽음을 넘나드는 낭만적 사랑의 세계도, 관념의 성 속에 쌓아올린 환각의 스토리도 구체적 삶과 마주보고 있지 않는 한, 앞으로 쓰여져야 할 소설을 위한 '종언에의 서곡'일 뿐이다.

「변명」과 「겨울밤」에 이르러 작가가 추구해온 '환각'의 세계가 역사에 대한 '변명'으로 구체화된다. 「변명」에서 소설은 섭리(당위/이상)와, 이 섭리를 배반하는 현실 사이를 매개하는 그 어떤 것으로 기능한다. 하여 소설 「변명」은 '탁인수에 대한 변명' 혹은 '그를 송덕하는 비'가 될 수 있으며, 명분이 뚜렷하지 않은 전쟁에 타의로 끌려들어가 하마터면 노예의 죽음을 맞이할 운명에 놓여 있었던 스스로에 대한 변명이 되기도 한다. 「겨울밤—어느 황제의 회상」은 역사에 대한 변명을 '어떻게' 할 것인가의 문제를 구체적으로 다루고 있다. 이 작품에 이르러 소설(문학)은 '시와 기록의 조합 혹은 환각과 중언의 균형감각'이란 구체적 형상을 부여받는다. 이는 경직된 이념(신념)에 거리감을 가지는 것이며, 이념을 인간화하는 방법이기도 하다.

소설로 쓰는 소설이론이라 할 만한 이러한 서사적 자의식의 변모 양상은 『관부연락선』, 『지리산』, 『산하』, 『그해 5월』 등 그의 반자전적 실록 대하소설에 이르는 길 하나를 제시해주고 있다.

본고에서 고찰한 중·단편소설에 나타난 서사적 자의식이 이병주의 '반자전적 실록 대하소설'에 미치는 영향에 대한 세밀한 탐색은 이후의 과제로 남겨둔다.

'가족공동체'의 안과 밖, 전근대와 근대 사이

— 신경숙의 『외딴방』과 『엄마를 부탁해』를 중심으로

1. 문제제기 : 신경숙 문학의 새로움

신경숙의 「풍금이 있던 자리」[1]를 다시 생각해본다. 신경숙은 한국의 1990년대 문학의 감수성을 가장 잘 포착해낸 작가 중의 하나이다.[2] 그녀와 1980년대 문학 사이의 거리는 「풍금이 있던 자리」에서 극명하게 나타난다. 한 여인이 있다. 그녀는 어린 시절 '그 여자'와 같이 사는 특이한 경험을 한다. 아버지의 외도로 '그 여자'가 짧은 기간 동안 집에서 머물게 된 것이다. 가족을 위해 억척같이 헌신해온 전형적인 시골 아낙네인 친엄마와 향기로운 분 냄새, 샴푸 냄새를 풍기는 이국적인 '그 여자' 사이에서 어린 소녀는 내면적 갈등을 겪는다. 도덕(이성)적으로는 '그 여자'를 절대로 좋아해서는 안 되지만, 마음 한구석에서 본능적으로 끌리는 어쩔 수 없는 마음. 이를 1980년대적 윤리(이성, 의식)와 1990년대적 감수성(욕망, 무의식) 사이의 긴장이라 할 수는 없을까? 성인이 된 주인공은 어느새

---

1) 신경숙, 「풍금이 있던 자리」, 『풍금이 있던 자리』, 문학과지성사, 1993.
2) 한국의 비평가들은 신경숙을 통해 1990년대 한국문학의 방향성을 읽고, 신경숙에게서 한국문학의 새로운 가능성을 찾아내고, 신경숙에 기대 1980년대 문학을 비판했다 (하정일, 「개인과 가족의 기묘한 동거—신경숙론」, 『실천문학』, 2004년 겨울, 68쪽).

유부남을 사랑함으로써 불륜의 사랑에 빠져든다. 자신도 모르는 사이에 과거의 '그 여자'와 같은 처지에 놓이게 된 것이다.

우리에게 1980년대적 삶은 인간의 존엄성 회복을 위한 지난한 고투의 여정이었다. 부조리한 현실을 이성을 통해 변혁함으로써 보다 나은 삶을 추구하려는 의지가 그 추동 엔진이었다. 여기에는 윤리적이고 도덕적인 품성에 대한 요구가 전제되어 있다. 스스로의 삶을 이성적으로 통제하지 못하는 자가 어떻게 민중의 이해를 대변하는 정의의 편에 설 수 있겠는가? 「풍금이 있던 자리」에서 어머니의 삶은 이를 표상한다. 우리가 한 번도 부정하거나 거부하지 못한 삶이며, 농촌공동체적 삶의 기반이며, 가족 이데올로기를 지탱해주는 버팀목이다.

이 작품에서 화자는 '어머니'의 삶과 '그 여자'의 삶 사이에서 머뭇거린다. 신경숙의 감상적(소녀적) 문체는 이를 효과적으로 드러내는 장치로 기능한다. '그 여자'의 삶이 이미지의 형태로 드러나는 점에 주목해보자. '그 여자'의 이미지는 맑고 투명하다. 하지만, 이 맑고 투명한 이미지도 가족공동체의 지반을 흔드는 '나쁜 여자'의 가면을 떼어내지는 못한다. 이 '나쁜 여자'의 이데올로기를 신비롭고 아름다운 이미지로 포장하는 것이 작가의 연금술이다. 편지투의 고백체는 이를 효과적으로 드러낸다. 독자들은 이러한 문체에 감염됨으로써 '그 여자' 나아가 '화자'의 모습에 감정이입된다. 이를 '서사의 서정화'로 지칭할 수는 없을까? 여기에서 '이루어져서는 안 될 사랑'이 '이루어질 수 없는 없는 사랑'으로 치환된다. 이러한 전환에는 고백체, 상징/이미지(프롤로그, 눈먼 송아지, 손을 씻는 행위, 까치, 칫솔질, 사냥 등의 상징적 장치) 등이 효과적으로 기능한다.

널리 알려져 있듯, 사랑은 결핍을 그 운명적 전제로 한다. 채워질 수 없기에, 아니 완전하게 성취될 수 없기 때문에 그만큼 아련한 여운을 남긴다. '이루어져는 안 될 사랑'이 '이루어질 수 없는 사랑'으로 치원되는 마술은, 이렇게 '불륜'을 '사랑의 본질적 속성'과 포개놓는 데서 완성된다. 신경숙은 프롤로그에서 수컷 공작새와 코끼리거북의 사랑을 애틋하게 음각하고 있다. 작가는 이들의 '이루어질 수 없는 사랑'을 '아버지/그 여자', '화자/그이' 사이의 '이루어져서는 안 될 사랑'으로 교묘하게 치환하고 있다.

물론 한 평론가가 적절하게 지적하고 있듯이, 신경숙 소설의 갈등(불륜)은 가족 이데올로기를 통해 적절하게 봉합된다.[3] 화자는 '그이'의 가족을 생각하고 스스로 연인의 곁을 떠나며, '그 여자'는 막내에게 젖을 주러 잠깐 다녀간 어머니의 모습을 보고 집을 떠난다. 이렇듯, 「풍금이 있던 자리」는 1980년대적 윤리와 1990년대적 감수성 사이에서 전통적 가족 이데올로기라는 쥘부채를 들고 아슬아슬하게 줄타기를 하고 있는 형국이다.

2. '나'와 '타자' 혹은 '집'과 '집 밖'의 긴장 : 『외딴방』

「풍금이 있던 자리」에서 표출된 1980년대적 윤리와 1990년대적 감수성 사이의 긴장은 내성적 노동소설이라 지칭할 수 있는 『외딴방』에서도 그대로 이어진다. 이 작품은 산업화의 현장에서 훼손당한 개인의 내밀한 욕망을 추적함으로써 한국의 노동소설을 심화시켰다.[4]

---

3) 하정일, 위의 책, 80~81쪽 참조.
4) 신경숙의 『외딴방』에 대한 논의는 한국의 산업화 과정에서 발생한 노동자의 비극적 운명을 중심으로 진행되었다. 한 조각의 꿈조차도 품을 여유가 없었던 노동자의 초상은 애써 외면하려 해도 되살아나는 유신 말기 노동현실의 풍속화이다(고인환,, 「1990년대 노동소설의 좌표」, 『결핍, 글쓰기의 기원』, 청동거울, 2003 참조). 본고에서는 이러한 『외딴방』의 성과를 수용하면서, '집(가족)'과 '집 밖(사회)' 사이의 긴

본고에서는 신경숙 문학의 핵심 키워드인 가족 이데올로기를 중심으로 『외딴방』의 의미와 한계를 고찰하고자 한다. 이 작품은 저자의 표현대로 "사실도 픽션도 아닌 그 중간쯤"의 글쓰기의 산물이다. 개인적 체험이 바탕이 된 작품인 셈이다. 그 중심엔 '가족 이야기'가 있다.

『외딴방』의 새로움은 '가족공동체 너머의 것'에 대한 탐색에서 비롯된다. 이 '집(가족)'과 '집 밖(사회)' 사이의 경계에 대한 긴장5)이 작품의 밀도를 결정하고 있다.

작품의 중심에 놓이는 화자의 여고시절은 그녀가 최초로 고향(가족)을 떠나 도시 체험을 한 시기이다. 하지만 '외딴방'은 '큰오빠'(외사촌)와 함께 한 또 다른 가족공동체이기도 하다. 다만 떠나온 고향보다 공동체적 유대가 느슨할 따름이다. 하여 타자와의 접촉이 용이할 수밖에 없다. 화자가 '희재 언니'로 대변되는 도시 노동자들과 관계를 맺는 지점은 바로 여기이다. 『외딴방』의 사회성, 즉 신경숙 글쓰기의 사회적 의미는 이 타자(노동자)와 가족 공동체 사이의 긴장에서 발생한다.

> 이제야 문체가 정해진다. 단문. 아주 단조롭게. 지나간 시간은 현재형으로, 지금의 시간은 과거형으로. 사진 찍듯. 선명하게. 외딴방이 다시 닫히지 않게. 그때 땅바닥을 쳐다보며 훈련원 대문을 향해 걸어가던 큰오빠의 고독을 문체 속에 끌어올 것.
> — 신경숙, 『외딴 방』, 문학동네(개정판), 1999, 이하 작품과
> 쪽수만 표기

장을 중심으로 이 작품을 새롭게 독해하고자 한다.
5) 작가 스스로도 이 작품을 위해 자신의 글쓰기 스타일, 즉 "손에 맞고 눈에 익은 것, 청결한 귀와 세면대 앞에 놓여 있는 칫솔" 등 익숙한 것에 대한 안도감을 버린다. 『외딴방』은 "집을 버리고 나와 집을 생각"하는 글쓰기의 산물인 셈이다(『외딴방』, 17~18쪽 참조).

신경숙 소설에서 문체의 중요성은 아무리 강조해도 지나치지 않는다. 닫혀버린 '외딴방'을 열기 위해 작가는 "사진 찍듯" "선명"한 "단문"을 선택한다. 하지만 이 "유신말기 산업역군의 풍속화"에 "땅바닥을 쳐다보며 훈련원 대문을 향해 걸어가던 큰오빠의 고독"이 중심에 놓인다. 큰오빠를 중심으로 한 또 다른 가족공동체 속에 작가가 복원하려 한 '가족 너머'의 풍경(노동자들의 삶)이 갇힌 형국이다.

이를테면, 가족과 관련된 에피소드를 형상화할 때 신경숙의 글쓰기는 가장 구체적이다.

> 내가 고등학교를 가려 하자 이제 셋째오빠가 대학입시를 앞두고 있고 여동생이 중학생이 되려 한다. 큰오빠는 고민 끝에 나를 서울로 데려가겠다고 말한다. 어차피 다른 동생들이 서울로 대학을 오면 일찍 터를 잡아두는 게 나으니 나와 살림을 살아야겠다고…… 큰오빠는 겨우 스물셋의 나이로 엄마의 행복의 조건들이 일찍 무산되지 않도록 하는 방법을 알아냈다.
>
> ─『외딴방』, 55쪽.

큰오빠는 "밤마다 양말을 빨아"널고 "국 없이는 절대 밥을 먹지 않"으며, "이십만원에 이만원 하던 방세를 내고 생활비를 주는" 생생한 캐릭터로 그려진다. 동시에 "회사 쪽에서 미움받으면" 화자와 외사촌이 "학교에 가"는데 곤란하다는 사실을 걱정하는 현실적인 인물이기도 하다. 한편, 노동운동의 대의를 외면하지 않으면서도 현실적인 조건을 고려하는 균형 잡힌 존재이다. '데모쟁이'가 된 셋째오빠[6]에게는 "세상이 시끄러운 줄"

---

6) 셋째오빠의 사회 현실에 대한 고민 역시 구체적으로 부각되지 않고 가족의 울타리에 포획된 화자의 시선 속에 갇힌다. 이 작품에서 가족의 울타리를 벗어난 거의 대부분의 사건은 추상적이고 관념적으로 그려진다. 이에 비해 큰오빠의 고민은 구체적으로 포착된다. "누가 내 뒤를 일 년만 봐주면…… 길게 잡고 이 년만 봐준다면 열

알지만 "나중에 힘이 생기면 그때 얼마든지 할 수 있"다고 자제를 부탁한다. 화자는 이러한 큰오빠의 생각에 대해 '왜?'라고 질문하지 않는다. 큰오빠는 그 어떤 비판도 허용되지 않는 완벽한 인물인 셈이다.

이에 비해 노조 일을 하는 동료들(가족 너머의 인물들)은 "따뜻한 사람" 혹은 "큰오빠만큼이나 믿음이 가는 사람" 등 비유적으로 형상화된다. 노동현실, 혹은 노동자들의 삶(내면)은 '희재 언니'의 이미지[7] 같이 희미하기만 하다. 그들은 잠시 등장했다가 화자에게 막연한 '수치심' 정도의 감정을 안겨주고 희미하게 사라질 뿐이다. 큰오빠의 이미지(전통적 가족공동체)에 갇힌 화자의 시선은 이들의 삶에 선뜻 다가가지 못한다. 이들의 목소리(삶)가 효과적으로 표출되기 위해서는 집(익숙한 가족공동체)을 떠나야만 한다. 작가도 이 사실을 잘 알고 있다.

> 내가 언제 어디에 있으나, 내가 태어나고 자라온 마을과는 반대의
> 의미로, 그러나 그와 똑같은 비중으로 외딴방은 내 안에 살고 있었다.
> 다만 내가 너희와 글쓰기로 정면대결을 하지 못했던 건 내가 태어난
> 마을을 생각할 때 가지게 되는 행복 같은 건 어디서도 엿볼 수 없고,
> 오빠와 외사촌과 함께 자야 하는 좁은 방이나, 다락에 갇힌 듯한 막막
> 함, 오로지 살아나가야 한다는 생각에 딛게 되는 무거운 발짝 소리

심히 한번 해보겠는데." 혹은 "새벽에 가발을 쓰고 양복 입고 학원으로 가서 수업을 마치고 돌아와, 밥을 먹고 방위복을 입고 도시락을 들고 나갔다가, 다시 집으로 와 양복 입고 가발 쓰고 학원으로 한다." "시퍼런 청춘인 그의 어깨엔 장남이라는 책임감이 천형처럼 짊어져 있다." 결국 이 작품에서 발생하는 모든 사건은 큰오빠의 의지대로 이루어진다. "셋째오빠 큰오빠의 배웅을 받으며 법서들이 가득 담긴 가방을 메고 산간지방의 농장으로 떠난다."

7) 작품에서 희재 언니는 "햇볕같이 표정이 없는 무심한 얼굴"로 포착되고 있다. 화자와 희재 언니의 첫 만남도 구체적이지 못하다("우리는 그날 잠시 서로가 맘에 들어 행복했다"). 그리고 화자는 희재 언니에 대해 아는 것이 거의 없다. "시골의 의붓아버지 밑의 남동생과 함께 살아야겠다고, 그애와 함께 살 방을 구해야겠다고 말한 것 같으나 정확한 기억이 없다."

같은 것만 떠오르는데다가 턱하니 희재 언니의 모습이 나를 가로막
아서였다.

― 『외딴방』, 68쪽.

이렇듯, "태어나고 자라온 마을과는 반대의 의미"로 기억되는 '외딴방'
은 가족을 "생각할 때 가지게 되는 행복"과는 거리가 먼 "막막함"과 "무거
운 발짝 소리 같은 것"으로 인식된다. 작가는 이들을 "문학 바깥"에 위치
지우고 있었던 셈이다. 이제 글쓰기(문학)를 통해 그들의 삶을 '문학 안'으
로 끌어오려고 한다.8)

그렇다면 작가가 생각하는 글쓰기(문학)의 의미가 무엇인지 심문해보
아야 한다. 하지만 이에 대한 고민은 구체적으로 드러나지 않는다. 글쓰
기를 향한 화자의 꿈은 "별을 향해 높고 아름답게 잠든 새"들의 상징으로
드러난다. 다분히 낭만적이고 관념적인 이미지이다. 현실에 짓눌린 화자
가 노트에 옮겨 적는 『난장이가 쏘아올린 작은 공』 또한 그녀의 문학에
대한 열정(꿈) 그 자체를 지시하지 그 이상도 이하도 아니다. 다시 말해
『난장이가 쏘아올린 작은 공』을 읽으며, 혹은 베끼며 어떤 생각을 했는
지, 그리고 이 작품이 화자의 삶에 어떤 영향을 미쳤는지가 드러나지 않
는다. 이 시절 화자의 꿈은 "학교에 가기 위해서, 큰오빠의 가발을 담담하
게 빗질하기 위해서, 공장 굴뚝의 연기를 참아낼 수 있기 위해서" 필요했
던 셈이다. 자아와 가족공동체의 울타리에 갇힌 꿈이다.

> 내가 문학을 하려고 했던 건 문학이 뭔가를 변화시켜주리라고 생각
> 해서가 아니었어. 그냥 좋았어. 문학이 있다는 것만으로도 현실에선
> 불가능한 것, 금지된 것들을 꿈꿀 수가 있었지. 대체 그 꿈은 어디에서

---

8) 신경숙은 죽은 희재 언니를 불러와 "문학 바깥에 머무르라구? 날보고 하는 소리야?
문학 바깥은 어딘데?"라고 자문한다. 이어 작가는 '글쓰기를 통해 언니에게 도달해
보려고' 한다고 고백한다.

흘러온 것일까. 나는 내가 사회의 일원이라고 생각해. 문학으로 인해 내가 꿈을 꿀 수 있다면 사회도 꿈을 꿀 수 있는 거 아니야?

―『외딴방』, 206쪽.

문학을 통해 "현실에선 불가능한 것, 금지된 것들을 꿈"꾸는 것이 어떤 의미를 지니는지에 대한 구체적인 언급은 없다. 꿈꾸는 화자와 사회가 꾸는 꿈 사이에 그 어떤 매개고리도 존재하지 않는다. 이는 화자의 꿈이 구체적 현실에 바탕하지 않는다는 사실을 암시한다. 화자는 희재 언니의 죽음이 그녀에게 "관계맺기의 장애"를 야기했다고 고백한다. "왜 내게 문을 잠그라고 했지? 왜 하필이면 나였어?"라는 화자의 절규는 희재 언니의 죽음 이후 그녀가 타자와 관계를 맺는데 어려움을 겪고 있다는 사실을 시사한다.

하지만 이러한 질문도 가능하다. 관계맺기의 장애는 희재 언니의 죽음으로 인한 죄책감 때문이 아니라, '가족공동체' 안에 머물러 있는 작가의 좁은 시선 때문이 아닐까? 화자가 보기에 희재 언니의 삶도 '가족'에 묶여 있다.

> 그녀는 마음속에 욕망이 없었다. 그녀가 보살펴줘야 한다는 그 사람과 동생의 일을 제외하면 나는 그녀에게서 무엇을 해야겠다든지, 무엇이 돼야겠다든지…… 무엇이 좋다든지, 라는 말을 들은 기억이 없다. (중략) 외사촌의 발랄함이나 나의 우울은 그곳에 살면서도 늘 그곳 사람들과 자신들이 다르다고 생각한 데에서 솟아나왔는지도 모른다. 외사촌과 나는 그곳에 오래 머무를 생각이 없었다. 벌써 나의 외사촌은 떠났고 나도 떠날 것이다. 나의 외사촌과 나는 그곳을 떠나야 했기에 하고 싶은 게 많았고 되고 싶은 게 뚜렷했고 소유할 수 없으나 갖고 싶은 게 많았다. 그래서 나와 나의 외사촌은 서로 다툴 일이 많았다. 그러나 희재언니는 아니다. 그녀는 그녀 자신이 그 골목이다.

그곳의 전신주이고 구토물이고 여관이다. 그녀는 공장 굴뚝이며 어두운 시장이며 재봉틀이다. 서른일곱 개의 외딴방들이 그녀, 생의 장소이다.

— 『외딴방』, 331~332쪽.

희재 언니의 마음속에 욕망이 없다고 보는 시각은 그녀의 삶을 박제화하는 기능을 한다. 그녀라고 왜 '욕망'이 없었겠는가? 오히려 희재 언니의 꿈이 무엇이고, 이 꿈이 화자(외사촌)와 어떻게 다른지 구체적으로 탐색되어야 진정한 소통(관계맺기)이 가능하지 않겠는가? 타자에 대한 관심과 공감이 타자의 삶 그 자체에 대한 관심에서 시작된 것이 아니라, 자신의 상처를 보듬고 쓰다듬는 데서부터 출발한 것이기 때문9)에 화자는 그녀에게 다가가지 못한 것이다.

이러한 가족공동체 안에 묶인 관계맺기는 가장 친밀한 존재에게 상처를 주지 않으려는 강박으로 표출되기도 한다. 『외딴방』의 글쓰기가 고통스러운 것은 숨기고 싶은 내면적 상처를 마주해야 하기 때문이다. 하지만 가족 구성원들이 화자의 글쓰기를 통해 상처를 입을 수 있기 때문이기도 하다. "신문에 너 났더구나. 아주 리얼하더구나."라는 큰오빠의 말이 화자의 내면에 불러일으키는 파문을 생각해보라. 또한 큰오빠와 셋째오빠의 다툼(가족끼리의 싸움)에 "기절"까지 하는 어린 화자의 모습을 상기해보라.10)

그렇다면 화자가 동경하는 가족공동체의 모습은 어떠한가.

---

9) 김영찬, 「글쓰기와 타자」, 『한국문학이론과 비평』, 제15집, 2002. 6. 184쪽 참소.

10) 이에 비해 작품의 시대적 배경을 형성하는 굵직한 사회적 이슈들, 즉 10·26사태, 서울의 봄, 광주항쟁, YH 노조 탄압, 삼청교육대, 삼풍백화점 붕괴 등은 화자의 내면을 스치는 배경화면으로 처리된 감이 없지 않다.

엄마가 차린 밥상에선 집 냄새가 난다. 닭똥이 찍 갈겨져 있던 한낮의 나무마룻장이며 토끼집이며 돼지막이며 샘가의 장미꽃들이 풍기던 냄새. 고추장을 섞고 마늘과 풋고추를 썰어넣어 싹싹 비빈 쌈장 속엔 엄마의 텃밭이 들어 있다. 장독대 뒤의 엄마 차지의 여분의 뜰도. 집 냄새 속에 섞여 있는 희미한 가족들의 그림자. 남동생의 코 묻은 팔소매와, 달궈진 석쇠에 양념 묻힌 고기를 구워내주던 아버지와, 몽당연필에 볼펜깍지를 끼워주던 오빠들. 언니, 부르던 여동생의 나폴대는 단발머리.
　　　　　　　　　　　　　　　　　　　　　　─『외딴방』, 343～344쪽.

화자는 엄마가 차려주는 "밥상"을 통해 "희미한 가족들의 그림자"를 불러낸다. 엄마의 "밥상"에선 그리운 "집 냄새"가 난다. 엄마에게 부엌은 "사랑하지만 이따금 완전히 이해하기는 힘들었던 아버지와 장성해가는 아들들"이 그녀를 "실망시킬 적에도" 다시 힘을 불어넣어 주는 장소이다. 엄마는 이 부엌에서 음식을 만들며 가족들을 격려해 왔다.

화자는 "컨베이어 앞에 앉아 있"는 '윤순임 언니'의 "움직임 속"에도 그리운 "집의 냄새"가 묻어 있음을 감지한다.

윤순임 언니…… 이후 다시 그녀를 만나지 못했다.
그녀는 산업현장의 풍속화 속에 갇히진 않았을 것이다. 그녀는 이 세상 어디엔가에 집을 한 채 일구었겠지. 컨베이어 앞에 앉아 있어도 그녀에게선 집의 냄새가 났으니. (중략) 집안에서의 여자들의 몸짓…… 그랬다. 컨베이어 앞에 앉아 있어도 그녀의 움직임 속엔 전통적인 가정생활에 대한 향수와 평화로움이 배어 있었다.
　　　　　　　　　　　　　　　　　　　　　　─『외딴방』, 397～398쪽.

이렇듯 "산업 현장의 풍속화"와 대비되는 "집의 냄새"는 "전통적인 가정생활에 대한 향수와 평화로움"에 기반하고 있다. 전근대적 가족공동체의 모습이다.

이러한 가족공동체는 혈연 중심의 민족공동체로 확장되기도 한다. '중국 조선족' 작가의 고뇌를 통해 화자는 자신의 조상을 떠올린다.

> 당신의 글 속엔 훼손되지 않은 우리 민족의 정서가 흐르고 있어요. 나는 영원히 가질 수 없는 것이에요. 나는 처음부터 중국의 조선족으로 태어났기 때문이지요. (중략)
> 우리 조상들은 연년세세 남쪽에 선산을 두고 있고, 그쪽에 문중 논을 가지고 있다. 북쪽과의 이산의 아픔도 없다. 우리 조상은 그 남쪽을 떠나본 적이 없는 것이다. 수많은 지명을 책에서 대하듯 신의주나 함흥도 나는 책에서나 봤다. 우리 가족과 사촌과 육촌들은 아직도 대부분 그 지방에서 산다. 멀어져봐야 그 고장의 시내, 혹은 전주쯤에 터를 잡고. 내 인척은 일본으로도 미국으로도 중국으로도 나가지 않았다. 그곳으로부터 가장 멀리 떠나온 곳이 이 도시이며 그 주인공들이 우리들이다.
> － 『외딴방』, 350쪽.

한민족 디아스포라들이 부러워하는 "훼손되지 않은 우리 민족의 정서"가 "연년세세 남쪽에 선산을 두고 있고, 그쪽에 문중 논을 가지고 있"는 화자의 조상과 포개진다. 신경숙의 가족공동체가 민족공동체와 접속하는 지점이다.

화자는 자신에게 익숙한 이 공동체 밖의 타자들과 관계 맺기에 어려움을 겪고 있다.[11] 희재 언니의 고민을 서술하는 장면을 떠올려보자. 그녀는

---

11) 이를테면 삼풍백화점 붕괴 사건을 바라보는 화자의 시선을 살펴보자. 그녀는 사고 소식을 듣고 먼저 오빠에게 전화한다. 그리고 무사함에 안도한다. 하지만 가족이 아닌 타자들에 대한 시선은 다분이 감상적이고 추상적이다. 화자는 "백화점이 붕괴된 후 모든 사색이 뚝, 끊겨버린 듯 황폐한 기분"에 젖는다. "애써 살아가야 하는 것의 의미와 함께 붕괴시킨 삶에 대한 깊은 패배의식"에 괴로워한다. 이 "느닷없는 충격"은 삶의 의욕을 상실시키고 "인간에 대한 사색을 암전"시킨다. 하지만 "백화점이 붕괴된 지 13일 만에 기적적으로 구조"된 소녀를 보고 "살아주어서 고맙다"

"사는 게 왜 이렇게 힘드니? 나만 그런 걸까? 다른 사람들도 그러는 걸까?"라고 화자에게 고백한다. 왜 힘든 지에 대해 구체적으로 드러나지 않는다. 그녀의 죽음을 기술하는 대목도 다음과 같이 표현한다. "아이를 떼라 했지요. 헤어지자는 게 아니라 아직은…… 아직은…… 그러나 남자의 그 말이 그녀를 구더기밥이 되게 했다는 생각은 들지 않는다, 고."

혈연공동체 밖의 타자들(희재 언니)로 인한 상처로부터 화자가 도피하는 장소는 가족공동체의 품이다. 화자는 "영원히 나를 버리지 않을" "피붙이들의 숨소리"가 "가슴속으로 가득 들어차면 그 때야 다시 잠을 이룰 수 있었"다고 고백한다. 이러한 가족공동체로의 회귀는 이 고통스러운 글쓰기가 결국 자기 자신을 향한 것이었음을 시사하고 있다.

> 지금 이 글에 마침표를 찍으려다 보니 나를 쳐다보고 있었던 사람은 나였다는 생각이 든다. 내가 나 자신에게 서먹서먹하게 얘기를 시키고 있었다는 생각.
>
> ─ 『외딴방』, 388쪽.

결국 화자를 응시한 존재는 희재 언니가 아니라 자기 자신이었던 셈이다. 따라서 『외딴방』은 작가의 의도에도 불구하고 타자(희재 언니)에게로 가 닿지 못한 글쓰기의 산물이라 할 수 있다.

> 이름도 없이, 물질적인 풍요와는 아무런 연관도 없이, 그러나 열 손가락을 움직여 끊임없이 물질을 만들어내야 했던 그들을 나는 이제야 내 친구들이라고 부른다. 그들이 나의 내부에 퍼뜨린 사회적 의지를 잊지 않으리. 나의 본질을 낳아준 어머니와 같이, 익명의 그들이 나의

고 위안을 얻는다. 인용한 대목 그 어디에도 구체적인 표현이나 묘사가 없다. 이렇듯 추상적이고 관념적인 용어로 의식의 변화를 기술하고 있다는 점은 가족 이외의 타자들과의 관계맺음이 피상적이라는 사실을 암시한다.

내부의 한켠을 낳아주었음을…… 그래서 나 또한 나의 말을 통하여
그들의 의젓한 자리를 세상에 새로이 낳아주어야 함을…… 1995년 9
월 10일에.

-『외딴방』, 419쪽.

작가가 부활시킨 여고시절의 동창들은 "친구들"이지 '혈육'이 아니다.
그렇다면 그들이 화자의 "내부에 퍼뜨린 사회적 의지"는 무엇인가? 과연
"그들의 의젓한 자리"가 이 작품에 마련되어 있는가? 회의적이다. 이들은
이 작품에서 한 번도 생동하는 인물인 적이 없었다. 전근대적 가족공동체
혹은 낭만적 꿈(글쓰기)에 포박된 화자의 시선을 통해 제시되는 모습이기
에 그저 희미하고, 수동적이고, 흐릿한 조연들일 뿐이었다. 주연은 화자
자신과 그를 둘러싼 가족이다. 작가도 "오랫동안 나의 소녀시절이 나에게
남긴 가족 이외의 타인과의 관계는 무였다."고 고백하고 있지 않은가?

다시 질문해 보자. 희재 언니의 죽음으로 인한 죄책감이 관계맺음의 부
재를 낳고 화자를 가족공동체에 안에 머물게 했는가? 아니면 가족공동체
에 묶인 화자의 편협한 의식이 희재 언니(사회/타자)와의 관계맺음을 불
가능하게 하였는가? 판단은 독자들의 몫이리라.

3. 가족공동체의 해체와 재구성 :『엄마를 부탁해』

『엄마를 부탁해』는 신경숙 문학의 오랜 흐름을 한곳으로 모아낸 빼어
난 소설적 결정結晶이면서, 언젠가는 다시 고쳐씌어질 신경숙 소설의 운
명적 표정을 가장 강하게 드러내고 있는 작품12)이다.『엄마를 부탁해』를

---

12) 정홍수,「피에타, 그 영원한 귀환」,『엄마를 부탁해』해설, 창비, 2008, 291쪽.

통해 작가는 자신의 서사적 고향이랄 수 있는 가족으로 회귀한 셈이다.[13] 이 작품에서는 과거 작품에서 단 한 번도 확실하게 서사의 중심에 서지 못한 어머니에게 집중적인 조명이 비춰진다.[14]

「풍금이 있던 자리」와 『외딴방』에서 가족공동체는 작가가 돌아가야 할 안온한 고향이었다. 하지만 『엄마를 부탁해』에서는 전통적 가족공동체의 붕괴 과정이 서사의 중심에 놓인다.

> 언제부턴가 도시 식구들이 J시에 가는 일보다 엄마가 아버지와 함께 도시로 오는 일이 많아졌다. 그러다가 아버지와 엄마의 생일도 도시의 식당에서 밥을 먹는 걸로 대신하기 시작했다. 그래야 움직임이 단출하긴 했다.
> — 신경숙, 『엄마를 부탁해』, 창비, 2008, 12쪽, 이하 작품과 쪽수만 표기

자식을 만나러 서울에 왔던 엄마가 실종되었다. 이 실종은 가족 구성원들에게 지금까지 엄마에 대해 무관심했다는 사실을 뼈아프게 환기한다. "가족들은 서로에게 엄마를 잃어버린 책임"을 전가하며 상처를 입는다.

> 한 여자. 태어난 기쁨도 어린 시절도 소녀시절도 꿈도 잊은 채 초경이 시작되기도 전에 결혼을 해 다섯 아이를 낳고 그 자식들이 성장하는 동안 점점 사라진 여인. 자식을 위해서는 그 무엇에 놀라지도 흔들리지도 않은 여인. 일생이 희생으로 점철되다 실종당한 여인. 너는 엄마와 너를 견주어보았다. 그럼에도 불구하고 엄마는 한 세계 자체였다.
> — 『엄마를 부탁해』, 275쪽.

---

13) 유희석, 「'엄마'의 시대적 진실을 찾아서」, 『창작과 비평』, 2009년 여름, 266쪽.
14) 유희석, 위의 책, 272쪽.

『엄마를 부탁해』는 이 실종된 엄마에 대한 죄의식의 고해성사라 할 수 있다. 하지만 근대 사회에서 가족 구성원들 사이의 친밀감 소멸은 어찌 보면 당연한 일일 수 있다. 엄마의 입장에서는 자식이 누구에게도 의지하지 않고 독립된 개인으로 성장하는 것이 가장 큰 소망이다.

> 엄마가 사투리를 쓰지 않을 때는 오빠에게 전할 말을 불러줄 때뿐 이었다. 아무쪼록 여기 걱정은 말고 네 한몸 건사 잘하길 바란다. 어미가 바라는 것은 그것 하나뿐이다.[15]
>
> — 『엄마를 부탁해』, 23쪽.

고향을 떠난 자식들은 도시에 안착하기 위해 농촌의 '엄마'를 잠시 잊어야 한다. 엄마를 잊지 않으면 살아갈 수가 없다. 자식은 외톨이로 살기를 요구하는 근대의 시간대 속에 있기 때문이다. 지금의 사회는 궁극적으로 핏줄 없는 사회를 지향한다. 감정의 공유보다 개인이 되라는 명제를 강요한다.[16] 그러기에 엄마와 자식 간의 혈연적 유대는 그만큼 느슨해진다. 이것이 전근대적 환경에서 벗어나 근대적 개인으로 성장하는 일반적 과정이다. 이러한 과정에서 '엄마의 세계'는 근대의 이름으로 '실종' 당한다.

신경숙은 이 '엄마의 실종' 문제를, 요즈음의 젊은 작가들이 즐겨 다루는 근대/탈근대의 이야기가 아니라, 근대적 가치(개인주의)와 전근대적 가치(공동체) 사이의 긴장으로 포착하고 있다. 신경숙 소설의 대중성, 즉 익숙한 것에 대한 향수를 통해 독자들을 끌어들이는 특유의 흡인력을 보여주는 대목이다.

---

15) 『엄마를 부탁해』, 23쪽.
16) 권유리야, 「지극히 타당한 슬픔, 핏줄의 본질에 관한 정직한 육박전」, 『문학수첩』. 2009년 여름, 314~315쪽 참조.

엄마는 전근대적 환경에서 근대 사회(도시)를 지향하고 있다. 스스로를 희생하면서 근대 사회를 지탱하고 있는 형국이다. 근대 이전의 환경에 놓여 있으면서, 근대 사회를 지향하고 있기 때문에 엄마는 도시에 사는 자식들에게 늘 미안함(열등감)을 느낀다. 엄마는 "불 꺼진 것만치로 캄캄"한 세상(전근대적 사회)에서 평생을 고통스럽게 살았다. 하여, 자식들은 공부(계몽)를 통해 다른 세상(근대 사회)으로 가야한다고 생각한다. 우리의 전통적인 어머니 상이다. 다만 이러한 어머니의 모습에 근대의 자식들은 무감각했을 뿐이다. "엄마가 문자의 세계(근대의 세계)에 단 한번도 발을 들여놓지 못한 존재라는 것을 까마득히 모르고" 지낸 것이다.

신경숙은 이러한 자식들의 무관심을 특유의 문체로 포착함으로써 속죄하고 있다.

> 순간 눈앞이 아득해졌다. 하얀 백지에 무수히 많은 점들이 찍혀 있었다. 블랙홀에 빠진 듯한 느낌이었다. 잘 알고 있는 계단이라 생각해보지도 않고 딴생각을 하며 내려가다가 헛디뎌 저 아래로 데굴데굴 굴러떨어진 느낌. 하얀 백지 위의 너는 한 문장도 해독할 수 없는 바늘구멍만한 점자들의 난무.
>
> ─『엄마를 부탁해』, 41쪽.

그녀의 소설이 '점자'로 번역되었다. 그들의 언어 앞에서 화자는 "눈앞이 아득"해진다. 이 문자(너)와 점자(앞이 보이지 않는 사람) 사이의 간극은 너(문자/근대)와 엄마(문자 이전/전근대) 사이의 간극으로 치환된다. 너는 그들의 문자를 단 한 문장도 해독할 수 없는데, 그들은 네가 쓴 책에 대해 그때껏 만나본 적이 없는 우호적인 감정을 내보인다. 너와 엄마 사이도 마찬가지이다. 신경숙이 응시하는 지점은 이 근대와 전근대 사이의 간극이다.

『엄마를 부탁해』는 가부장적 가족제도에 희생된 한 여인의 삶을 통해 전근대와 근대의 간극을 좁히려는 노력의 소산이다.[17] 어찌 보면 상투적이고 단순한 이야기라 할 수 있다. 이 진부해질 수 있는 이야기를 새롭게 하는 힘은 신경숙 특유의 문체와 형식에 대한 자의식에서 나온다.

> 신경숙 : 이 소설 속 엄마의 육체가 전통을 그대로 담고 있기 때문에 그 속에 갇히지 않게 하기 위해서 글 쓰는 내가 할 수 있는 일은 문체를 가지고 현대와 접목시켜야 한다는…… 가장 세련되게 써야 한다는 마음이 강해서……
> – 신경숙 · 신수정 대담, 「엄마는 한 세계 자체였다」, 『문학동네』, 2009년 봄, 102쪽.

작가는 "엄마의 육체"가 전근대적 삶의 양식에 갇혀 있기에 '세련'된 문체를 통해 "현대와 접목"시키려 했다." "형식이 이 소설의 뼈대"라는 작가의 진술은 이와 무관하지 않다. 이를 위해 작가는 서술 시점을 입체적으로 배치했다. 중심 화자를 2인칭 '너'로 설정하고, 그(큰오빠), 당신(아버지), 나(엄마) 등 3인칭과 1인칭을 적절하게 배분하였다.

> 신수정 : 네 개의 장마다 각기 초점화자를 달리해서 이야기를 서술하는 형식은 엄마라는 언어로 포착할 수 없는 존재를 지극히 다각적이고 입체적으로 드러내는 한편, 진실이란 것을 어떻게 확정할 것인

---

17) 소외된 자들을 향한 엄마의 헌신은, 글을 통해 엄마(소외된 존재)에게 다가가려 한 '너'의 행위와 그 양상이 다르다. 엄마는 십여 년 전부터 고아원에 가서 아이들을 목욕시키고 빨래를 하고 마당에 농사를 지어주기도 했다. 한 달에 사십오만 원씩 후원금을 내기도 했다. 이러한 엄마의 모습이 '당신(아버지)'의 시각으로 제시된다는 점은 아쉬운 대목이다. 오히려 소설가인 '너'의 시선으로 제시되어야 엄마의 새로운 모습이 더 예각화되지 않았을까 싶다. 즉, 글로써 엄마(소외된 존재)에게 다가가려 한 화자의 욕망과, 몸으로 소외된 자들에게 가 닿은 엄마의 모습이 대비됨으로써, 작가의 글쓰기 행위가 지닌 의미가 보다 선명하게 드러날 수 있었을 것이다.

가, 그것은 결국 이렇게 다양한 관점에서 이야기될 수밖에 없는 것이 아닌가, 하는 작가의 전언을 집약하고 있다는 느낌을 받았습니다.
― 신경숙·신수정 대담, 위의 책, 103~104쪽.

이러한 입체적 시점에도 불구하고『엄마를 부탁해』는 1인칭 화자의 고백으로 이루어진 소설이라는 인상을 준다. '너', '그', '당신'의 목소리가 한결같은 죄의식으로 똘똘 뭉쳐 있기 때문이다. 1인칭을 부여받은 어머니 또한 전통적 인고忍苦의 여인상 이미지를 벗어나지 못하고 있다.

그렇다면 다양한 인칭을 부여받은 서술 주체들이 '엄마'의 삶(일생)을 되돌아보면서 새로운 삶의 의미를 발견하고 성숙한 주체(독립된)로 거듭나고 있는가를 엄격하게 되물어야 할 것이다. 신성한 모성으로서의 어머니 상만 오롯이 부각되는 것은 아닌가? 4장의 '여인'으로서의 어머니 상도 이와 유사하다. 자신의 욕망을 억누르며 희생하는 인고의 여인상에서 벗어나지 못하고 있다.[18]

이 작품 속의 '엄마'는 근대적 개인도 그렇다고 신성한 존재도 되지 못하는, "엄마를 잃어버린 시대"의 전통적 여인상이다. 작가는 이러한 모습을 '새'로 환생한 엄마를 통해 길어 올리고 있다. "잃어버림을 당했으나 죽을 수는 없는 처지", "죽음과 삶의 경계선" 혹은 "이미 인간도, 다른 영적인 존재도 아닌 상태"로 되살리고자 한 것이다.

이러한 모성의 회복은 "개별적이고 이기적인 어머니들의 소멸(부정)과 죄의식으로 똘똘 뭉친 가족공동체(넓게는 민족공동체)의 복원"[19]과 어떠한 긴장을 유지하고 있는가? 다시 말해 이 작품의 '엄마'는 근대적 개인과 대화적 관계를 형성하고 있는가?

---

18) 이러한 어머니 상은 동아시아지역, 특히 유교적 농촌공동체가 경쟁과 이윤을 지향하는 근대사회체제에 잠식당하면서 두드러지기 시작한 지역의 한 전형이라 할 만하다(유희석, 앞의 책, 277쪽).
19) 조영일,『한국문학과 그 적들』, 도서출판 b, 2009, 279쪽.

먼저, '그'의 시선을 부여받은 큰오빠와의 관계를 살펴보자. 나이 오십에 접어든, 큰오빠는 아파트 전문 건설회사의 홍보부장이다.[20] 엄마가 실종되기 이전 그와 엄마와의 관계는 상호의존적이었다. 서로에게 부담을 지우는 전근대적 관계맺음의 전형이라 할 수 있다.

> ─ 니가 되려던 것은 어떤다냐?
> 그는 냉랭한 엄마에게 이 회사에서 열심히 일해 이년 동안 돈을 모은 뒤 그 돈으로 다시 공부를 시작하겠다고 말했다.
> 그때의 젊은 엄마는 그로 하여금 남자로서, 한 인간으로서 결의를 품게 하는 존재였다.
> 엄마가 그에게 본격적으로 미안하다, 라고 말하기 시작한 것은 중학교를 졸업한 여동생을 그에게 데려다주면서였다. 그가 돈을 모으기도 전에, 사법고시를 다시 도전해보기도 전에, 시골의 여동생을 도시의 그에게 데려다주러 온 엄마는 그와 눈을 맞추지 못했다.
> ─ 야는 여자애니까…… 학교를 더 다녀야 써. 어쨌든 여기서 야가 학교에 다닐 길을 니가 맨들어봐라. 난 야를 나처럼 살게 할 순 없어야.
> ─ 『엄마를 부탁해』, 109쪽.

엄마는 아들을 적극적으로 뒷바라지 해주지 못한 점 때문에 늘 미안해한다. 아들에게 엄마는 편안하게 모시지 못한 죄책감으로 늘 '새로운 각오'를 다지게 하는 존재였다. 엄마의 실종은 아들에게 지금까지의 삶을 되돌아보는 계기를 마련해준다. 실종된 엄마의 행적을 추적하는 과정은 그(큰오빠)가 서울에 정착한 과정과 일치한다.

하지만 그는 엄마를 찾아도 이전과 같은 의존적 관계를 지속하지 못하리라는 사실을 잘 알고 있다. 그는 근대적 일상 속에서 살아가고 있기 때문이다.

---

20) 『외딴방』에서의 신화가 붕괴되고 일상의 자리에 내려앉은 모습이다.

미안한 사람은 저예요, 나는 약속을 못 지켰으니까. 엄마를 찾아내면 오로지 엄마만을 돌보고 싶은 욕망으로 그의 가슴은 터질 듯했다. 그러나 그는 자신은 이미 그럴 능력을 상실했다는 것도 알았다.

― 『엄마를 부탁해』, 137쪽.

근대의 시공간에서 엄마와의 '약속'은 지켜질 수 없다. 엄마는 자식들의 무관심 때문이 아니라 근대적 일상의 냉혹함(생활이라는 이름의 괴물) 때문에 실종되었던 것이다.

모두들 서서히 엄마를 잃어버린 아들과 딸 그리고 남편이 되어가고 있었다. 엄마가 없어도 일상은 이어지고 있었다. (중략) 오빠는 엄마의 일생을 고통과 희생으로만 기억하는 건 우리 생각인지도 모른다고 했다. 엄마를 슬프게만 기억하는 건 우리 죄의식 때문일지 모른다고. 그것이 오히려 엄마의 일생을 보잘것없는 것으로 간주하는 일일 수도 있다고.[21]

― 『엄마를 부탁해』, 272쪽.

그렇다면 "엄마를 잃어버린 아들과 딸 그리고 남편"은 엄마를 다르게 기억해야 할 것이다. "고통과 희생으로" 점철된 "보잘것없는" 일생이 아니라, "모든 것"에 "감사함을 아는 분"의 "불행"하지 않은 일생으로. 하지만 엄마의 삶을 "고통과 희생"에서 "감사함을 아는" "기쁨"으로 건너뛰게 하는 대목이 비약적이라는 점은 못내 아쉽다. "엄마만을 돌보고 싶은 욕망"을 상실한 근대인들(자식들)의 내면을 조금 더 추궁해야 하지 않을까?[22]

---

21) 『엄마를 부탁해』, 272쪽.

22) 이와 연관하여 전근대적 가족 이데올로기의 중심에 있는 아버지(큰오빠)에 대한 추궁과 질책이 거의 없다는 점은 작품의 한계로 여겨진다. 엄마의 인생을 고통과 희생으로 얼룩지게 한 사회구조적 문제, 즉 가부장적 가족공동체에 대한 문제의식이 희박하다는 것이다. 3장 '나, 왔네'에서 '당신(아버지)'의 목소리가 큰 울림을 주지 못하는 이유도 여기에 있을 것이다.

하나의 시점을 부여받지는 못했지만 이 작품에서 중요하게 언급되고 있는 여동생의 고해성사도 '엄마'의 목소리와 대화적 관계를 형성하지 못하고 있다.[23)]

> 아이들 때문에 내 인생이 정체되고 있다고 생각할 때도 많아. 나는 셋째가 조금만 더 자라면 놀이방에 보내거나 사람을 구해 아이를 맡기고 내 일을 할 거야. 그럴 거야. 내 인생도 있으니까. 이런 나를 깨달을 때마다 엄마는 어떻게 그리할 수 있었는지 엄마를 모르겠다는 생각이 들었어. (중략) 그런데 우리까지도 어떻게 엄마를 처음부터 엄마인 사람으로 여기며 지냈을까. 내가 엄마로 살면서도 이렇게 내 꿈이 많은데 내가 이렇게 나의 어린 시절을, 나의 소녀시절을, 나의 처녀시절을 하나도 잊지 않고 기억하고 있는데 왜 엄마는 처음부터 엄마인 것으로만 알고 있었을까.
>
> —『엄마를 부탁해』, 261쪽.

언니(너)에게 보내는 편지로 제시된 여동생의 목소리는 독백에 가깝다. 자신의 꿈과 엄마의 꿈이 어떻게 다르며, 이 꿈들이 대화하기 위해서는 어떤 과정이 필요한지에 대한 고민보다는, '엄마'를 이해하지 못한 딸의 죄책감이 중심 정서를 형성하고 있기 때문이다.

문제는 남은 자들의 성찰이 엄마에 대한 절대적 의존 관계를 끊고 독립적인 정체성 확보로 이어져야 한다는 점이다. 그런 점에서 "엄마를 잃어버리고 나니 모든 일에 답이 생"긴다는 '너'의 진술은 다분히 감상적이다. '잃어버림'이란 되찾기 위한 것이 아니라 제대로 돌아오게 하기 위해, 아니 가능하면 돌아오지 않고 떠나갈 수 있도록 하기 위해 필요한 서사적

---

23) '너'의 여동생은 비록 하나의 시점을 부여받고 있지는 못하지만, '새'가 되어 부활한 어머니의 영혼이 '너'가 아닌 여동생을 찾아간다는 점에서 중요한 의미를 지닌다. 이 작품에서 여동생은 결혼을 하여 가정을 꾸린 세 아이의 엄마로 제시된다. 이는 전근대적 육체의 엄마가 근대적 의미의 엄마를 찾아가 대화를 하는 경우로 해석할 수 있다.

장치이다.24) '남겨진 자의 새로운 질서 구축'을 위해 엄마의 실종이 다루어져야 한다는 것이다. 자식들이 엄마를 되찾는다고 해서 "엄마가 원하는" 것을 "다 해 줄 수"는 없다. 엄마를 되찾게 되어도 모든 일을 엄마와 함께 할 수는 없다. 오히려 그 부담 때문에 자식의 일상이 망가지기 쉽다. 그렇게 되면 자식의 행복을 원하는 엄마도 불행해질 것이다. 그 구질구질한 일상의 드라마가 우리의 삶이 아닌가. 『엄마를 부탁해』는 거기까지 가지 않는다. 다만 자신들의 죄를 고백하고 그렇게 하지 못했음을 안타까워할 따름이다. 그녀의 소설이 이 아름다운 슬픔의 이미지를 넘어 삶의 진창으로 내려갈 때 보다 진실한 울림을 줄 수 있을 것이다.

마지막으로, 유일하게 1인칭을 부여받은 '엄마'의 시선을 따라가 보자. 아래의 인용에서는 봉건적 가족 울타리를 벗어나고자 하는 그녀의 욕망이 오롯하게 음각되어 있다.

> 나는 몇 해 전에 세워놓은 선산의 가묘로는 안 갈라요. 그리론 안 가고 싶네. (중략) 햇볕도 잘 들고 거기 휘어진 채로 또 우뚝 서 있는 소나무도 맘에 들기는 하는디 죽어서도 이 집 사람으로 있는 것은 벅차고 힘에 겹네. (중략) 오십년도 넘게 이 집서 살았응게 인자는 날 쫌 놔주시오. (중략) 그냥 나는 내 집으로 갈라네요. 가서 쉬겠소.
> ─『엄마를 부탁해』, 248~249쪽.

죽음 앞에서야 비로소 벗어날 수 있는 지긋지긋한 운명의 굴레가 애잔하게 펼쳐져 있다. 엄마는 비로소 "오십년도 넘게" 그녀의 일생을 옭아매었던 '가족'(이 집)의 울타리를 넘어 자신만의 집(내 집)으로 회귀한다.

---

24) 권채린, 「'엄마'에게 묻고 싶은 두세 가지 것들」, 『문학수첩』, 2009년 여름, 322쪽 참조.

엄마는 알고 있었을까. 나에게도 일평생 엄마가 필요했다는 것을.

－『엄마를 부탁해』, 254쪽.

4장 '또다른 여인'의 대미를 장식하는 위의 문장은 『엄마를 부탁해』에서 유일하게 1인칭을 부여받은 서술 주체(엄마)의 자기각성을 보여주는 대목이다. 하지만 이러한 주체의 자기각성은 전근대성의 울타리 언저리에서 이루어진다는 점에서 아쉬움을 남긴다. 즉, 근대의 시공간을 살고 있는 자식들과 구체적으로 접촉하지 못한 상태에서 획득된 인식이다. 이렇듯, 신경숙 소설의 대중성은 전근대성(보수성)의 자장에서 획득된다. 독자들이 신경숙의 소설에 열광하는 것은, 이념적으로는 선한 어머니, 헌신적 어머니에 대한 이데올로기적 억압에 대해 비판하지만 현실적으로는 헌신적인 어머니 없이는 아무것도 할 수 없는 반쪽짜리 근대인들[25]의 비애를 위무해주기 때문인지도 모른다.

'엄마'의 세계는 근대의 세계로 진입하기 위해 떠나보내야 하는 전근대적 세계이다. 문제는 어떻게 떠나보낼 것인가이다. 신경숙은 이 엄마의 세계를 다시 회복해야 할 가족공동체의 윤리로 보는 듯하다. 물론 가족공동체의 윤리를 부정할 순 없다. 다만, '엄마'의 세계는 근대의 세계와 접촉하면서 새로운 가치로 거듭나야 한다. 그 자체가 완결된 세계는 아닌 것이다.

4. 마무리 : 가족의 신화를 넘어

근대적 일상은 보이지 않는 손으로 스스로를 신화화하며, 소리 없이 이

---

25) 이선옥, 「흔들리는 텍스트의 관습적 독서」, 『페미니즘연구』, 제9권 1호, 2009. 4. 167쪽 참조.

간에게서 꿈꿀 권리를 앗아간다. 가족은 이러한 근대적 일상을 떠받치는 가장 강력한 이데올로기이다. '지금 여기'의 직장인들을 아침 아홉시 이전까지 출근시키는 힘이 무엇인지 생각해보라! 따라서 가족이 붕괴된다면 근대적 일상에 균열이 생겨야 마땅하다. 놀라운 점은 전혀 그렇지 않다는 것이다. 가족의 울타리가 흔들려도 근대적 일상의 신화는 더욱 강고하게 자신을 확대재생산하기에 여념이 없다. 자본의 논리에 적응하지 못하는 소시민들만 절망의 나락으로 떠밀릴 뿐이다. 그렇다면 '행복하고 평화로운 가정'이라는 이데올로기는 이윤 추구의 전쟁터에서 승리한 소수가, 그렇지 못한 다수에게 강요하는 환상적 이미지라 할 수 있다.

본고에서는 신경숙 소설에 나타난 가족의 의미를 『외딴방』과 『엄마를 부탁해』를 중심으로 탐색해보았다. 신경숙의 작품에서 가족은 여전히 중심 화두이다. 그는 『외딴방』에서 가족과 가족 너머(사회)의 긴장을 통해 "유신 말기 노동현실의 풍속화"를 음각하고 있다. 하지만 타자들과의 관계로 인한 상흔을 "피붙이들의 숨소리"로 위무하고 있다는 점에서 여전히 가족공동체의 품을 벗어나지 못하고 있다. 가족의 울타리를 넘어 사회로 확장된 작가 의식이 작품에 성공적으로 스며들지 못한 형국이다.

이에 비해 『엄마를 부탁해』는 작가 자신의 서사적 고향이라 할 수 있는 가족공동체의 문제를 본격적으로 탐색한 작품이다. 특히, 과거의 작품에서 단 한 번도 서사의 중심에 서지 못한 어머니를 집중적으로 조명했다는 점은 주목을 요한다. 신경숙은 '엄마의 실종'을 배경으로, 전통적 가족공동체의 붕괴 과정과 그로 인한 가족 구성원들의 고통과 참회를 특유의 문체와 형식에 대한 자의식으로 포착하였다. 하지만 희생적이고 헌신적인 '엄마'의 이미지에 대한 지나친 집착으로 인해, 전근대적 가치(엄마)와 근대적 가치(자식) 사이의 소통과 대화를 이끌어내는 단계까지 이르지 못했다. 오늘날 새롭게 요구되는 '엄마'의 가치를 모색하기보다는 우리에게 익숙한 어머니 상을 형식적 새로움으로 포착하는데 머무른 것은 아닌지 생각해 볼 일이다. 전근대적 생활환경에서 희생과 헌신을 통해 근대적 인간들(자식들)을 양육해낸 '엄마'를 어떻게 떠나보내야 할 것인가에 대한 탐색이 부족하다는 인상이다.

신경숙 이후 몇몇 급진적인 작가들은 신경숙의 가족공동체를 버리고 '인형의 집'을 뛰쳐나왔다. 이들은 이혼, 불륜, 섹슈얼리티 등을 소설의 중심부로 끌어들여 근대 가족 제도에 대한 근본적인 회의를 표명하기도 했다. 가족의 붕괴와 재결합 문제는 자아의 정체성, 나아가 우리 사회의 정체성에 대한 근원적 성찰이라는 점에서 주목을 요한다. 가족은 근대 사회의 안녕과 체제의 존속성을 보장하는 신화로 기능한다. 이에 일군의 작가들은 은폐된 가족 이데올로기의 허상을 폭로하면서 불륜, 이혼 이야기를 과감하게 서사의 전면에 내세웠으며, 심지어 '결혼은 미친 짓이다'라고 선언하면서 가족의 '신화'를 의도적으로 전복해왔다.

이들의 성과에도 불구하고 가족에 대한 해체 욕망만 무성하고 재구성의 의지가 부족하다는 느낌을 지울 수 없다. 어느 한쪽을 과장함으로써 가족의 현실적 의미를 퇴색시키기보다 상처 난 가족의 실체를 따스한 시선으로 보듬어 안는 자세가 요구된다.

『엄마를 부탁해』는 근대적 가족 이데올로기를 전면적으로 거부하지도, 그렇다고 온전히 수용하기도 힘든 현대인들에게 가족의 의미를 곱씹어보는 계기를 마련해주고 있다.

문학, 경계를 넘다

— 디아스포라, 북한문학, 한국문학의 경계적 상상력

초판 1쇄 인쇄일	2015년 6월 14일
초판 1쇄 발행일	2015년 6월 15일

지은이	고인환
펴낸이	정구형
편집장	김효은
편집/디자인	김진솔 우정민 박재원
마케팅	정찬용 정진이
영업관리	한선희 이선건
책임편집	우정민
표지디자인	박재원
인쇄처	월드문화사
펴낸곳	국학자료원 새미 (주)
	등록일 2005 03 15 제25100−2005−000008호.
	서울특별시 강동구 성안로 13 (성내동, 현영빌딩 2층)
	Tel 442−4623 Fax 6499−3082
	www.kookhak.co.kr
	kookhak2001@hanmail.net

ISBN	979−11−86478−16−5 *93800
가격	18,000원